OMNIBUS

John Grisham

# I FANTASMI DELL'ISOLA

Traduzione di Luca Fusari e Sara Prencipe

MONDADORI

Questo libro è un'opera di fantasia. Personaggi e luoghi citati sono invenzioni dell'autore e hanno lo scopo di conferire veridicità alla narrazione. Qualsiasi analogia con fatti, luoghi e persone, vive o scomparse, è assolutamente casuale.

mondadori.it

ISBN 978-88-04-74961-5


Titolo dell'opera originale
*Camino Ghosts*
I edizione giugno 2024

# I FANTASMI DELL'ISOLA

# 1
# La traversata

## 1

Gli ospiti erano una cinquantina, tutti scalzi, come indicava l'invito. Era un matrimonio in spiaggia, e Mercer Mann, la sposa, voleva che sentissero la sabbia sotto i piedi. Il dress code era "beach chic", che a Palm Beach voleva dire una cosa e a Malibu un'altra, e probabilmente negli Hamptons un'altra ancora. A Camino Island significava "va bene tutto, ma niente scarpe".

La sposa portava un vestito di lino scollato con la schiena nuda, e avendo trascorso sull'isola le ultime due settimane sfoggiava uno splendido colorito dorato. Una meraviglia. Lo sposo, Thomas, era altrettanto in forma e abbronzatissimo. Indossava un abito nuovo in cotone seersucker color carta da zucchero, camicia bianca inamidata, niente cravatta. E ovviamente niente scarpe.

Era contento e quasi sorpreso di essere lì. Lui e Mercer stavano insieme da tre anni, convivevano da due, e tre mesi prima, stufa di aspettare la fatidica proposta, era stata lei a chiedergli: "Hai da fare sabato 6 giugno alle sette di sera?".

"Be', non saprei, devo controllare."

"Rispondi no."

"Cioè?"

"Rispondi che non hai impegni."

"Okay, non ho impegni. Perché?"

"Perché ci sposiamo in spiaggia."

Thomas non era esattamente un tipo fissato con i dettagli e non aveva contribuito granché all'organizzazione della cerimonia. A ogni modo, anche se fosse stato attento ai dettagli non avrebbe fatto molta differenza. Tra i tanti aspetti che rendevano magnifica la sua vita con Mercer c'era la libertà da qualunque tipo di pressione e di responsabilità.

Mentre gli ospiti sorseggiavano champagne, una studentessa di Mercer al corso di scrittura creativa della Ole Miss, che si era offerta di suonare al matrimonio, strimpellava canzoni d'amore. Un cameriere con un cappello di paglia rabboccava i calici vuoti. Anche lui era uno studente, al quale Mercer non aveva ancora avuto il coraggio di dire che i suoi racconti erano troppo strani. Se fosse stata una persona senza peli sulla lingua, gli avrebbe fatto notare che aveva più possibilità di guadagnarsi da vivere facendo il barista ai rinfreschi piuttosto che scrivendo romanzi, ma non aveva ancora il prestigio né la capacità di scoraggiare gli studenti poco brillanti.

Mercer non mirava alla cattedra: insegnava perché le serviva uno stipendio. Aveva pubblicato una raccolta di racconti e due romanzi e stava cercando di scrivere il terzo. L'ultimo, *Tessa*, era stato un bestseller, e il suo successo aveva convinto la Viking Press a farle un contratto per altri due libri. La sua editor alla Viking stava ancora aspettando l'idea per la prossima storia; Mercer anche. Aveva qualche soldo da parte ma non abbastanza per smettere di lavorare, né per garantirsi la libertà di scrivere a tempo pieno senza preoccupazioni.

Alcuni dei suoi ospiti quella libertà ce l'avevano. Myra e Leigh, le grandi signore della mafia letteraria dell'isola, stavano insieme da decenni e vivevano di royalties. Ai bei tempi avevano sfornato un centinaio di romanzi sentimental-erotici sotto una decina di pseudonimi. Bob Cobb era stato in carcere per frode bancaria. Scriveva polizieschi crudi, con una predilezione per le scene di violenza ambientate in prigione. Quando beveva, cioè sempre, dichiarava di non fare un lavoro onesto da vent'anni: era uno scrittore! Forse la più benestante del gruppo era Amy Slater, giovane madre di tre bambini che aveva trovato una miniera d'oro scrivendo storie di vampiri.

Amy e suo marito Dan avevano usato una parte del capitale per costruire una splendida casa sulla spiaggia a meno di un chilometro dal cottage di Mercer. Dopo aver saputo del matrimonio, avevano insistito per ospitare il ricevimento.

Come ogni sposa, Mercer si era immaginata di avanzare lungo la navata verso l'altare sottobraccio a suo padre. Invece non c'erano né lui né la navata. Mr Mann era una persona complicata, che non aveva mai passato del tempo con la moglie o le figlie. Quando si era lamentato che il matrimonio avrebbe potuto intralciare i suoi tanti impegni, Mercer gli aveva risposto: "Lascia perdere". Si sarebbero divertiti di più senza di lui.

Sua sorella Connie invece c'era; si poteva sempre contare su di lei per un po' di sceneggiate familiari. Le sue due terribili figlie adolescenti erano già sedute in ultima fila, ipnotizzate dai telefoni. Suo marito trangugiava champagne. Tra gli ospiti più piacevoli c'erano l'agente di Mercer, Etta Shuttleworth, insieme al marito, e la sua editor della Viking, che di certo aspettava il momento giusto per prenderla da parte e chiederle del nuovo romanzo, ormai in ritardo di un anno. Mercer era decisa a non parlare di lavoro. Dopotutto era il suo matrimonio, e se l'editor avesse insistito Etta aveva l'incarico di intervenire. C'erano anche tre sue ex compagne di università alla Sewanee, due delle quali con i mariti. La terza era appena uscita da un divorzio difficile di cui Mercer aveva sentito parlare anche troppo. Tutte e tre avevano un debole per Thomas, e Mercer le teneva d'occhio. Il fatto che lui avesse cinque anni in meno della sposa lo rendeva ancora più sexy. Due colleghi della Ole Miss erano sopravvissuti all'ultimo taglio alla lista degli invitati e stavano trascorrendo la settimana sull'isola. Mercer andava abbastanza d'accordo con loro, ma era cauta. Li aveva invitati solo per educazione. Era alla sua terza università in sei anni e aveva imparato abbastanza sulle politiche di facoltà; era l'unica insegnante nella storia del dipartimento di Letteratura alla Ole Miss ad aver scritto un bestseller, e a volte sentiva l'invidia degli altri. Un suo vecchio amico di Chapel Hill era stato invitato, ma aveva detto di no. Erano presenti anche due amici delle superiori e uno dell'asilo.

Thomas aveva una famiglia più stabile. I suoi genitori, fratelli e nipoti riempivano un'intera fila. Alle loro spalle c'era uno scalmanato gruppetto di amici del college ai tempi della Grinnell.

Il sacerdote per finta era Bruce Cable, proprietario della libreria Bay Books, con cui in passato Mercer aveva avuto una breve relazione. Esordì chiedendo a tutti di prendere posto e di avvicinarsi con le sedie fino al punto in cui era stato eretto un arco di vimini decorato con garofani e rose rosse e bianche e affiancato da graticci, anch'essi con decorazioni floreali. Al di là dell'arco, una trentina di metri di sabbia bianca e nient'altro che l'alta marea dell'Atlantico, una vista magnifica che si estendeva all'infinito. Il Nordafrica distava quattromila miglia, sempre dritto.

La chitarrista proseguì a strimpellare finché Mercer e Thomas non comparvero sulla passerella. Scesero i gradini sorridenti, tenendosi per mano, e raggiunsero l'arco dove ad aspettarli c'era il sacerdote per finta.

Non era il primo matrimonio di Bruce Cable. Per qualche oscura ragione, la Florida permetteva quasi a chiunque di acquistare a poco prezzo una licenza di "officiante" e presiedere una cerimonia nuziale civile. Bruce non lo aveva mai saputo, e non se n'era mai interessato, finché una sua vecchia fiamma non aveva deciso di sposarsi a Camino Island e aveva insistito perché fosse lui a celebrare.

Quella era stata la prima. Mercer era la seconda. Bruce si chiese quanti officianti fossero stati a letto con le spose. Sì, una volta, non troppi anni prima, era andato a letto con Mercer mentre lei indagava su di lui, ma quella era una vecchia storia. Sua moglie Noelle lo sapeva. Thomas era informato. Nessun problema. Il clima era di assoluta civiltà.

Consapevole della tendenza di Bruce a improvvisare, Mercer aveva scritto i voti e chiesto persino a Thomas, strano ma vero, di contribuire con qualche frase. Un ex studente della University of North Carolina si alzò e lesse una poesia, un impenetrabile guazzabuglio in versi liberi che avrebbe dovuto intensificare l'atmosfera romantica e che invece spinse il pubblico a fissare le onde che si infrangevano dolcemente lungo la riva. Bruce riuscì a riconquistare l'attenzione di tutti raccontando alcuni brevi aneddoti sulle vite degli sposi, e strappò qualche risata. La chitarrista sapeva anche cantare, e deliziò il pubblico con una splendida versione di *This Will Be (An Everlasting Love)*. Connie lesse una scena da *Tessa*, l'ultimo romanzo di Mercer, liberamente ispirato alla loro nonna. Nella storia Tessa passeggiava ogni mattina lungo la stessa striscia di spiaggia in cerca di uova di tartaruga deposte la notte precedente. Proteggeva le onde e le dune come se le appartenessero, e molti dei presenti la ricordavano bene. Era un passo struggente su una persona che aveva avuto un'enorme influenza sulla sposa.

Bruce poi li invitò a leggere i voti, che dal suo dotto punto di vista erano un po' prolissi, il solito vizio della prosa di Mercer che lui era deciso a correggere. Amava i suoi scrittori e le sue scrittrici e li incoraggiava tutti, però era anche un critico spietato. Ma pazienza, il matrimonio non era il suo.

Gli sposi si scambiarono gli anelli, si baciarono e fecero un inchino agli ospiti: erano stati dichiarati marito e moglie. Tutti si alzarono e applaudirono.

La cerimonia durò complessivamente ventidue minuti.

Il servizio fotografico richiese più tempo, poi tutti balzarono sulla passerella e seguirono Mercer e Thomas tra le dune in direzione della piscina, dove li aspettava lo champagne. Fecero il loro primo ballo sulle note di *My Girl*. Il DJ mise altre canzoni in stile Motown e le danze proseguirono. Dieci minuti dopo cadde in piscina il primo ubriaco, il marito di Connie.

Il catering più famoso dell'isola era quello dello chef Claude, che cucinava veri piatti cajun della Louisiana del Sud. Lui e il suo team erano occupatissimi mentre Noelle supervisionava la disposizione dei tavoli e dei fiori. Le sue origini francesi la rendevano imbattibile in fatto di ricevimenti raffinati e con tutti i crismi. Amy le aveva chiesto di occuparsi dei fiori, delle porcellane, dei coperti, della cristalleria e delle posate, oltre che del vino, che Noelle e Bruce erano stati ben felici di selezionare e ordinare dal loro fornitore. In terrazza, sotto una tettoia decorativa erano stati disposti due lunghi tavoli.

Mentre il sole tramontava, lo chef Claude sussurrò a Amy che la cena era pronta e gli ospiti furono invitati a sedersi ai posti assegnati. Era un bel gruppo chiassoso, ci furono tante risate e congratulazioni ai novelli sposi. Mentre arrivavano le prime bottiglie di Chablis, Bruce chiese come sempre di fare silenzio per poter sproloquiare sul vino. Poi fu la volta delle ostriche, che coprirono le tavolate. Quando fu servita la *remoulade* di gamberetti, cominciarono i brindisi e l'atmosfera si scaldò. Il fratello di Thomas fece un buon lavoro, ma come oratore non era granché. Una delle amiche di Mercer interpretò l'immancabile ruolo della damigella d'onore che si commuove durante il discorso, e lo tirò un po' troppo per le lunghe. Bruce riuscì a toglierle la parola con uno splendido brindisi, poi presentò il vino successivo, un Sancerre. I guai cominciarono quando il cognato di Mercer, ancora fradicio dopo la caduta in piscina e ubriaco da metà pomeriggio, si alzò vacillando e cercò di raccontare una storiella simpatica su un ex ragazzo di Mercer. Il suo tempismo fu pessimo. Per fortuna, Connie lo interruppe seccamente intimandogli di smetterla: «Adesso basta, Carl!».

Lui scoppiò a ridere e si lasciò cadere sulla sedia, e gli occorse qualche secondo per rendersi conto che nessuno lo aveva trovato divertente. Per allentare la tensione, un ex compagno di Thomas alla Grinnell lesse una poesia sboccata su di lui. Nel mentre fu servita la portata principale, platessa ai ferri. Verso dopo verso, la poesia si fece più volgare e spassosa, e quando finì ridevano tutti a crepapelle.

Amy si era preoccupata per il rumore. Lungo la spiaggia c'era poco spazio tra le case, e i suoni si sentivano facilmente. Perciò aveva invitato i vicini a unirsi alla festa e la settimana prima li aveva presentati a Mercer. Si sbellicavano e bevevano più di tutti gli altri.

Myra prese la parola e raccontò di quando, cinque anni prima, lei e Leigh avevano conosciuto Mercer, tornata sull'isola per passarvi l'estate. «La sua bellezza era lampante, il suo fascino contagioso, i modi impeccabili. Ma ci chiedemmo: saprà scrivere? In cuor nostro speravamo di no. Col suo ultimo romanzo, che io considero un capolavoro, ha assolutamente dimostrato al mondo di saper raccontare storie meravigliose. Ci sono persone che hanno tutte le fortune!»

«E dài, Myra» disse dolcemente Leigh.

Fino a quel momento, i brindisi e gli aneddoti sembravano aver seguito un filo logico, dopodiché, con il vino che scorreva a fiumi, le chiacchiere proseguirono a ruota libera.

La cena fu lunga ed eccellente, e al termine gli ospiti anziani cominciarono a congedarsi. I più giovani tornarono in pista mentre il DJ metteva musica a richiesta, e a volume basso.

Attorno a mezzanotte Bruce trovò Mercer e Thomas seduti a un'estremità della piscina con i piedi a mollo. Si sedette anche lui e ripeté ancora una volta che il matrimonio era stato magnifico.

«Quando partite?» chiese.

«Il primo aereo è domani alle due» rispose Mercer. «Ci porta da Jacksonville a Washington, poi cambiamo e andiamo dritti a Londra.» La luna di miele prevedeva due settimane in Scozia, nelle Highlands.

«Domattina ti va di passare dalla libreria? Preparo il caffè. Ne avremo bisogno.»

«Certo. Che succede?» disse Mercer mentre Thomas annuiva.

Di colpo Bruce si fece serio. La guardò con un sorriso compiaciuto e rispose: «Ho una storia, Mercer. Forse la migliore di sempre».

## 2

Ogni domenica mattina alle nove Bruce apriva dall'interno la porta d'ingresso di Bay Books e dava il benvenuto alla solita fila di gente. Non aveva mai indagato a fondo, ma supponeva che circa la metà dei residenti fissi di Camino Island fosse composta da pensionati in fuga da climi più rigidi. L'altra metà era gente della Florida settentrionale e della Georgia meridionale. I turisti provenivano un po' da ovunque, ma soprattutto dal Sud e dall'Est.

A ogni modo, quelli "del Nord" che non volevano perdersi il loro quotidiano preferito erano molti. Anni prima Bruce aveva cominciato a tenere in libreria le edizioni domenicali del "Times", del "Post", dell'"Enquirer", del "Tribune", del "Baltimore Sun", della "Pittsburgh Post-Gazette" e del "Boston Globe". Oltre ai quotidiani vendeva leggendari biscotti al burro preparati da un ristorantino dietro l'angolo, solo la domenica, e alle nove e mezza la caffetteria al piano di sopra e l'area lettura di sotto erano affollatissime di *yankees* che leggevano notizie di casa. Era diventato una specie di rituale, e molti dei clienti fissi non si perdevano una domenica mattina in libreria. Benché le donne fossero le benvenute – Bruce ormai sapeva benissimo che erano soprattutto loro a comprare libri –, la folla della domenica mattina era composta da uomini, e le discussioni di politica e sport si facevano spesso accese. Dalla terrazza esterna, dov'era permesso fumare, si alzava una densa nuvola di fumo di sigaro, che aleggiava su Main Street.

Mercer e Thomas, ormai legalmente sposati, sobri nonostante tutto e vestiti per il viaggio, arrivarono a fine mattinata. Bruce li invitò nel suo ufficio al piano di sotto, la sua sala delle prime edizioni, dove esponeva alcuni dei suoi libri più rari. Versò il caffè e chiacchierarono della serata precedente. I neosposi erano pronti a partire per una lunga avventura.

Mercer sorrise. «Mi dicevi di una storia pazzesca.»

«Sì. Sarò breve. È una storia vera, ma può essere romanzata. Hai mai sentito parlare di Dark Isle? È qui vicino, a nord.»

«Forse sì, ma non ci giurerei.»

«È un'isola deserta, giusto?» chiese Thomas.

«Probabilmente, però qualcuno dice di no. È una di due piccole isole-barriera tra la Florida e la Georgia, e nessuno ci ha mai costruito. È lunga meno di cinque chilometri e larga uno e mezzo, con spiagge incontaminate.»

Mercer stava annuendo. «Ah, adesso mi ricordo. Ne parlava Tessa, anni fa. Gira voce che sia una specie di isola dei fantasmi, no?»

«Più o meno. Verso la metà del Diciottesimo secolo ci si installò una comunità di schiavi in fuga dalla Georgia, che allora era governata dagli inglesi. La Florida, invece, era sotto gli spagnoli, che pur non vietando la schiavitù davano asilo ai fuggiaschi dalla Georgia e dalle colonie britanniche. Ne nacque una lunga faida, perché la Georgia rivoleva indietro gli schiavi, ma gli spagnoli dicevano di no e pur di dare fastidio alle colonie inglesi li proteggevano. Intorno al 1760 una nave negriera che rientrava dall'Africa occidentale era in procinto di attraccare a Savannah, quando da nord arrivò un terribile ciclone, quello che oggi chiamiamo *nor'easter*, la investì e la spinse verso sud, danneggiandola gravemente. Era una nave della Virginia chiamata *Venus*, e trasportava circa quattrocento schiavi, ammassati come sardine. Tanti erano già morti durante il viaggio. Le condizioni a bordo erano inimmaginabili, per usare un eufemismo. A ogni modo, la *Venus* affondò a circa un miglio dalla costa di Cumberland Island. Gli schiavi avevano i ceppi a mani e piedi, annegarono quasi tutti. Qualcuno però riuscì ad aggrapparsi al relitto e andò alla deriva fino a Dark Island, o Dark Isle, come venne poi ribattezzata. Nel 1760 non aveva ancora un nome. I sopravvissuti furono portati in salvo dai fuggiaschi della Georgia, che insieme a loro fondarono una piccola comunità. Negli oltre due secoli che sono trascorsi da allora sono morti o se ne sono andati, e adesso l'isola è deserta.»

Bruce bevve un sorso di caffè e aspettò una reazione.

«Bella, ma io non scrivo di storia» commentò Mercer.

Thomas chiese: «Dove sarebbe l'aggancio? Un accenno di trama?».

Bruce sorrise e prese un tascabile semplice, di non molte pagine. Si intitolava *Dark Isle. L'isola degli schiavi*. L'aveva scritto una certa Lovely Jackson.

Nessuno dei due fece il gesto di prenderlo, ma Bruce non si scompose. «Questo è un libro autopubblicato che avrà venduto trenta copie. Lo ha scritto l'ultima discendente di Dark Isle ancora in vita, o quantomeno è così che si definisce Lovely Jackson. Abita qui a Camino, giù vicino ai vecchi conservifici in un quartiere chiamato Docks» spiegò.

«So dov'è» commentò Mercer.

«Dice di essere nata a Dark Isle nel 1940, e di essersene andata con sua madre quando aveva quindici anni.»

«Come fai a conoscerla?» chiese Mercer.

«Venne qui per la prima volta alcuni anni fa con una borsa zeppa di questi libri, chiedendo di organizzare un grosso firmacopie. Come mi avete già sentito dire, quelli che si pubblicano da sé ti fanno diventare matto. Molto insistenti, molto esigenti. Cerco di evitarli, ma trovai Lovely davvero simpatica, e la sua storia è affascinante, ci tenevo a presentarla. Organizzammo il firmacopie e coinvolsi i nostri amici, la maggior parte dei quali farebbe quasi tutto per un bicchiere di vino gratis. Ne uscì una festa carina. Lovely mi è tuttora molto grata.»

«Sto ancora aspettando la trama» intervenne Thomas, piuttosto seccato.

«Eccoti la trama. Siccome siamo in Florida, gli speculatori immobiliari si contendono le spiagge incontaminate fino all'ultimo centimetro. Qualcuno, anni fa, ha messo gli occhi su Dark Isle, ma c'era un grosso problema. L'isola è troppo piccola per giustificare il costo di un ponte. Gli immobiliaristi non riuscirebbero mai a costruire abbastanza appartamenti, alberghi, parchi acquatici e negozietti e via dicendo da convincere lo Stato a costruire un ponte. Insomma, Dark Isle era off-limits. Ma l'uragano Leo ha cambiato tutto. L'occhio del ciclone è passato per l'isola, ne ha staccato l'estremità settentrionale e spostando tonnellate di sabbia ha creato un'enorme barriera che potrebbe collegare la punta meridionale a un punto vicino a Dick's Harbor, sulla terraferma. Gli ingegneri dicono che adesso costruire un ponte costerebbe molto meno. Gli speculatori incombono sull'isola come avvoltoi, e contano sui loro compari di Tallahassee.»

«Insomma, la trama è Lovely Jackson» osservò Thomas.

«Esatto. Sostiene di essere l'unica proprietaria.»
«Ma se non ci vive, perché non vende l'isola?» domandò Mercer.
Bruce gettò il libro in un mucchio e bevve il suo caffè. «Perché è terreno consacrato» rispose, e sorrise. «I suoi avi sono seppelliti laggiù. Una sua antenata era sulla *Venus*, si chiamava Nalla. Lovely non venderà. Fine.»
«Che ne pensano le immobiliari?» chiese Thomas.
«Hanno gli avvocati, e sono un gruppo agguerrito. Dicono che non ci sono attestazioni che Lovely sia nata sull'isola. Tenete a mente che lei è l'unica testimone rimasta. Tutti gli altri parenti sono morti da molti anni.»
«E i cattivi hanno grandi progetti?» chiese Mercer.
«Scherzi? Schiere di condomini, resort, campi da golf. Si dice persino che abbiano trovato un accordo con i Seminole per costruire un casinò. Il più vicino è a due ore da qui. Nel giro di tre anni l'intera isola sarebbe coperta di cemento.»
«E Lovely non può permettersi degli avvocati?»
«Certo che no. Avrà ottant'anni e vive di una piccola pensione mensile che le passa la previdenza sociale.»
«Ha ottant'anni?» gli fece eco Mercer. «Lo sai per certo?»
«No. Non c'è un certificato di nascita, nessun registro. Se leggi il suo libro, e ti consiglio di farlo al più presto, ti renderai conto che queste persone sono state isolate per decenni.»
«Ho già messo in valigia i libri da leggere» replicò Mercer.
«Okay, fa' come credi. Ma lascia che ti dia un'anticipazione. Uno dei motivi per cui erano così isolati è che Nalla era una specie di sacerdotessa vudù africana. In una scena che non ti scorderai tanto facilmente, getta una maledizione sull'isola per proteggerla dagli estranei.»
Thomas scosse la testa e commentò: «*Adesso sì* che intuisco una trama».
«Ti piace?»
«Eccome.»
«Comincio a leggerlo sull'aereo» disse Mercer.
«Mandami un messaggio dalla Scozia, quando lo finisci.»

## 3

Appena l'aereo si stabilizzò, da qualche parte sopra la South Carolina, Mercer estrasse il libro dalla sacca e osservò la copertina. L'immagine non era brutta e raffigurava una viuzza sterrata costeggiata da querce enormi e cascate di tillandsia che arrivavano quasi a toccare terra. Verso l'alto gli alberi si facevano più scuri, fino a sfumare nel titolo, *Dark Isle. L'isola degli schiavi*. Nella parte inferiore compariva il nome di Lovely Jackson. All'interno c'erano l'occhiello e il colophon; la casa editrice era un piccolo editore di Orlando che pubblicava a pagamento. Niente dedica, niente foto dell'autrice, niente testo sulla quarta di copertina. E niente editing.

Mercer si aspettava uno stile poco elaborato. Parole di poche sillabe, frasi brevi e dirette, qualche virgola qua e là. Di certo nessuna infiorettatura letteraria. La scrittura tuttavia era scorrevole, e la storia così avvincente che lei mise da parte i suoi altezzosi pregiudizi editoriali e professionali e vi si immerse. Quando finì il primo capitolo senza aver fatto una pausa, si rese conto che il testo era molto più coinvolgente e appassionante della maggior parte della roba scritta dai suoi studenti che era costretta a leggere. A dirla tutta, lo stile e la narrazione erano più interessanti di quasi tutti i romanzi d'esordio che aveva letto nell'ultimo anno.

Si accorse che Thomas la stava guardando. «Allora?»

«Niente male.»

«Quando posso leggerlo?»

«Per esempio quando l'avrò finito?»

«Che ne dici se invece ci alterniamo e leggiamo un capitolo a testa?»

«Non ho mai letto un libro in quel modo e non ho intenzione di cominciare adesso.»

«Sarà facile, considerato che leggo al doppio della tua velocità.»

«Mi stai provocando?» chiese lei.

«Sempre. Siamo sposati da venti ore, è il momento buono per il primo litigio.»

«Non abbocco, tesoro. Adesso torna al tuo libro e lasciami in pace.»

«Okay, ma sbrigati.»

Mercer lo guardò e sorrise scuotendo la testa. «Ieri notte ci siamo dimenticati di consumare il matrimonio.»

Thomas si guardò attorno per accertarsi che nessuno li stesse ascoltando. «Sono tre anni che lo consumiamo.»

«No, Romeo, un matrimonio non può essere ufficiale, almeno in senso biblico, finché non vengono pronunciati i voti, non ci dichiarano marito e moglie e non consumiamo.»

«Quindi in senso biblico saresti ancora vergine?»

«Non mi spingerei così in là.»

«Ero stanco e anche un po' ubriaco. Scusa. Ci rifaremo in Scozia.»

«Sempre se riesco ad aspettare.»

«Non mi provocare.»

## 4

Nalla aveva diciannove anni quando la sua breve, felice vita cambiò per sempre. Lei e suo marito Mosi avevano un figlio, un bambino di tre anni. Facevano parte della tribù dei Luba e vivevano in un villaggio nella zona meridionale del regno del Congo.

Il villaggio dormiva. Il silenzio della notte fu squarciato da urla terrorizzate. Una capanna era in fiamme e la gente gridava. Nalla si svegliò per prima, poi scosse Mosi e il bambino, che dormiva sulla stuoia in mezzo a loro. Insieme a tutti gli altri corsero a spegnere il fuoco, ma era molto peggio di un semplice incendio: era un attacco. Le fiamme erano state appiccate intenzionalmente dai membri di un'altra tribù, con cui in passato avevano convissuto in pace ma che da qualche tempo erano diventati cacciatori di schiavi. Sferrarono l'attacco dalla giungla con bastoni e fruste. Da saccheggiatori esperti sapevano che le loro prede sarebbero state troppo intontite e disorganizzate per reagire. Li picchiarono, li catturarono e li incatenarono, però badarono a fare meno vittime possibili. Erano troppo preziosi per ucciderli. I vecchi furono lasciati a occuparsi dei bambini, che nel giro di pochi minuti erano diventati orfani. Le donne gridavano e chiamavano i figli scomparsi; trascinati nella giungla, sarebbero stati liberati soltanto il giorno dopo. I bambini piccoli non valevano granché per i mercanti di schiavi.

Nalla urlò il nome di Mosi, ma non lo sentì rispondere. Nell'oscurità, donne e uomini erano stati separati. Chiamò anche il suo bambino, e continuò a chiamarlo finché uno degli aggressori non la colpì con un bastone. Lei cadde e sentì il sangue sul viso. Nella luce dell'incendio non riusciva a vedere che uomini armati di lunghi machete e coltelli che radunavano a spintoni gli abitanti del villaggio, i suoi amici e vicini. Gridavano ordini e minacciavano di uccidere chiunque avesse disobbedito. Le fiamme stavano diventando sempre più alte e spaventose. Nalla fu gettata di nuovo a terra, poi qualcuno le intimò di alzarsi e di camminare verso la giungla. C'erano una decina di donne incatenate, quasi tutte giovani madri in lacrime che gridavano il nome dei figli. Un uomo intimò alle giovani di tacere, ma loro continuarono a piangere e lui le percosse con la frusta.

Quando furono nel cuore della giungla e lontani dal villaggio, si fermarono in una radura, dove li aspettava un carro trainato da buoi. Era carico di catene, ceppi e manette. Le donne non indossavano altro che il tradizionale pezzo di tessuto legato intorno ai fianchi. Gli aggressori le svestirono a forza, lasciandole nude. Le legarono l'una all'altra incatenandole al collo, e le costrinsero a camminare in fila. Se qualcuna avesse cercato di fuggire, le altre sarebbero inciampate e cadute.

Ma erano troppo terrorizzate per scappare. La giungla era fitta e nera. La conoscevano bene e ne conoscevano le insidie, soprattutto di notte. Il carro apriva la strada guidato da un bandito adolescente con una torcia in una mano e le redini nell'altra. Due altri predoni armati di frusta scortavano le donne, uno ad aprire la fila, l'altro a chiuderla.

Quando le prigioniere furono stanche di piangere procedettero arrancando; l'unico suono era lo sferragliare dei ceppi e delle catene.

Udirono altri movimenti nella giungla. Forse erano i loro mariti, padri e fratelli, catturati nel loro villaggio. Quando sentirono le voci degli uomini, tutte le donne cominciarono immediatamente a gridare il nome dei loro cari. I rapitori le insultarono e le frustarono. Le voci degli uomini svanirono in lontananza.

Il carro si fermò in prossimità di un ruscello che le donne conoscevano bene, perché lo usavano per fare il bagno e lavare i panni. I rapitori dissero che si sarebbero fermati lì per la notte, e ordinarono alle prigioniere di radunarsi accanto al carro. Ancora incatenate le une alle altre, le donne avevano la pelle segnata e tumefatta dai collari. Una catena più pesante fu legata a una ruota del carro e fatta passare attorno al collo di due prigioniere. Quella notte nessuna di loro sarebbe andata da nessuna parte.

Il ragazzo accese un fuocherello e fece cuocere un tegame di riso rosso. Vi mise dentro foglie di manioca e di gombo, e quando fu pronto lui e gli altri due uomini cenarono, mangiando dallo stesso cucchiaio di legno. Le donne erano troppo stanche e spaventate per sentire la fame, ma guardarono gli uomini mangiare perché non c'era altro da guardare. Erano strette le une alle altre, con i ceppi che sferragliavano a ogni minimo movimento. Parlavano sottovoce, piangendo per i loro bambini e mariti.

Sarebbero mai tornate a casa?

Avevano sentito parlare di cacciatori di schiavi nella parte settentrionale del paese, ma erano ancora troppo lontani per preoccuparsene. Il capo del loro villaggio si era incontrato con altre tribù e aveva saputo di quel pericolo. Aveva ordinato agli uomini di tenere le armi a portata di mano e di prestare attenzione quando andavano a caccia e a pesca.

Quando il fuoco si spense, la notte divenne ancora più buia. Le donne smisero di bisbigliare e si tennero per sé i loro pensieri: non volevano che i rapitori le sentissero. Il ragazzo si addormentò accanto al fuoco. I due uomini scomparvero. Una delle donne, sussurrando, propose di scappare, ma sembrava impossibile. Persino il loro respiro faceva tintinnare le catene.

A un tratto i due uomini tornarono. Afferrarono la prigioniera più giovane, Sanu, una ragazza di quattordici anni la cui madre era rimasta al villaggio. Le tolsero il collare e la liberarono. Lei cercò di divincolarsi e di opporsi, ma loro la colpirono, coprendola di insulti. La trascinarono via e per un lungo, terribile lasso di tempo le donne ne sentirono le grida. Quando tornò singhiozzava e tremava, sotto shock. Gli uomini la incatenarono e minacciarono di infliggere lo stesso trattamento a chiunque avesse fiatato o cercato di fuggire. Le prigioniere si strinsero ancora di più, terrorizzate. Nalla era vicina alla ragazza, che non riusciva a smettere di tremare, e le sussurrò parole di conforto.

Esausti, gli uomini si addormentarono. Per le prigioniere, però, dormire era impossibile. Erano scomode e a disagio, devastate dal desiderio di tornare a casa dai loro bambini.

All'alba si rimisero in cammino, allontanandosi sempre di più dal villaggio. Mentre la giungla si faceva meno fitta, il sole sorse alto e rovente. A metà mattinata arrivarono in una valle che quasi nessuna di loro aveva mai visto. Il carro si fermò e i rapitori ordinarono alle prigioniere di sedersi ai piedi di un albero. Il ragazzo accese un falò e fece cuocere un altro tegame di riso rosso e di gombo. Gli uomini mangiarono per primi, dallo stesso cucchiaio di legno della sera prima. Offrirono gli avanzi alle donne, che lasciarono a Sanu la possibilità di nutrirsi per prima. Lei rifiutò, non aveva appetito. Il poco cibo fu distribuito in modo che tutte ne prendessero qualche boccone. Morivano di fame, e avevano bisogno di bere.

La triste fila riprese il cammino in silenzio. Gli unici suoni provenivano dalle ruote del carro e dal tintinnio costante delle catene che le tenevano unite. Gli uomini salivano a turno sul carro, dove si appisolavano. Quand'erano svegli fissavano incessantemente le prigioniere, come se volessero selezionarle per la notte. Si fermarono vicino a un ruscello per bere e riposare all'ombra di un albero del cotone. Il pranzo fu una piccola mela e un tozzo di pane duro. Dopo aver mangiato e bevuto, le prigioniere furono autorizzate a immergersi nel ruscello per lavarsi.

Quando scese di nuovo la sera, fu scelta una donna di nome Shara. Mentre gli uomini le toglievano il collare, lei cercò di divincolarsi e si ribellò. La picchiarono con un bastone, la legarono a un albero e la frustarono finché non perse i sensi. Insultarono le altre donne e le minacciarono. Terrorizzate, le prigioniere si strinsero le une alle altre.

Uno degli uomini si avvicinò e indicò Nalla. Lei sapeva che avrebbe fatto meglio a non opporre resistenza. Shara si era ribellata, e adesso era in fin di vita. Portarono Nalla tra gli alberi e la violentarono.

Nonostante lo sfinimento, la disidratazione, la paura e il dolore, le donne non riuscirono a dormire nemmeno la seconda notte. Ancora legata all'albero, la povera Shara non smise di emettere gemiti penosi. A un certo punto della notte i lamenti si interruppero.

## 5

All'alba gli uomini si misero a litigare. Si incolpavano a vicenda perché durante la notte Shara era morta. Quando ripartirono, costrinsero le donne a passarle davanti; tra le lacrime, le prigioniere dissero addio alla loro amica. I collari rendevano impossibile voltare la testa, ma Nalla riuscì a guardare. Shara era ancora stretta all'albero, con le mani legate al tronco da una corda e il corpo nudo coperto di sangue rappreso.

Camminarono per giorni su sentieri sterrati e roventi, sempre più deboli. Sapevano di essere dirette a ovest, verso l'oceano, anche se non lo avevano mai visto. Faceva parte del loro folklore, delle leggende del loro angolo di Africa. Ormai il villaggio era lontanissimo, sapevano che non sarebbero più tornate a casa. Da oltre due secoli i congolesi e gli altri abitanti dell'Africa occidentale venivano attaccati, imprigionati, portati via e venduti ai coloni nel Nuovo

Mondo. Le donne sapevano cosa le aspettava. L'unica speranza di Nalla era di poter rivedere Mosi.

I giorni si confondevano, il tempo non aveva più nessuna importanza. Il loro unico pensiero era sopravvivere, non si concedevano nessuna emozione. Intenso e implacabile, il sole rendeva tutto ancora più difficile. La fame e la disidratazione le consumavano ora dopo ora. Di notte, quando si alzava il vento da nord, le donne si stringevano ancora di più per scaldarsi, mentre i loro guardiani dormivano accanto a un piccolo falò.

Quando finirono il cibo, gli uomini presero a discutere. Ordinarono al ragazzo di imboccare un sentiero diretto a sud. All'imbrunire sentirono l'odore di fumo di un falò, lo seguirono e giunsero a un piccolo villaggio ai margini della foresta. Uno steccato di assi e filo spinato circondava un grande spiazzo pieno di uomini e donne, separati gli uni dalle altre. Un campo di prigionia. Armate di fucili, le guardie osservarono le donne avvicinarsi. Dopo aver varcato un cancello, le prigioniere furono liberate dai ceppi e dalle catene. Una donna africana dai capelli grigi, con indosso un abito di iuta, tamponò le loro escoriazioni con del grasso animale prelevato da una ciotola. Distribuì fagioli e pane gustoso, e le prigioniere mangiarono fino a essere sazie. L'anziana e il marito erano i proprietari della fattoria, e chiedevano una piccola somma ai mercanti di schiavi che vi transitavano. Probabilmente le donne sarebbero state cedute a un altro gruppo e portate via. L'anziana era addolorata per la loro situazione, ma non poteva farci niente. Il commercio di schiavi rendeva tantissimo e le tribù più forti si arricchivano vendendo quelle vicine.

C'erano molti bambini. Nalla e le altre madri del villaggio li guardavano con struggimento e pietà. Sentivano la mancanza dei loro figli perduti, però forse in fondo era meglio così. A loro avrebbero badato gli anziani del villaggio. I poveri bambini nel campo di prigionia erano deboli e affamati. Molti avevano segni di ferite e di punture di insetti. Avevano l'aria persa, non giocavano, non sorridevano.

Il campo era diviso in due da un'alta recinzione di filo

metallico. Gli uomini e le donne vi si avvicinarono per studiarsi a vicenda in cerca di una faccia familiare. Mosi non c'era, ma Nalla riconobbe e parlò con un altro uomo del villaggio. Lui le disse che dopo il primo giorno erano stati divisi in tre gruppi. Mosi era stato portato via insieme ad altri. No, Nalla non aveva visto sua moglie o le sue due figlie.

Quella notte piovve parecchio, ci furono lampi furibondi e forti raffiche di vento. Nel campo non ci si poteva riparare: le donne si raggrupparono contro una piccola capanna di tronchi e dormirono nel fango. Al mattino l'anziana dai capelli grigi portò pane e riso rosso, e mentre distribuiva il cibo notò delle pustole sulla faccia di un bambino. Temendo che avesse il morbillo, isolò il piccolo in una capanna. Disse che un mese prima tre bambini erano morti di vaiolo.

Dopo una settimana al campo, le donne furono nuovamente divise e informate che stavano per partire. Un gruppo di guardie radunò venti prigioniere e tre bambini ed estrasse ceppi e catene. Nalla e le sue amiche erano appena state vendute.

I loro aguzzini avevano ideato una nuova forma di tortura: un'asse di legno grezza lunga un paio di metri, con anelli di metallo alle estremità. Gli anelli si infilavano al collo di due donne, che in questo modo erano saldamente unite l'una all'altra e allo stesso tempo costrette a sopportare il peso dell'asse. Attorno alla vita avevano legata una catena che passava attraverso un collare assicurato alla gola di un bambino, che camminava tra le due donne e sotto l'asse. Per rendere le cose ancora peggiori, le guardie appoggiavano sull'asse acqua e provviste.

Dopo qualche minuto sul sentiero, Nalla quasi sentiva la mancanza del vecchio collare di ferro. Ma in fondo non aveva importanza. Una forma di tortura ne valeva un'altra.

Col passare dei giorni il sole si fece più caldo. Le donne, indebolite, cominciarono a svenire per il calore e lo sfinimento. Quando una prigioniera crollava, l'asse si trascinava dietro la sua compagna. Le guardie reagivano offrendo acqua, e quando non era sufficiente a far rinvenire la malcapitata passavano alle fruste.

Giustizia fu fatta, almeno in parte, quando la più sadica delle tre guardie calpestò un grosso mamba verde e cadde gridando. Il serpente sgusciò via mentre le prigioniere si disperdevano nel panico generale. Furono radunate a spintoni sotto un albero, dove riposarono all'ombra guardando con orrore e soddisfazione l'uomo che si contorceva e gemeva, in preda alle convulsioni e ai conati di vomito, fino alla morte. Ben gli stava.

Un giorno arrivarono in cima a un monte e in lontananza videro l'oceano. In qualche modo l'acqua azzurra le consolò, perché significava la fine di quel viaggio terribile. Ma fu anche un'apparizione devastante, perché sapevano che l'oceano le avrebbe portate via per sempre.

Due ore dopo giunsero a un villaggio e videro alcune piccole imbarcazioni ormeggiate nella baia. Il carro procedette cigolando fino a un accampamento detto "forte". Le donne furono portate sotto un albero, dove rimasero in attesa. Attraverso lo steccato che circondava il perimetro del forte videro altri prigionieri, donne e bambini più vicino e uomini in un'altra grande sezione dell'accampamento. Cercarono invano qualche faccia familiare.

Finalmente arrivò il capo, un africano che però indossava abiti occidentali e stivali militari. Sbraitò alle prigioniere di alzarsi, poi si mise a esaminarle una per una: palpeggiò i loro seni, ispezionò la loro regione pubica, le pizzicò viscidamente cercando di apparire annoiato. Lo fece senza fretta, e quando ebbe terminato annunciò alle guardie che gli avevano portato un'ottima selezione. Venti donne, tutte giovani e abbastanza in salute da poter figliare, e tre ragazzini affamati che non valevano granché. Il capo e le guardie si misero a discutere di soldi e la conversazione si fece più accesa; cenni di dissenso, toni accalorati. Era ovvio che gli uomini si conoscevano e in passato avevano già fatto affari. Quando finalmente giunsero a un accordo, il capo estrasse un sacchetto di monete e pagò.

Nalla e le altre erano state vendute per la seconda volta.

Passarono un cancello ed entrarono in un cortile sterrato dove furono liberate da assi, catene e ceppi, e autorizzate a muoversi liberamente. Incontrarono altre donne della loro tribù e si aggiornarono sulla situazione, terribile per tutte. Alcune prigioniere avevano piaghe aperte sulla schiena, i segni delle frustate. Erano quasi tutte giovani madri che piangevano la perdita dei figli.

Dall'altra parte del forte c'era un campo più esteso, dove decine di uomini bighellonavano cercando di vedere le nuove arrivate. Nalla e le altre si avvicinarono il più possibile in cerca dei loro cari, ma invano.

Vennero distribuiti pane e acqua, e le prigioniere tornarono all'ombra dietro una capanna. Tre giorni prima era salpata una nave con quasi duecento prigionieri, ma il forte si era riempito di nuovo. Il commercio di schiavi stava esplodendo. Nessuno sapeva quando sarebbe arrivata la nave successiva. L'unica certezza era che non sarebbero tornate a casa. Tutte avevano perso un marito o un figlio, o entrambi. Nalla confessò di essere stata violentata, e alcune delle altre prigioniere, riluttanti, fecero lo stesso. Erano tutte macilente, denutrite e nude.

Ogni sera, al calare del buio e con l'arrivo dei soldati cominciava il terrore. In cambio di pochi spiccioli il capo li lasciava entrare nel forte per violentare le donne, abbandonate alla loro mercé.

Le condizioni di vita al forte erano pessime. La maggior parte dei prigionieri non aveva un riparo e dormiva per terra. Le poche capanne erano assegnate a chi soffriva di dissenteria o di scorbuto. Un breve temporale trasformò la terra rossa in fango. Il cibo era scarso e consisteva in un tozzo di pane e qualche frutto scovato dal capo. L'unico tentativo di misura igienica era una grossa buca piena di acque di scolo in un angolo dell'accampamento. Servirsene era complicato: i bordi erano scivolosi per le deiezioni e almeno una volta al giorno qualcuno ci cadeva dentro. Tutto il forte era terreno fertile per topi e zanzare, alcune grosse come calabroni. Di notte, nessuno proteggeva le donne. Le guardie ne approfittavano allo stesso modo dei soldati, che stavano sempre in agguato.

E così, giorno dopo giorno, rimasero ad aspettare. Lentamente il forte si riempì, e più persone voleva dire meno cibo. Disperate, le donne cominciarono a scrutare verso il porto nella speranza che arrivasse una nave negriera a portarle via.

## 6

Un mattino, un paio di settimane dopo il loro arrivo, sebbene non avessero idea di che giorno della settimana fosse, Nalla si svegliò nel fango e si alzò. Due donne indicavano il porto. C'era una nave, finalmente. Passarono le ore e non accadde nulla, poi comparve qualcosa di strano: il primo uomo bianco che avessero mai visto. Lui e il capo stavano trattando sotto la tettoia di una capanna.

Quando l'uomo bianco se ne andò, l'atmosfera nel forte cambiò drasticamente. Le guardie aprirono una capanna e ne tirarono fuori pile di catene, ceppi e collari. Ordinarono alle donne di disporsi in fila e le legarono, di nuovo. Una oppose resistenza e venne frustata davanti alle altre, costrette a guardare. Nalla era nel primo gruppo di circa trenta prigioniere che furono portate via dal forte mentre tutti le osservavano. Presto sarebbe toccato a loro.

Furono condotte lungo un sentiero in direzione della baia. Gli abitanti del villaggio interruppero le loro faccende e le guardarono pietosamente. Al molo, Nalla e le altre sfilarono su uno stretto pontile fino a una barca, dove alcuni bianchi le apostrofarono bruscamente in una lingua sconosciuta.

Erano americani e parlavano inglese.

Le donne furono spintonate sul ponte e lungo una scala malferma che scendeva in una stiva angusta, dai boccaporti sigillati. L'imbarcazione, una piccola nave da carico, poteva trasportare cinquanta schiavi alla volta, e per riempirla ci vollero due ore. Nel frattempo Nalla e le sue compagne attesero al buio, nell'aria opprimente e disgustosa. Respiravano a fatica, temevano di soffocare, imploravano una boccata d'aria fresca. Una guardia aprì un boccaporto. Finalmente salparono e la barca cominciò a dondolare. Dalla fessura entrò un po' d'aria, ma le prigioniere non erano mai state sull'oceano e le oscillazioni della nave le fecero stare male.

Mezz'ora dopo ricevettero l'ordine di uscire dalla stiva e scendere dalla barca. Dopo aver attraversato una plancia da sbarco, salirono lungo una stretta passerella fino al ponte della *Venus*.

Quello che videro le sconvolse. Nonostante le crudeltà e gli abusi già subiti, si sentirono ancora più disperate. Decine di uomini africani stavano accovacciati o seduti, ammassati gli uni agli altri in attesa di ricevere ordini. Guardarono le donne salire. Dai bordi del ponte, uomini bianchi armati di fucili le fissavano minacciosi. Altri avevano legato un africano a un albero e lo stavano frustando. Il suo sangue gocciolava sulle assi di legno. Legato a un altro albero, poco più in là, c'era un uomo bianco, anche lui nudo e sanguinante. Il bruto con la frusta in mano rideva e parlava a voce alta in inglese. Una frustata all'africano. Quella successiva al marinaio. Non aveva fretta.

## 7

Mercer era già stata al Dulles International. Era un grosso aeroporto, un importante crocevia che accoglieva gente da tutto il mondo. Nel terminal principale, i tabelloni delle partenze e degli arrivi elencavano centinaia di voli diretti e provenienti da ovunque. Era presente qualsiasi compagnia aerea, dalle più grandi a quelle minori. Mercer si divertì a leggere i tabelloni e a sognare tutti i posti che avrebbe voluto vedere. Il mondo era a portata di mano, e compagnie come Icelandair, All Nippon Airways, Royal Air Maroc e Lufthansa potevano portarla ovunque.

Avevano tre ore di attesa prima di prendere l'aereo per Londra. Thomas era andato a fare due passi e a cercare un caffè. Mercer mise via il libro su Dark Isle. Era arrivata a metà e aveva bisogno di fare una pausa. Da qualche parte tra i lontani ricordi dei suoi anni scolastici, era sicura che qualche insegnante benintenzionato l'avesse costretta a leggere qualcosa sugli schiavi in America. Conosceva la vicenda a grandi linee, ma non ne era mai stata troppo incuriosita. Aveva letto *La capanna dello zio Tom* e *Huckleberry Finn* e si era fatta un'idea di quanto le cose fossero terribili, però non si era mai dedicata ad approfondirle. Aveva sempre preferito la letteratura inglese e francese contemporanea.

Si avvicinò un gruppo di africani. Le donne indossavano abiti dai colori vivaci e turbanti. Gli uomini completi scuri, con camicie bianche e cravatte sgargianti. Erano di buonumore e parlavano ad alta voce con un pesante accento. Altri passeggeri li guardarono passare e si tennero alla larga. Il gruppo si avviò con le valigie verso il gate della Nigeria Air e si mise in fila.

Mercer ripensò all'inquietante storia di Nalla e delle condizioni disumane del suo primo e unico viaggio attraverso l'Atlantico dall'Africa occidentale. Sorrise al gruppo di nigeriani e si chiese come fosse possibile che i suoi antenati avessero tollerato di infliggere tante crudeltà al loro popolo. Anche solo il pensiero era devastante.

Thomas, di ritorno, le tese un bicchiere di carta con il caffè. «Da quando siamo partiti mi hai a malapena rivolto la parola» le fece notare.

«E allora?»

«E allora ci siamo appena sposati e dovremmo essere innamorati persi.»

«Sei innamorato perso?»

«Certo che sì, e non penso ad altro che a consumare.»

«Scusa se ho tirato fuori l'argomento. Anch'io sono innamorata persa. Adesso va meglio?»

«Forse. Non proprio. Com'è il libro?»

«Notevole. Le persone che si insediarono a Dark Isle erano schiavi dell'Africa occidentale. Ci sei mai stato?»

«No. Sono stato a Cape Town e a Nairobi.»

«Neanch'io. È una storia affascinante.»

«Alla fine una trama ce l'ha?»

«Forse. Segue un'antenata dell'autrice, una giovane madre di nome Nalla, rapita dai mercanti di schiavi e portata via dal figlio, dal marito, dalla famiglia: da tutto e tutti.»

«Quando?»
«Attorno al 1760.»
«Come giunse a Dark Isle?»
«Non lo so. Non ci sono ancora arrivata.»
«Hai intenzione di ignorarmi per tutto il viaggio?»
«Probabile, finché non finisco il libro.»
«Non sono sicuro che mi piaccia la vita da sposato.»
«Troppo tardi. Ormai è fatta. Va' a leggere il tuo libro.»

## 8

Dopo aver mostrato Nalla a bordo della nave, Lovely dava una curiosa svolta alla narrazione e si fermava a fornire al lettore un po' di contesto storico sulla tratta degli schiavi. Doveva aver fatto ricerche molto approfondite. Scriveva:

> La *Venus* era una delle tre navi negriere di Melton Fancher, che a metà del Settecento era uno dei principali latifondisti della Virginia, proprietario di numerose piantagioni di tabacco e centinaia di schiavi. A quell'epoca la tratta degli schiavi era controllata principalmente dai portoghesi, dagli olandesi e dagli inglesi, ma Fancher voleva entrare nel giro. Aveva bisogno di manodopera per le sue piantagioni, e per ottenerla a un prezzo più basso pensò bene di procurarsi tre navi. Le caricò di tabacco e whisky e le spedì in Africa per scambiare la merce con gli schiavi.
>
> Le navi negriere erano state costruite nei cantieri di Norfolk, dov'erano impiegati centinaia di lavoratori. Erano state finanziate e assicurate da banche e aziende di New York, Boston e Philadelphia. Gli schiavi erano considerati alla stregua di beni mobili o di capi di bestiame, perciò erano assicurati anche loro.
>
> La tratta muoveva un giro d'affari enorme. Tutti facevano soldi, tranne, ovviamente, gli schiavi.
>
> Dal momento che la manodopera era così preziosa, le compagnie compilavano i registri meticolosamente. Dal 1737 al 1771 le tre navi di Fancher attraversarono duecentoventotto volte l'Atlantico e consegnarono centodiecimila schiavi ai mercati americani, soprattutto a Norfolk, Charleston,

Savannah. Fancher era considerato il più importante mercante di schiavi americano, e divenne ricchissimo.

Sulle navi si viaggiava in condizioni terribili, ovviamente. Le sofferenze che dovette sopportare Nalla erano comuni. A quei tempi, all'arrivo di una nave negriera era normale che le altre imbarcazioni piccole e grandi, i pescatori e i portuali sgomberassero gli approdi. Il fetore era insopportabile, nauseante, e permaneva per ore. Si diceva che le navi negriere si sentissero arrivare da lontano per l'odore che le precedeva, ancora prima che se ne scorgessero le vele all'orizzonte.

## 9

Nalla e le altre attesero per tre giorni prima che la *Venus* si riempisse lentamente di altri africani in ceppi e catene, nudi e disorientati. Molti erano bellicosi e ribelli, ma la minima protesta o imprecazione causava brutali frustate davanti agli occhi di tutti. Ogni fustigazione era eseguita sul ponte principale, di fronte a una moltitudine di testimoni. Quella violenza raccapricciante serviva a scoraggiare ogni potenziale tentativo di ribellione. I marinai erano armati fino ai denti e aggressivi, e mantenevano la disciplina pestando qualsiasi africano si rifiutasse di obbedire immediatamente agli ordini.

Gli uomini avevano le caviglie legate con ceppi di ferro; erano costretti a camminare, sedersi e fare qualsiasi cosa in coppia. Erano isolati sottocoperta in una specie di *sudatorium* soffocante senza finestre, ricambi d'aria, luce né posti per orinare o defecare. Erano talmente ammassati gli uni agli altri da essere costretti a dormire gomito a gomito. Il vano era così asfissiante che quasi non si poteva respirare. Il sudore gocciolava dalla loro pelle e si raccoglieva sul pavimento, dove filtrava tra le assi. Il suo tanfo, unito a quello di urina e feci, aleggiava come una foschia densa, quasi visibile. Per qualche ora al giorno i prigionieri venivano portati sul ponte, dove si riempivano i polmoni d'aria fresca e ingurgitavano brodaglia da una scodella di porcellana lurida. Defecavano in un angolo, dove i marinai avevano costruito una specie di scivolo a forma di tubo che scaricava i rifiuti direttamente nell'oceano.

La nave era ancora ormeggiata e continuava a caricare prigionieri.

Le donne e i bambini erano suddivisi in vari locali sotto il ponte principale, senza catene. Erano molto meno numerosi degli uomini e vivevano in condizioni leggermente migliori, ma nel perenne terrore di un'aggressione sessuale. Erano autorizzati a stare più tempo sul ponte, dove osservavano costantemente gli uomini, sperando di trovare un marito o un fratello perso. A volte succedeva, anche se le donne sapevano bene di doverlo tacere. Non fu il caso di Nalla: di Mosi non c'era traccia.

I marinai erano una ciurma violenta di emarginati, criminali, ex detenuti, debitori e ubriaconi incapaci di trovarsi un impiego onesto a casa. Era risaputo che lavorare su una nave negriera era l'ultima scelta possibile, e quegli uomini avevano accettato soltanto perché non erano riusciti a trovare niente di meglio. Non erano marinai esperti e addestrati ma, piuttosto, una banda di disperati che spesso provava piacere nel compiere atti criminali. Molti erano sadici. La disciplina la imponevano con la forza il capitano e i suoi collaboratori. Erano duri con i marinai, che a loro volta si rifacevano sugli schiavi. Tutti temevano una rivolta e l'atmosfera era tesissima.

Il 12 aprile 1760, dopo una settimana di attesa, finalmente la *Venus* salpò. Era diretta a Savannah con a bordo quattrocentotrentacinque africani. Trecentodieci erano uomini, il resto donne e bambini. C'erano quarantacinque marinai, dieci comandanti in seconda e un capitano, Joshua Lankford, un veterano che aveva già viaggiato moltissimo.

La nave non arrivò mai a Savannah.

## 10

Circa un quinto degli africani morì durante il viaggio. Tre membri dell'equipaggio morirono di vaiolo, due di malaria. Le malattie erano ovunque. La dissenteria era molto diffusa, e praticamente ogni schiavo e quasi ogni marinaio soffrivano di qualche tipo di problema intestinale. Il cibo era scarso e disgustoso, causava lo scorbuto e altri disturbi. I casi di morbillo o di vaiolo venivano isolati nei meandri più ripugnanti della pancia della nave. Il livello di disperazione e depressione era tale da causare frequenti pensieri suicidi. Due uomini, incatenati insieme, riuscirono a scavalcare il parapetto del ponte e a gettarsi in mare. Il loro gesto ispirò gli altri, e per evitare ulteriori suicidi furono aggiunte sentinelle a controllare il ponte. Ciononostante, una settimana dopo altri due africani riuscirono a sfuggire alle pallottole e si annegarono. Una ragazzina di tredici anni che provò a ribellarsi a un tentativo di stupro fu pestata a sangue da due marinai. Quando si accorsero che era morta, per evitare una punizione la gettarono in mare. Il capitano non ne seppe nulla.

Sulle navi di Fancher i contatti sessuali con le schiave erano severamente vietati, ma come la maggior parte delle regole anche quella veniva ignorata dai marinai. Le prigioniere impararono a non opporre resistenza.

Nalla era tormentata da uno sgradevole delinquente soprannominato Monk, un corpulento ex criminale con la barba nera e cicatrici sul collo. Ogni notte si stendeva sul pavimento avvolta nel buio, con un'amica a ogni fianco, pregando che non arrivassero gli uomini bianchi. Spesso però succedeva, e Monk divenne ben presto una visita regolare. Alla luce di una candela, portava Nalla attraverso un dedalo di corridoi bui fino a uno stanzino freddo e umido dov'era immagazzinata l'acqua potabile. Chiudeva la porta con il chiavistello per avere un po' di privacy e faceva i suoi comodi. Lei non si opponeva. A volte c'erano altri uomini che aspettavano il loro turno; in quello stesso stanzino venivano portate molte donne.

Per dimostrare le sue buone intenzioni, Fancher faceva viaggiare un medico su ciascuna delle sue navi negriere. Sulla *Venus* il medico si occupava soltanto dei marinai, e preferiva non toccare gli africani. Non esitava a dare per morto un prigioniero gravemente malato e a ordinare che fosse gettato a mare. L'unico che poteva interferire con quella diagnosi era il capitano, e Lankford non era il tipo da dubitare del medico, che distribuiva qualche pillola e pomata ai marinai, ma per gli africani non aveva niente.

La vista della terraferma, sempre più vicina, causò agitazione, e la ciurma si mise al lavoro. Gli umili marinai di coperta cominciarono a spazzare il ponte nel vano tentativo di rendere la nave più presentabile. Le donne furono portate sul ponte e munite di acqua salata e liscivia perché si lavassero a vicenda. A ciascuna fu consegnato un pezzo di tela ruvida perché se lo avvolgesse alla vita e si coprisse. I seni nudi non erano una stranezza per gli africani, ma sulla terraferma avrebbero attirato parecchi sguardi curiosi. Agli uomini non vennero dati acqua e sapone, però ricevettero l'ordine di coprirsi i genitali con una fascia di tessuto.

A fine pomeriggio il capitano Lankford fece una delle sue rare apparizioni sul ponte. Ispezionò i suoi uomini: l'aspetto della ciurma eterogenea era peggiorato con il viaggio, ma in qualche modo lui riuscì a sembrare soddisfatto. Scrutò a lungo l'orizzonte con il cannocchiale, come per assicurarsi che sulla rotta ci fosse davvero Savannah. Dichiarò di vedere il porto, che conosceva bene, e disse che distava soltanto un paio di miglia. Con l'arrivo del buio avrebbero gettato l'ancora e sarebbero approdati il mattino seguente.

La *Venus* non riuscì ad avvicinarsi oltre.

Da nord arrivarono di colpo vento e nuvole nere. La tempesta fu così improvvisa che la ciurma non ebbe neanche il tempo di ammainare le vele e gettare l'ancora. In una manciata di minuti la nave fu spinta verso sud, in mare aperto. Le onde, alte due metri e poi tre, cominciarono a sferzare le fiancate e a schizzare acqua sul ponte. A tutti fu ordinato di andare sottocoperta. Gli scrosci d'acqua erano sempre più intensi e assordanti, e duravano a lungo.

Il capitano Lankford era sopravvissuto agli uragani dei Caraibi, ma non aveva mai visto una tempesta del genere provenire da nord. Il vento che sferzava la nave gli rendeva impossibile governarla. La visibilità era praticamente nulla, però quando la vela di maestra si lacerò e cominciò a sferzare quella di trinchetto e la posteriore lui se ne accorse. Onde ancora più alte colpivano i fianchi della *Venus*, che imbarcava un'enorme quantità d'acqua. Quando l'albero di poppa scricchiolò e si spezzò in due, il capitano ordinò di sganciare le scialuppe di salvataggio e di cominciare ad abbassarle, ma con la nave che oscillava violentemente da un lato all'altro era un compito impossibile. Chiunque fosse stato così pazzo da attraversare il ponte sarebbe stato spazzato via all'istante. Lankford temeva che gli africani potessero liberarsi, salire in coperta e impossessarsi delle scialuppe. Ordinò di chiudere le stive a chiave decretando così, in caso di naufragio della *Venus*, la morte di quattrocento africani. In un breve momento di bonaccia, i marinai si sparpagliarono sul ponte e sigillarono gli scomparti sottocoperta.

Poi il vento e le onde tornarono più forti di prima, e la *Venus* oscillò violentemente rischiando di capovolgersi. Il capitano ordinò agli uomini di saltare, se lo desideravano, purché si aggrappassero a qualcosa che galleggiasse. Lui era intenzionato ad affondare con la sua nave.

Sottocoperta, Nalla e le donne stringevano i bambini e cercavano di proteggerli dalla furia della tempesta. Si reggevano forte le une alle altre mentre la nave ondeggiava e beccheggiava, forse sul punto di spezzarsi. Venivano scagliate contro le pareti e sbattevano tra loro. Piangevano e pregavano, e gridavano quando un'onda più alta sferzava l'imbarcazione. Tutte le candele erano spente e la stiva era sprofondata nel buio. Sotto di loro sentivano gli uomini urlare disperati. Sopra le loro teste, l'acqua filtrava tra le fessure. Sapevano di essere spacciate.

Dopo il tramonto la tempesta si intensificò. Alcune delle donne riuscirono a salire i gradini, ma le botole erano sigillate. Si resero conto di essere in trappola, destinate a morire annegate. L'acqua era già a trenta centimetri, e continuava a salire.

Un'enorme onda sollevò la nave e la schiantò. La *Venus* si spezzò in due, rovesciando il suo carico nell'oceano. Nessun africano sapeva nuotare. Gli uomini non avevano speranza, a causa delle catene che li legavano. Le donne cercarono di reggere i bambini, però la tempesta era troppo feroce e il buio troppo fitto.

Nalla si ritrovò aggrappata a un pezzo di albero spezzato. Lei e altre donne vi si strinsero disperatamente mentre le onde le sollevavano e le sommergevano. Gridò alle altre di resistere, di essere forti. Erano già sopravvissute a tante disgrazie. Erano lontane dalla nave e non sarebbero annegate. Coraggio. Ovunque c'erano voci disperate, le ultime parole di persone che stavano morendo, di madri angosciate, di marinai che cercavano di salvarsi. Le loro grida si perdevano nell'ululato del vento, nello schianto delle onde, nell'oscurità assoluta dell'oceano.

La tempesta cominciò a placarsi, come se la sua missione fosse stata distruggere la nave. Le onde non erano più così potenti. Anche il vento stava perdendo vigore. Passarono i minuti, e Nalla era ancora viva. Cercò di resistere e si rese conto che l'albero poteva averle salvato la vita. Continuò a parlare alle altre donne; due non riusciva a vederle, altre erano dietro di lei, disperatamente aggrappate ai detriti.

## 11

L'oceano era calmo, una tavola, senza più alcuna traccia della furia di poche ore prima. All'orizzonte il sole era una piccola palla arancione, che iniziò a brillare a mano a mano che sorgeva.

Nalla e cinque altre donne erano raccolte attorno a tre bambini ai piedi di una duna. L'acqua era poco distante, le sue onde placide lambivano la sabbia. A destra e a sinistra la spiaggia si estendeva a perdita d'occhio.

Le donne avevano freddo e sperarono che il sole sorgesse in fretta. Erano di nuovo nude. I pezzi di stoffa logora con cui si coprivano si erano persi nella tempesta. Erano affamate, non mangiavano da tanto. I bambini piagnucolavano, ma le donne fissavano l'oceano, troppo traumatizzate per pensare al da farsi.

Da qualche parte, oltre l'orizzonte, c'era casa loro. Nalla

pensò al suo bambino e ricacciò indietro le lacrime. L'orribile nave che le aveva portate via era scomparsa. Ne avrebbero mai trovata un'altra per tornare?

L'albero spezzato che le aveva salvate era conficcato nella sabbia, poco distante. Nalla pensò alle donne che vi si erano aggrappate disperatamente, ma erano state trascinate via dalla furia delle onde. Nelle orecchie le risuonavano ancora le loro grida cariche di angoscia. Erano annegate tutte o alcune erano riuscite a trovare la riva?

La morte era ovunque. Nalla se la sentiva addosso da quando il suo villaggio era stato saccheggiato e cominciava a pensare di essere morta anche lei: finalmente morta e libera dall'incubo. Finalmente morta e in viaggio per riunirsi a Mosi e al suo bambino.

Le donne udirono dei suoni e si strinsero l'una all'altra, ma erano le voci calme di uomini che si avvicinavano. Sulla spiaggia comparve un gruppo di africani. Quattro uomini, uno dei quali armato di fucile, e tre donne della nave. Quando videro Nalla e il suo gruppo le raggiunsero tra lacrime e abbracci. Qualcuno era sopravvissuto. Chissà quanti.

Gli uomini le guardarono e sorrisero. Erano a torso nudo e scalzi, però indossavano gli stessi strani calzoni degli uomini bianchi sulla nave. Parlavano una lingua che le donne non capivano, ma il messaggio era chiaro: "Siete al sicuro".

Li seguirono fino a un tratto di costa che formava una piccola baia. Scorsero due sagome scure sulla battigia e rallentarono. Erano due persone. Cadaveri. Africani nudi con le caviglie incatenate, morti da ore. Li trascinarono sulla sabbia e fino a una duna, dove più tardi li avrebbero seppelliti.

Ormai il sole era alto, e le donne, euforiche perché si sentivano salve, mormorarono tra loro che avrebbero dovuto trovare del cibo e dell'acqua. Nalla comunicò a gesti con il capo, l'uomo con il fucile, e riuscì a fargli capire che avevano bisogno di mangiare.

Mentre lasciavano la spiaggia, si imbatterono in altre tre donne accovacciate vicino a una duna. Le abbracciarono e piansero con loro. Almeno erano vive.

I soccorritori le guidarono lungo un sentiero tra le dune

che conduceva a una macchia di fitta vegetazione. Poco dopo stavano avanzando in una foresta di antichi olmi e querce coperte di tillandsia, che pendeva dai rami più bassi. Il bosco si infittì così tanto che gli alberi e il muschio schermavano i raggi del sole. Le donne sentirono odore di fumo. Qualche istante dopo si trovarono in un insediamento, un villaggio con file di case ordinate fatte di canne e fango e con tetti di foglie di palma.

Le donne, in tutto undici con sei bambini, furono circondate dai loro nuovi amici. Gli uomini indossavano calzoni lunghi fino alle ginocchia. Le donne portavano abiti di stoffa che le avvolgevano dal collo ai piedi. Erano tutti scalzi e sfoggiavano grandi sorrisi, allegri, benevoli e pieni di compassione. Andarono incontro alle loro nuove sorelle e ai loro bambini, venuti dell'Africa.

Anche loro avevano compiuto la traversata e rischiato la vita sulle navi. E adesso erano liberi.

# 2
# Panther Cay

## 1

Il giornale di Camino Island, "The Register", usciva tre volte alla settimana e registrava con grande solerzia le pietre miliari nella vita della comunità: funerali, matrimoni, nascite, arresti ed espansione urbana. Il suo proprietario, Sid Larramore, aveva imparato anni addietro che la chiave per stare a galla, oltre alla pubblicità, era riempire le pagine di fotografie a colori di ragazzini che giocavano a baseball, softball, calcio, basket e ogni altro possibile sport. Genitori e nonni non si lasciavano sfuggire il giornale, quando vi comparivano i bambini giusti. Le scene d'azione con pescatori che reggevano grosse cernie e wahoo avevano quasi altrettanto successo.

Bruce leggeva ogni numero da cima a fondo, e Bay Books spendeva un migliaio di dollari al mese in pubblicità. Gli autori in tour potevano sempre contare su qualche articoletto a pagina 2, insieme a una fotografia.

Non c'era niente, però, che irritasse l'isola, e vendesse giornali, quanto il pettegolezzo che l'ennesima, sconsiderata società immobiliare "del Sud" si stava accaparrando terreni e progettava un milione di appartamenti. "Del Sud" voleva dire "di Miami", un posto famoso non soltanto per i suoi narcotrafficanti ma anche per le legioni di banchieri e immobiliaristi che ne riciclavano il denaro. Per la maggior parte degli abitanti della Florida bisognava diffidare nel modo più assoluto di ogni progetto nato al Sud.

A causa di una decisione arbitraria presa secoli prima da un esploratore spagnolo dimenticato, sia Dark Isle che un'altra minuscola striscia di terra al confine con la Georgia rientravano nella giurisdizione territoriale di Camino Island.

Bruce sedette alla scrivania con la posta del mattino, un giornale e una tazza di caffè forte. Notò subito il titolo in prima pagina: *La Tidal Breeze presenta il Panther Cay Resort*. Metà della prima pagina era occupata da una sgargiante veduta della futura trasformazione di Dark Isle in "Panther Cay", un nome nuovo di zecca creato da qualche genio del marketing. Al centro dell'isola era prevista la costruzione di un enorme casinò, con un auditorium da cinquemila posti e almeno altrettante slot machine. Erano garantiti, se non altro in teoria, band e cantanti importanti, e innumerevoli scommettitori pieni di soldi. A sud del casinò compariva l'ennesimo campo da golf da diciotto buche pensato per i poveri golfisti della Florida che non potevano farne a meno, e lungo ogni fairway sarebbero sorti senz'altro ville e condomini di lusso. A nord si poteva ammirare un finto villaggio occupato da negozi, ristoranti e appartamenti. Sulla spiaggia di sabbia bianca che lambiva l'Atlantico si affacciavano alberghi che promettevano viste spettacolari. Dalla parte della baia c'erano porticcioli turistici con innumerevoli darsene per accogliere ogni genere di imbarcazione, inclusi gli yacht di lusso.

Qualcosa per tutti. Promesse in abbondanza. Le possibilità erano infinite. La Tidal Breeze millantava che per creare Panther Cay avrebbe speso circa seicento milioni di dollari; ai profitti stimati non si accennava.

Da quelle immagini patinate mancava il ponte che avrebbe reso possibile tutto ciò, ma un portavoce degli immobiliaristi dichiarava: "La nostra azienda è pronta a finanziare il cinquanta per cento del costo totale del ponte, e lo Stato della Florida ci ha garantito che stanzierà il resto dei fondi durante la prossima legislatura. Una volta completata Panther Cay, l'indotto coprirà il costo del ponte entro cinque anni".

Bruce aveva sentito un'altra versione della storia. Secondo il vero succoso pettegolezzo, la Tidal Breeze era già in combutta con qualche senatore della Florida e avrebbe avuto il ponte senza anticipare un centesimo. Sì, garantiva che avrebbe pagato cinquanta milioni di dollari, circa la metà del costo, ma in trent'anni e con soldi accantonati grazie alle esenzioni fiscali. Era un accordo torbido e complesso, ancora in fase di definizione nei bar attorno a Tallahassee.

A pagina 2 del "Register", un articolo molto più breve riportava le obiezioni degli ambientalisti. Com'era prevedibile, il progetto li faceva inorridire, e promettevano di dare battaglia. Uno degli avvocati più radicali demoliva la Tidal Breeze per la sua lunga storia di promesse infrante, progetti falliti e danni ecologici.

I due fronti opposti erano già ben delineati.

Bruce viveva sull'isola da venticinque anni. Aveva aperto Bay Books per capriccio quando di anni ne aveva appena ventiquattro ed era troppo giovane per lasciarsi spaventare dalla prospettiva. Aveva appena sottratto alcuni libri rari dall'eredità di suo padre, li aveva venduti per circa duecentomila dollari e si era innamorato di quel mondo. Aveva comprato l'unica libreria dell'isola, l'aveva ristrutturata, ci aveva messo dentro una caffetteria, le aveva cambiato nome e l'aveva inaugurata.

Amava quell'isola e, se proprio doveva cambiare, Bruce preferiva che cambiasse lentamente. Panther Cay era l'attacco più audace allo stile di vita rilassato che si godevano quasi tutti quelli che erano attirati da Camino e dalla città di Santa Rosa. Il complesso di nuove abitazioni, casinò e campi da golf sarebbe sorto ad appena venti minuti in barca dal porto in centro. Le luci sgargianti e fastidiose del resort avrebbero rovinato il panorama a ovest.

Bruce confidava che in qualche modo i supervisori della contea avrebbero bloccato il progetto. Tuttavia, con tutti quei soldi in ballo, non c'era niente di sicuro. Almeno due dei cinque supervisori blateravano di continuo di insensati programmi per favorire la crescita dell'isola.

Rise di quel nuovo nome. Per quel che ne sapeva, a Dark

Isle non era mai stata avvistata una pantera nel raggio di centocinquanta chilometri. In Florida ne restavano soltanto un paio di centinaia; la specie era ad alto rischio di estinzione e viveva dalle parti delle Everglades. C'era giusto una spiaggia chiamata Panther Key su un'isola a sud di Naples.

"Panther Cay" però faceva colpo e suonava bene. Esisteva già un sito web con del materiale promozionale, ma al momento dava poche informazioni.

Gli vibrò il telefono, e lui sorrise. «Mercer, tesoro, proprio a te pensavo.»

«Come no. Ciao, Bruce. Novità dall'isola?»

«Per ora non è affondata. Ti manco anche durante la luna di miele?»

«Per niente. Ci stiamo divertendo un sacco. In questo momento siamo vicino a Dundee sul *Royal Scotsman*, il treno che ci porterà nelle Highlands.»

«Ma che bello. Qui niente da segnalare, tranne che una società criminale di Miami ha appena annunciato un resort da seicento milioni di dollari su Dark Isle, che adesso si chiama Panther Cay, o almeno è così che la chiama la società. A parte questo, tutto tranquillo. Al Pirate's Saloon lo scorso sabato c'è stata una rissa.»

«Ho finito il libro in aereo. Che storia pazzesca. Pensi sia possibile conoscere Lovely Jackson?»

«Direi di sì. Come ti spiegavo, viene un paio di volte all'anno a bere un caffè. È un vero personaggio, ma un po' strana.»

«E pensi che sarebbe disposta a collaborare, se io volessi scrivere la storia?»

«Non saprei. Bella domanda. L'unico modo di scoprirlo è chiederglielo.»

«Ho un'altra domanda. Come può questa società costruire su Dark Isle, se è di Lovely? Perché lei continua a dichiarare che è sua, giusto?»

«Sì. Dice di averla ereditata e di essere l'ultima discendente in vita dei vecchi abitanti, ma dimostrarlo è un po' complicato. Di atti ufficiali come passaggi di proprietà o concessioni governative non c'è traccia.»

«Un altro capitolo ancora da scrivere.»

«Esatto. Sarà meglio che tu ti metta al lavoro. Thomas è sempre lì?»
«Più o meno. Al momento è immerso nel libro e mi ignora completamente.»
«Che stupido.»
«Ci sentiamo quando torno.»

## 2

Steven Mahon aveva provato ad andare in pensione già due volte, ma non c'era riuscito. Nel corso di un'illustre carriera da avvocato di punta del Sierra Club, la più antica organizzazione ecologista degli Stati Uniti, aveva condotto battaglie legali contro ogni genere di inquinamento e disastro ambientale. Esaurito da trent'anni di cause lunghe e brutali, aveva deciso di mollare tutto e ritirarsi in una piccola fattoria del Vermont. Laggiù aveva resistito un inverno, sepolto nella neve e nella noia, dopodiché sua moglie lo aveva spedito a Boston a cercarsi un lavoro. Lui aveva cominciato a collaborare con una piccola società non profit, fatto causa a qualche compagnia petrolchimica e all'età di sessantatré anni era sopravvissuto a un infarto. Sua moglie era dell'Oregon, non sopportava la neve e aveva deciso che avevano bisogno di sole. Si erano trasferiti a Santa Rosa, a Camino Island, e avevano comprato una splendida villetta vittoriana a tre piani affacciata su Main Street. Lei aveva organizzato un club di giardinaggio e lui andava in giro con i volontari a sorvegliare le uova di tartaruga sulla spiaggia. Quando la noia aveva minacciato il loro matrimonio, Steven aveva fondato il Barrier Island Legal Defense Fund, un piccolo ente dal nome agguerrito composto da lui e da una segretaria part-time, che lavoravano in un ufficetto sopra un negozio d'abbigliamento femminile, di fronte a Bay Books.

Adesso Steven aveva settant'anni e diceva di non essere mai stato così felice. A Bruce piaceva perché avevano idee politiche simili, e anche perché comprava un mucchio di libri non in offerta. Il giornale di quel mattino lo citava a pagina 3: "Il progetto di sviluppo di Dark Isle sarà un disastro ambientale come non ne abbiamo mai visti in questa parte della Florida. Non vediamo l'ora di trascinare la Tidal Breeze in tribunale".

Steven non le mandava a dire, non si sottraeva mai a un'intervista, ed era sempre pronto a usare un linguaggio colorito o a passare alle minacce. Dopo la guerra di trincea contro grandi società spietate, non gli era rimasto un briciolo di timidezza o di diplomazia.

Lui e Bruce pranzavano insieme almeno una volta al mese, e vedere il suo nome sul giornale spinse Bruce a chiamarlo. Si avviarono al loro tavolo preferito su una terrazza con vista sul porto mentre un peschereccio arrivava scoppiettando con il carico giornaliero di gamberetti. Come sempre, Bruce ordinò una bottiglia di Chablis. Steven disse che ne avrebbe bevuto soltanto un bicchiere. Era magro e in ottima salute, ma i suoi medici, e sua moglie, lo tenevano sotto controllo. Meglio non sottovalutare i suoi problemi cardiaci.

«Come va con il libro?» chiese Bruce.

Il libro erano le sue memorie, i suoi migliori aneddoti sulle battaglie contro il bracconaggio di lupi nel Montana, le infiltrazioni di scorie nucleari in New Mexico, le miniere di carbone a cielo aperto in Kentucky e le compagnie di navigazione di Miami che scaricavano tonnellate di rifiuti nell'oceano. La lista era lunga e notevole, e nel corso degli anni Bruce aveva sentito molte di quelle storie. Steven era un ottimo oratore e un bravo scrittore, ma il libro richiedeva disciplina. All'autore non piacevano scrivanie e schermi del computer.

«Duecento pagine, e ne mancano altrettante.»

«Quando posso leggere qualcosa?»

«Più avanti, adesso no.» Il cameriere versò il vino e brindarono.

Con i suoi scrittori, Bruce era notoriamente un ficcanaso. Voleva sapere a cosa stavano lavorando, e li incitava a scrivere di più. Famosi per essere una manica di indisciplinati per natura, di solito mentivano e dichiaravano più progressi di quelli effettivi. Bruce era sempre pronto a intervenire e leggere le loro ultime bozze, il che, ovviamente, significava che erano costretti a dare retta ai suoi commenti editoriali. Voleva che scrivessero tanto e bene, che fossero pubblicati e che si godessero la vita da scrittori. Se necessario, chiamava agenti e editor e dava il suo parere non richiesto sui manoscritti. E loro gli davano retta. Aveva fatto del suo negozio una potenza nel circuito indipendente. Grazie alla sua enorme rete di contatti aveva il potere di far parlare tanto dei libri, e di farne vendere. Conosceva scrittori, editor, agenti, editori, critici letterari e molti altri librai, e faceva in modo che loro conoscessero lui.

Bruce e Steven ordinarono insalata di frutti di mare e sorseggiarono il vino. Era giugno, il sole scaldava, i turisti erano arrivati e il porto brulicava di pescherecci e piccole imbarcazioni.

E la libreria era piena. La stagione estiva era la preferita di Bruce.

«Ho letto sul giornale che sei sbottato riguardo a Panther Cay» osservò.

Steven sorrise e alzò le spalle. «Sono sbottato? Credevo di aver espresso il mio parere legale nei soliti toni colti e garbati.»

«Be', sì, i toni erano i soliti. Suppongo che te ne occuperai.»

«Non ancora, ma teniamo d'occhio la situazione. Se la Tidal Breeze riceve il nullaosta, per loro sarà un inferno.»

«Le farai causa?»

«Eccome. Scateneremo tutta l'artiglieria pesante, o perlomeno quella che ci possiamo permettere. Sarà una bella spesa, temo.»

Bruce e Noelle erano generosi con molte associazioni non profit locali, e davano a Steven cinquemila dollari all'anno. Lui lavorava con un budget ristretto e sfruttava i suoi contatti nel settore dell'ambientalismo.

«Sono sicuro che riuscirai a mettere insieme una bella squadra per la controversia. Ai pezzi grossi interesserà di sicuro» commentò Bruce.

«Vedremo, ma sono preoccupato. I pezzi grossi, soprattutto nel Sudest, al momento sono occupatissimi. Troppa carne al fuoco, tanti progetti per le mani. Da una decina d'anni avere un finanziamento è facile, e tutti si stanno espandendo. Parchi tematici, autostrade, trivellazioni in mare aperto, urbanizzazione. Non ci sono abbastanza ambientalisti come me che sanno con quale approccio andare a processo e vincere. Sarà una guerra.»

«Hai già fatto i compiti?»

«Sì. Circa un anno fa abbiamo sentito che gli immobiliaristi stavano sondando il terreno. Come sai, Leo ha trasformato il paesaggio marittimo. Dark Isle è stata lì per secoli e nessuno l'ha mai voluta, ma con l'uragano nel giro di qualche ora i fondali e le correnti sono cambiati in maniera radicale. All'improvviso il ponte è diventato fattibile, e ovviamente i tizi delle autostrade sono sempre impazienti di costruirne una nuova.»

«Che mi dici della rivendicazione di proprietà di Lovely Jackson?»

Steven scosse la testa e bevve un sorso di vino. La cameriera portò il pranzo e chiese se avessero bisogno di altro. Risposero di no.

«Non è il mio campo, ma se ha intenzione di opporsi al progetto dovrà andare in tribunale e provare che l'isola è sua. Francamente mi sembra il modo più facile per fermare la Tidal Breeze. Suppongo che gli avvocati della società faranno la voce grossa e diranno che lei non ha nessun diritto, che l'isola appartiene allo Stato, è soggetta alle imposte fondiarie ed è utilizzabile per il progetto.»

Bruce inghiottì un grosso gamberetto e lo buttò giù con un sorso di Chablis. «Come si chiama in termini legali... usucapione?» chiese.

«Esatto, è un principio piuttosto semplice che si studia al primo anno di legge: se per almeno sette anni possiedi o utilizzi un bene che non ti appartiene, puoi reclamarne la proprietà. Secondo il libro di Lovely, gli schiavi si insediarono su Dark Isle quasi tre secoli fa. Negli anni Cinquanta erano tutti morti tranne lei e sua madre e, se vogliamo credere alla sua storia, se ne andarono da lì quando Lovely aveva quindici anni.»

«Tu non ci credi?»

«Non saprei. Non sono una grande fan di vudù, magia nera eccetera. Ma a prescindere da questo le serve un avvocato, Bruce, e alla svelta. Puoi metterti in contatto con lei?»

«Ci provo. Al telefono non risponde quasi mai.»

«Dove abita?»

«Giù ai Docks in una stradina secondaria, vicino ai vecchi conservifici. Era sposata, ma il marito se n'è andato molti anni fa.»

«Lo racconta nel libro. Niente figli, quindi niente eredi, niente discendenti. E adesso avrebbe ottant'anni?»

«In teoria sì. Dice di essere nata nel 1940, ma non ci sono attestati o documenti, il che non era insolito nel Sud rurale dell'epoca, soprattutto tra i neri.»

«Andiamo a trovarla, allora?»

«Magari invitiamola in libreria. Come dicevo, di tanto in tanto passa a trovarci. Tengo qualche copia del suo libro in bella mostra sullo scaffale dedicato agli autori locali. Ne venderemo forse tre all'anno. Per il resto, ho l'impressione che esca pochissimo.»

«È in salute?»

«Non saprei con certezza, ma direi che è in gran forma, molto energica. Provo a sentirla.»

«Fallo il prima possibile.»

«Contaci.»

## 3

Due anni prima, all'indomani del disastro provocato dall'uragano Leo, una squadra del dipartimento Risorse naturali della Florida stava esplorando le acque tra Dark Isle e la terraferma, un braccio di mare lungo circa un chilometro e mezzo. Le immagini satellitari avevano rivelato un grosso cambiamento sia nel paesaggio, sia nel fondale marino. Fra l'estremità settentrionale e il corpo centrale di Dark Isle si era aperto un varco di quasi trecento metri invaso dall'oceano. Il resto dell'isola era intatto, ma sul versante atlantico erano scomparsi lunghi tratti di spiaggia, un quantitativo di sabbia incalcolabile disperso sui fondali, e la squadra aveva appena cominciato a raccogliere informazioni. Tre scienziati scattavano centinaia di fotografie e prendevano misure. Usando sofisticate telecamere sottomarine filmavano le barriere e le correnti e inviavano i dati in tempo reale al loro laboratorio di Tallahassee. Il meteo di quel giorno era tipico di agosto: caldo, umido, con l'ottanta per cento di probabilità di precipitazioni nel tardo pomeriggio, alcune delle quali potenzialmente intense.

Gli esperti lavoravano in un laboratorio galleggiante da tredici metri a fondo piatto, che il dipartimento usava da anni, benché non fosse esattamente idoneo alla navigazione: di solito lo impiegavano vicino alla costa o nelle acque stagnanti dell'entroterra. Non erano preoccupati del meteo, perché il molo sulla terraferma era visibile a occhio nudo e facilmente raggiungibile in caso di tempesta improvvisa.

Le ricerche li portarono in prossimità del litorale nord di Dark Isle, e per qualche motivo decisero di darle un'occhiata da vicino. Ne conoscevano la fama, legata alla storia degli schiavi e a certi aneddoti su gente che ci era andata senza più fare ritorno. Era disabitata da decenni ma la gente del posto, specie i pescatori, ne stava alla larga. Gli scienziati, al contrario, erano troppo colti per farsi impressionare dalle storie di fantasmi, e tra loro le leggende di maledizioni vudù e animali selvatici suscitavano sorrisi beffardi. Mentre facevano scivolare la barca sulla spiaggia per fermarsi, dal mare si alzò un vento intenso. Poco lontano lampeggiarono i fulmini, e dalla terraferma si sentì il rombo di un tuono. Di colpo il cielo si fece scuro e minaccioso. Non c'erano ripari in vista, perciò gli scienziati decisero di risalire sulla barca e andarsene. Mentre cercavano di allontanarsi dalla spiaggia si sollevarono forti raffiche di vento e cominciò a cadere una pioggia fitta e tagliente. La barca fu spinta lontano dall'isola, sferzata da onde sempre più alte. Gli uomini non indossavano i giubbotti di salvataggio, e nel caos non riuscirono a trovarli. Il mare mosso li fece cadere; inadatta alle onde, la barca infine si rovesciò. I tre finirono sott'acqua.

Uno di loro riuscì a restare aggrappato allo scafo per due ore nella violenza della tempesta e il vento che ululava. Quando finalmente passò una squadra di soccorritori della contea, l'uomo fu tratto in salvo. Il fondale fu scandagliato per ore e anche il giorno successivo, ma dei due dispersi non si trovò traccia.

Le investigazioni di rito non diedero particolari risultati. Era stata una tempesta, un evento naturale. Gli scienziati erano professionisti esperti che stavano svolgendo correttamente il loro lavoro. Era stata solo sfortuna.

Nella tragedia e nelle indagini che seguirono fu trascurato il fatto che i due dispersi erano bianchi. Il sopravvissuto era nero.

Dark Isle aveva preteso altre vittime.

## 4

Se i manager della Tidal Breeze di Miami conoscevano le pittoresche leggende riguardo all'isola, non lo davano a vedere. Dopo l'improvviso interesse per Dark Isle e le conversazioni preliminari con i politici e burocrati giusti, la società immobiliare organizzò una missione clandestina per ispezionare e monitorare i terreni. Commissionò a una società specializzata foto satellitari da cui ricavare mappe e misurazioni millimetriche. A un'altra società fece perlustrare l'isola con i droni. Come si temeva, però, gli alberi e la vegetazione erano troppo fitti e rendevano impossibile una vera ricognizione del suolo. Leo, un ciclone di categoria 4 con raffiche di vento a oltre duecento all'ora e onde alte quasi otto metri, aveva abbattuto più di un migliaio di alberi secolari e accumulato enormi ammassi di detriti. Migliaia di altre piante, invece, erano rimaste intatte e oscuravano la maggior parte dell'entroterra. Dopo la tempesta, la vegetazione era ricresciuta ed era troppo fitta e compatta per attraversarla. Non c'erano tracce di strade o sentieri, né segni di rovine di vecchi edifici. Al centro dell'isola spiccava un crinale appena accennato, la cui altezza in alcuni tratti era stimata a circa sei metri, ma il territorio di Dark Isle era perlopiù al livello del mare.

Per evitare controversie non lo avrebbero mai ammesso, ma i dirigenti avevano già stabilito che per poter edificare sull'isola era obbligatorio scatenare i bulldozer. Un approccio aggressivo, che la Tidal Breeze conosceva bene. Avrebbero salvato soltanto gli alberi più belli, usandoli come paravento per potersi pavoneggiare e vantare dell'impegno che da sempre la società dedicava alla protezione dell'ambiente e degli habitat naturali.

A una terza società, la Harmon, fu commissionato l'invio di una squadra di ricognitori. Il gruppo era composto da quattro tosti reduci delle forze speciali dell'esercito. Tre erano stati congedati con disonore. Passavano per esperti nel ben più complicato settore della sicurezza aziendale o delle missioni pseudo-militari private. Perlustrare un'isola deserta non sarebbe stato questo granché.

Swaney, capitano e leader del gruppo, stabilì che uno sbarco notturno sarebbe stata una mossa scaltra. Non potevano correre il rischio di farsi vedere dalla polizia o dagli sceriffi. La guardia costiera pattugliava l'area attorno a Camino Island e Cumberland Island, in Georgia. Spesso si vedevano quelli del dipartimento curiosare in giro; decine di pescherecci e imbarcazioni private entravano e uscivano dal porto di Santa Rosa. Un viavai interminabile.

Campeggiare o organizzare picnic su Dark Isle non era vietato: a conti fatti era una terra di nessuno su cui non era mai stato costruito nulla e senza proprietari, cinque chilometri di giungla deserta circondata da spiagge bianche. Chiunque poteva fermarsi per fare una nuotata, un picnic o un'escursione.

Ma nessuno lo faceva. Circolavano troppe leggende su quelli che ci avevano provato.

Rannicchiati a bordo di un gommone motorizzato da nove metri, i membri della squadra penetrarono in silenzio nel buio della piccola baia; le luci del porto di Santa Rosa brillavano in lontananza. Quando lo scafo toccò la sabbia, Swaney sollevò il motore e guidò il gommone fino alla spiaggia. I quattro lo trascinarono all'asciutto e lo fissarono con funi e picchetti. L'alta marea sarebbe arrivata quattro minuti dopo mezzanotte, mancavano tre ore. Usando occhiali per la visione notturna, trovarono le due grosse dune che avevano selezionato dalle foto satellitari e decisero che avrebbero fornito il riparo più adatto al loro accampamento. Ciascuno dei quattro aveva una piccola videocamera montata sul casco e trasmetteva immagini in diretta al centro di controllo, un furgone anonimo e marrone – lo chiamavano il "furgone di UPS" – nel parcheggio dell'hotel Sheraton di Camino Island. Ogni membro della squadra comunicava con gli altri, e con il furgone, anche via radio, con microfono e auricolari.

Allestirono l'accampamento piantando quattro tende di rayon con reti antizanzare. Scaricarono frigoriferi portatili con cibo e bevande. Il piano era di passare due giorni e due notti interi sull'isola da esplorare. Non erano ancora stanchi, perciò decisero di darsi da fare subito. Indossavano divise in stile militare, senza giubbotto antiproiettile. Erano armati di Glock 19 semiautomatiche e due di loro avevano fucili d'assalto M4. Ciascuno portava alla cintura un localizzatore GPS che permetteva di seguirne i movimenti. Nel furgone i tecnici fissavano uno schermo dove quattro puntini verdi si spostavano lungo la spiaggia, e cercavano di restare svegli. Né loro né i ricognitori si aspettavano grandi emozioni.

Dopo aver percorso la spiaggia per un'ora senza trovare sentieri che conducessero all'interno, Swaney decretò che avrebbero aspettato fino all'alba. Alle 23.30 gli uomini erano chiusi nelle tende, pronti per dormire. Un'ora dopo, quando stavano tutti russando, il primo felino emise un grido acuto che disturbò il loro sonno. L'animale era vicino e il suo verso fu un richiamo all'azione stridulo e lancinante, che lacerò il silenzio della notte e fece sobbalzare i quattro uomini. Afferrarono istintivamente le armi e guardarono oltre le zanzariere. Attesero con il cuore in gola e il fiato corto. Il secondo grido sembrò ancora più vicino, ma probabilmente era perché se lo stavano aspettando.

Non era certo un lamento: era aggressivo, sembrava voler dire agli estranei che avrebbero fatto meglio ad andarsene.

«Ehi, capo, che diavolo era?» chiese Vince bisbigliando agitato.

«E come faccio a saperlo?» ribatté Swaney. «Restiamo in silenzio.»

«Torniamo sul gommone.»

«Nessuno si muova.»

Il verso sembrava arrivare da sud, dalla spiaggia o da lì vicino. Dopo un minuto, da nord gli fece eco un altro ruggito, più acuto.

Quindi gli animali erano almeno due. Per diversi minuti non si sentì più nulla.

«Okay, prendete le torce e le Glock» ordinò Swaney. «Al mio tre usciamo a dare un'occhiata.»

Al tre sgattaiolarono fuori, balzarono in piedi, perlustrarono la zona con le torce e non videro niente.

«Ehi, capo, hai mai sentito il ruggito di una pantera?» chiese Roy.

«No, e tu?»

«Non in prima persona, ma in un film sì.»

«Quindi saresti esperto?»

«No, figurati, ma sembrava proprio quello del film.»

«È una pantera o una lince rossa» intervenne Marcus con tono autorevole. «Entrambe sono originarie della Florida, anche se le pantere si sono spostate a sud molto tempo fa.»

«Riesci a distinguerle?» chiese Swaney.

«Può darsi. Scommetto che è una pantera.»

«E sono amichevoli?» intervenne Vincent.

«Ti sembravano amichevoli?»

«Direi di no.»

«No, non sono per niente amichevoli. Sono super aggressive, se si sentono minacciate.»

«Io non ho minacciato nessuno» replicò Vincent.

«Ci stai di nuovo prendendo per il culo, Marcus?» chiese Roy. «Sempre a sfotterci.»

«No, è la verità. Le pantere sono famose per la loro aggressività.»

«Okay, diamoci un taglio» ordinò Swaney. «Qui abbiamo cibo e provviste, perciò faremo la guardia a turni di due ore. Comincio io. Voi tornate a dormire.»

Gli altri tre rientrarono nelle tende e Swaney andò a sedersi sopra un frigorifero con il suo M4. Fumò una sigaretta guardando le luci distanti di Camino Island. Tese l'orecchio in attesa di sentire qualcosa, anche se sapeva che i felini o quello che erano non avrebbero prodotto alcun suono nella sabbia. Non c'era la luna e la notte era buia. Da qualche parte, lassù, un satellite li stava osservando. Passò un'ora. Swaney fumò la terza sigaretta, per restare sveglio. Camminò in silenzio attorno all'accampamento, stringendo il fucile. Non sentì gli altri russare nelle tende, e immaginò che fossero troppo scossi per rilassarsi.

Si diedero il cambio per tutta la notte, armati e in allerta, e anche se non ci furono altri ruggiti o strilli dormirono poco. Quando spuntò l'alba Roy era sveglio, e fece il caffè su un fornelletto. L'aroma attirò gli altri fuori dalle tende.

Dopo una colazione a base di frutta e panini al prosciutto si prepararono per una lunga giornata di esplorazione. Tutti portavano la Glock al fianco. Roy e Vincent avevano anche dei machete, Swaney e Marcus erano armati di M4. Swaney verificò con i ragazzi sul furgone UPS che tutte le apparecchiature funzionassero. Un drone argentato ronzava a una trentina di metri sopra di loro, a fare da apripista. La sua scansione rotante a 360 gradi forniva ai tecnici una visuale limpida della squadra sul campo e del compito delicato che li attendeva. La comunicazione era chiara e immediata. I quattro parlavano con il centro di comando ogni volta che volevano, anche se Swaney pretendeva meno chiacchiere possibili.

Dopo aver esaminato delle fotografie satellitari a infrarossi scattate prima di Leo, Swaney scelse un sentiero, o quello che sperava fosse un sentiero, che si scostava dalla spiaggia e, tra le dune, si addentrava in una selva di arbusti e piante rampicanti. Per un'ora si fecero strada con i machete, ma guadagnarono poco terreno. Il drone ronzava quasi 60 metri sopra le loro teste, senza però essere in grado di penetrare la volta di querce, olmi e tillandsia. I tecnici del furgone non vedevano altro che foresta. Il sole di fine aprile era alto e cocente, il meteo prevedeva cielo limpido, temperature attorno ai venticinque gradi e, come al solito, potenziali rovesci pomeridiani. Dopo due ore gli uomini erano accaldati e stanchi, e Swaney fece cenno di fermarsi. Erano riusciti ad avanzare di una cinquantina di metri al massimo nel fitto della vegetazione, tra arbusti, alberi e detriti lasciati dalla tempesta. Tornarono indietro, vicino all'acqua e al sicuro; il drone li inquadrò e ricominciò a seguirli. In prossimità di un piccolo varco nella vegetazione trovarono un sentiero coperto di alberi caduti e riuscirono a addentrarvisi, ma con enorme fatica. A mezzogiorno erano esausti e già stufi dell'isola. Non c'erano altro che tronchi abbattuti e piante selvatiche.

Il loro obiettivo, peraltro, era proprio non trovare niente. Se ci fossero state tracce di storia o segni dell'antica colonia di schiavi li avrebbero distrutti. Prima di sbarcare, la Tidal Breeze pretendeva che l'isola fosse una tabula rasa. Con le loro proteste, i difensori del patrimonio storico o gli ambientalisti non avrebbero fatto che ritardare la bellezza di Panther Cay.

Mentre mangiavano panini ai piedi di un olmo di duecento anni, i membri della squadra persero il contatto con i tecnici. Microfoni e auricolari si spensero di colpo. Il furgone non rispondeva più. Marcus, l'esperto di tecnologia, provò a chiamare con un cellulare, ma non c'era campo. Tentò con il telefono satellitare, ma le batterie erano scariche. «È stranissimo» commentò. «Erano nuove, appena installate.»

Swaney guardò il suo telefono. Era scarico anche quello. Consultò il suo localizzatore GPS. Lo schermo era nero. Le telecamere dei caschi spente. Si misero in ascolto del drone, ma non lo sentirono.

Abbandonati dalla tecnologia che avevano dato per scontata, non dissero nulla; mangiavano e cercavano di farsene una ragione. Erano soldati tutti d'un pezzo, addestrati da anni, ed erano armati. Dopo quattro ore trascorse a cercare di aprirsi un varco nella foresta, avevano concluso che sull'isola non ci fossero altri esseri umani. L'unica potenziale minaccia erano quelle maledette pantere, ma potevano considerarsi spacciate.

Swaney si alzò, si stiracchiò, prese lo zaino e l'M4. «Torniamo alla spiaggia» propose.

Al riparo dal sole, la foresta era fredda e buia. Mentre la squadra si muoveva lentamente alla ricerca del sentiero, una grossa nuvola si fermò sopra l'isola e le tolse ulteriore luce. Dopo pochi minuti Swaney si bloccò, tentando di individuare qualche punto di riferimento. Tutti e quattro si guardarono attorno. Si erano già persi.

## 5

Nel furgone UPS, i tecnici consultarono tutte le checklist di emergenza. Dopo mezz'ora di tentativi inutili chiamarono il loro supervisore alla Harmon di Atlanta. C'era allarme, ma non panico. I membri della squadra avevano vissuto situazioni ben più pericolose. Erano esperti e armati, e sapevano badare a se stessi. Nessuno prese in considerazione un intervento di salvataggio.

## 6

Il primo serpente a sonagli riposava su un ramo a circa un metro d'altezza, e non sembrava preoccupato. Li osservò mentre lo fissavano, immobili e ostili. Non si attorcigliò su se stesso come per prepararsi a colpire, né si prese il disturbo di scuotere il sonaglio.

«Crotalo diamantino orientale» bisbigliò Marcus, come se identificarlo potesse renderlo più innocuo. «Il più letale di tutti i serpenti a sonagli.»

«Come no» disse piano Roy. Ormai non credeva più a una parola detta da Marcus.

Vince sfiorò l'impugnatura della pistola. «Lo faccio fuori, capo.»

Swaney lo fermò con un gesto della mano. «No, andiamocene e basta.»

A peggiorare le cose, Marcus aggiunse: «Questi qui non vivono da soli: se ne vedi uno vuol dire che ce ne sono altri».

«Taci!» gli intimò Roy.

Il secondo era avvolto su se stesso e pronto a colpire, ma diede il tradizionale avvertimento. Quando Swaney udì l'inconfondibile tintinnio del sonaglio si fermò e fece un passo indietro. Tra l'erba alta, a meno di tre metri, c'era un grosso crotalo diamantino parecchio agitato.

«Colpiscilo, Vince!» disse in fretta Swaney.

Vince, che era un eccellente tiratore, sparò quattro colpi di Glock e fece esplodere in due l'animale. Lo guardarono sobbalzare e sussultare, con le fauci ancora spalancate che si aprivano e si richiudevano mentre moriva.

Gli spari riecheggiarono tra gli alberi. Quando tutto tornò silenzioso e il serpente rimase immobile, i quattro uomini si resero conto che avevano trattenuto il fiato. Per qualche istante nessuno parlò.

Marcus commentò: «Questo cattivone è lungo quasi due metri, un esemplare rarissimo».

Swaney indietreggiò e si guardò attorno. «Siamo arrivati da sudest. Suppongo che l'ovest sia da quella parte. Sembra che il sole sia più luminoso.» Indicò la direzione e aggiunse: «Andiamo di qua. Segniamo gli alberi per evitare di girare a vuoto».

«È un'ora che giriamo a vuoto» brontolò Roy.

«Taci.»

Il terzo crotalo morse Swaney sulla punta dello scarpone destro ma non gli lacerò la pelle. Swaney sobbalzò gridando, e perse l'appoggio sul piede. Vince sparò, ma il serpente scomparve sotto un mucchio di foglie umide. Roy, il medico, esaminò il piede di Swaney e gli disse che gli era andata bene. I denti avevano lasciato due tacche profonde sullo scarpone.

Fecero una lunga pausa e bevvero un po' d'acqua, centellinandola perché la stavano finendo. Ciascuno disse la sua, ma non trovarono un accordo sulla direzione da seguire. Non avevano idea di dove fosse la spiaggia e non capivano se si stessero avvicinando o addentrando ancora di più nella giungla. I tuoni in lontananza non miglioravano l'umore del gruppo. Marcus riprovò a far funzionare le trasmittenti e i telefoni, ma non ebbe fortuna. Persino la bussola dell'orologio era immobile.

Non si aspettavano di ricevere soccorsi. I ragazzi del furgone erano dei nerd e probabilmente erano già scappati. I loro capi ad Atlanta non sapevano che cosa fare. Avevano affidato la missione alla loro squadra migliore. Adesso la squadra era persa e senza speranza. Nessuno era in grado di aiutarli.

Concordarono che, se fossero riusciti a procedere più o meno in linea retta, alla fine avrebbero trovato la spiaggia. Dark Isle era lunga meno di cinque chilometri e larga poco più di uno e mezzo. Prima o poi sarebbero arrivati all'oceano.

Si misero in cammino con lo sguardo fisso a terra e l'orecchio teso a sentire il minimo tintinnio di un sonaglio. Segnando gli alberi a mano a mano che li superavano, Swaney cercò di tenere una linea retta, ma era complicato. Non c'erano sentieri. Dovevano aprirsi la strada quasi a ogni passo. Fecero una sosta verso le cinque del pomeriggio e si sedettero a semicerchio. Ciascuno bevve un sorso d'acqua dalle bottiglie quasi vuote. Avevano mangiato tutto quel che c'era negli zaini.

«Okay, tra un paio d'ore farà buio» disse Swaney.

«È già buio» borbottò Roy, e aveva ragione. La volta compatta di vegetazione teneva lontana la luce.

Swaney proseguì: «Io dico di continuare per un'altra ora e cercare un punto sgombro per fermarci a dormire».

«È da stamattina che non ne vediamo uno» replicò Vince. La tensione aumentava e gli uomini stavano perdendo fiducia nelle capacità di Swaney.

«Vuoi guidarci tu?» ribatté il capo.

Vince non rispose. Nessuno si offrì volontario. Presero l'attrezzatura e si rimisero in marcia. Si sentivano ancora dei tuoni, ed erano più vicini. Scovarono una piccola radura e rovistarono in ogni tronco, cunicolo e mucchio di foglie in cerca di serpenti. Roy e Vince avevano portato dei teli impermeabili e li appesero tra due alberelli a mo' di riparo. La vegetazione però non permetteva all'acqua di penetrare. Quando la pioggia si fece più intensa, le gocce filtrarono lungo i tronchi degli alberi e iniziarono a inzuppare il suolo.

Alle otto di sera Swaney guardò l'orologio. Il quadrante forniva l'unica, debole luce nella foresta buia, così nera e compatta che gli uomini non riuscivano nemmeno a vedersi tra loro. Sedevano schiena contro schiena sul suolo intriso d'acqua, attenti a ogni minima presenza che potesse causare problemi. Swaney dichiarò che avrebbe fatto il primo turno di guardia. Sfiniti, gli altri tre si addormentarono. La pioggia e i tuoni cominciarono a svanire, mentre la tempesta si allontanava.

La foresta era avvolta da un silenzio sinistro. L'unico suono era il fruscio delle foglie. Swaney lottò per restare sveglio ma si assopì come gli altri, almeno finché non sentì le pantere in lontananza.

## 7

Il secondo giorno su Dark Isle iniziava ad assomigliare al primo, quando finalmente videro la luce. La volta di vegetazione cominciò a diradarsi e gli alberi a essere meno compatti. Per quanto stremati, riuscirono ad accelerare il passo e ben presto arrivarono alla spiaggia. Erano sopravvissuti a un incubo, sfuggiti a serpenti velenosi e a pantere pronte a sbranarli, ed erano ancora interi. Tutti e quattro avevano graffi e tagli, ma niente di serio.

Emersero all'estremità settentrionale dell'isola, sul lato dell'Atlantico, a circa un chilometro e mezzo dall'accampamento. Un'ora dopo videro il gommone dove lo avevano lasciato. Le tende erano ancora fissate ai picchetti. I frigoriferi intatti. Li aprirono e festeggiarono con acqua fresca, panini al prosciutto e frutta. Mentre mangiavano smontarono le tende e gettarono tutto nel gommone. Avevano intenzione di lasciare Dark Isle il più in fretta possibile. Quando furono al largo, i cellulari e i GPS improvvisamente si riattivarono.

Swaney evitò il porto di Santa Rosa e proseguì in direzione dell'Atlantico. All'estremità meridionale di Camino Island entrarono lentamente in un piccolo porticciolo. Ormeggiarono il gommone, lo scaricarono e salirono in fretta su un furgone che li stava aspettando. Allo Sheraton si fecero la doccia, mangiarono di nuovo e trascorsero un'ora in videoconferenza con i vertici di Atlanta.

A quell'ora, tutti e quattro avevano già la febbre alta e crampi addominali. Lasciarono l'albergo, si salutarono e ciascuno andò per la sua strada. Vince però era troppo debole per guidare, e prese una stanza in un hotel. I piccoli tagli che aveva sulle braccia gli pulsavano e su entrambi i polsi gli si stavano formando delle vesciche. Aveva l'intestino in subbuglio e rimase a lungo chiuso in bagno. Quando si rese conto che non si reggeva in piedi chiamò un'ambulanza, che lo portò all'ospedale di Santa Rosa.

Swaney arrivò all'aeroporto di Jacksonville dopo quaranta minuti. Al volo per Atlanta mancavano due ore, ma non salì mai sull'aereo. Fu colpito da una violenta dissenteria al terminal e perse i sensi nella toilette degli uomini. Aveva la febbre alta e i brividi, e sugli avambracci stavano cominciando a formarglisi delle vesciche. Lo ricoverarono in un ospedale di Jacksonville.

Roy viveva a Ponte Vedra, novanta minuti a sud di Camino Island, e quando imboccò il vialetto di casa sua moglie lo stava aspettando. Si era vomitato addosso ed era così intontito che quasi non ci vedeva più. Delirava e continuava a dire di non sapere che cosa stesse accadendo. Aveva braccia e gambe gonfie e le mani gli si stavano arrossando. La moglie, terrorizzata, chiamò il pronto intervento.

Marcus morì per primo. Lo trovarono il giorno seguente, accasciato al volante della sua auto in un'area di servizio dell'interstatale 10, vicino a Tallahassee. Aveva chiamato il fratello e gli aveva parlato di malessere intenso, allucinazioni e grave dissenteria, tra le altre cose. Il fratello viveva a Chicago e in quel momento non poteva aiutarlo. L'agente di polizia che bussò al finestrino dell'auto vide il corpo e decise di aprire la portiera; quasi perse i sensi per via dell'odore nauseabondo. Il volto e le braccia di Marcus erano coperti di vesciche. I soccorritori si accorsero subito che era troppo tardi e portarono il cadavere all'obitorio della contea.

I medici di Swaney furono i primi a fare una diagnosi: *Vibrio vulnificus*. Un batterio mangiacarne. Ipotizzarono che fosse penetrato nell'organismo attraverso qualche lesione, graffio o taglio che il paziente si era procurato e aveva ignorato. Adesso aveva gli arti così gonfi e doloranti che dovettero sedarlo. Swaney poi entrò in coma e non si risvegliò più.

Vince morì in ospedale mentre i medici stavano ancora cercando di capirci qualcosa. Roy resistette per una settimana, mentre la pelle gli marciva e diventava nera sotto gli occhi inorriditi di sua moglie. Quando il medico le disse che era arrivato il momento di staccare i macchinari, lei non si oppose.

Alla Harmon occorsero un paio di settimane per mettere insieme i pezzi. Tutti e quattro gli uomini erano morti di *Vibrio vulnificus*, che causava una patologia detta fascite necrotizzante di tipo 3. Era un batterio raro, ma non sconosciuto. Negli Stati Uniti si contavano una trentina di casi simili ogni anno, quasi tutti in climi caldi e tropicali. Dal momento che i quattro decessi erano avvenuti in ospedali diversi, non c'era modo di collegarli al lavoro di Dark Isle. Quel piccolo progetto era top secret, e la Harmon non aveva intenzione di divulgare dettagli non richiesti. La compagnia non aveva fatto niente di male, nessuno aveva commesso errori. Sarebbe stato difficile, se non impossibile, dimostrare dove e quando era avvenuto il contatto con il batterio.

La relazione della Harmon alla Tidal Breeze non accennò ai quattro morti. Non disse niente del misterioso blackout temporaneo di tutte le comunicazioni. E di certo non fece cenno alla minaccia di animali selvatici come pantere e crotali diamantini. La Harmon assicurò alla cliente che sull'isola non c'erano tracce di antiche presenze umane. Niente strade, sentieri, abitazioni abbandonate, recinti, insediamenti, cimiteri. Niente. Soltanto cumuli di alberi caduti, rami spezzati e vegetazione morta. Disboscare l'isola per potervi costruire sarebbe stato "un impegno notevole", considerato quanto c'era da levare di mezzo, ma non impossibile.

La relazione corrispondeva esattamente alle aspettative della Tidal Breeze che, dati alla mano, aumentò le pressioni per poter costruire Panther Cay.

# 3
# La maledizione

## 1

Dopo due settimane di gite, trekking, campeggio, giri per i pub e ozio all'aria frizzante delle Highlands, Mercer e Thomas erano tornati al caldo e all'umidità dell'estate in Florida. Fu un rientro brusco. Il primo mattino cercarono di godersi un caffè in veranda, però si arresero quasi subito all'afa e agli insetti. Il caffè precedente lo avevano bevuto sulla terrazza di un castello scozzese, avvolti nelle coperte.

Ma la vita continuava. Ormai era luglio, e alla Ole Miss le lezioni ricominciavano a fine agosto. Metà dell'estate era già passata.

Si erano appassionati al libro di Lovely su Dark Isle. Mercer voleva che fosse il suo prossimo lavoro, ma non riusciva a decidere che forma dargli. Avrebbe potuto tranquillamente scrivere un romanzo prendendone la trama – nel settore si chiamava "furto" ed era del tutto accettabile –, cambiando i nomi dei personaggi e tutti gli eventi che voleva. Avrebbe avuto l'assoluta licenza letteraria di creare e inventare. Thomas avrebbe preferito che si attenesse ai fatti, in uno stile più documentaristico. Aveva più o meno accettato di aiutarla nelle ricerche, anche se l'impegno era notevole. Essere sposati era già una sfida abbastanza grande. Non erano sicuri di saper anche lavorare insieme.

Andarono alla biblioteca di Santa Rosa e si persero tra i vecchi giornali, ma non trovarono molto su Dark Isle. La storia di Lovely copriva duecento anni e aveva un mucchio di lacune. Non si aspettavano di poterle colmare tutte, ma dovevano indagare. Inoltre, a volte l'immaginazione dell'autrice prendeva il sopravvento e rendeva la storia poco credibile.

Siccome Bruce Cable era l'unico contatto diretto con Lovely, non vedevano l'ora di parlargli. Mercer lo chiamò e propose di vedersi a pranzo, sempre una certezza quando si trattava di Bruce; com'era prevedibile lui accettò e li invitò a casa sua, il che ovviamente voleva dire trattenersi parecchio a tavola e ancora di più a sonnecchiare dopo pranzo, preferibilmente sull'amaca. Aggiunse che c'era una persona che dovevano assolutamente conoscere.

Noelle era in Francia a comprare pezzi d'antiquariato, perciò Bruce, che in cucina non se la cavava affatto male, preparò una focaccia con pomodori e la servì accompagnata da insalata di rucola. Mangiarono in terrazza, con il vecchio ventilatore a soffitto che ondeggiava cigolando. Bruce versò Chablis ghiacciato e li bersagliò di domande sulla Scozia.

Steven Mahon arrivò scusandosi per il quarto d'ora di ritardo. Mercer lo aveva già incrociato in libreria, ma non se lo ricordava. Aveva appena riletto il libro di Lovely, ed era aggiornato su tutto. «Bruce mi ha detto che forse riscriverai la storia» disse.

Mercer lanciò un'occhiataccia a Bruce e fu sul punto di rispondere: "Be', come sempre Bruce non sa tenere la bocca chiusa". Ma liquidò la questione con un: «Vedremo. È interessante».

«Sì, bellissima» concordò Steven. «E la trama si sta davvero infittendo.»

«Pensi che Lovely vorrà parlare con me?» chiese Mercer a Bruce. «Vorrei dirle chiaramente che sono una scrittrice e che sto pensando di prendere in prestito la sua storia.»

«Non ne ho idea. È una persona piacevole, ma molto cauta. Ho sempre l'impressione che non si fidi di nessuno, e che di conseguenza non parli molto. Posso provare a chiederglielo, ma non sarà facile. Come ho detto, si rifiuta di parlare al telefono.»

«E vive qui sull'isola» rammentò Steven.

«Sì, ai Docks, come ti ho accennato, subito fuori Santa Rosa; è un vecchio quartiere della zona sud dove c'erano gli ostricai e i conservifici. Molti di quelli che ci lavoravano erano neri, e abitavano lì. Un centinaio di anni fa i Docks erano una comunità numerosa, con le sue chiese e i suoi negozi. C'era persino una scuola elementare. C'è ancora, ed è frequentata. Molti dei neri sono andati via e sono arrivati parecchi hippie e artistoidi. Le case costano meno che altrove.»

«Lo chiamano anche "Villaggio Vudù"» aggiunse Mercer.

«Infatti. Anni fa, quando c'erano solo i neri, dopo il tramonto i bianchi si tenevano alla larga. Giravano storie di stregoni e fantasmi. Maledizioni africane, rituali eccetera. Ma adesso è diverso.»

«Quindi Lovely abita nel Villaggio Vudù» disse Steven, divertito.

«Abita ai Docks. Sono anni che non lo sento chiamare Villaggio Vudù. Però sì, per quanto ne so vive lì. Non ho mai visto casa sua, non mi ha mai invitato. Una volta che era in libreria me l'ha descritta come una casetta. Ho avuto l'impressione che i suoi vicini, che stanno dietro l'angolo, si prendano cura di lei. Oltre ad avere poca confidenza col telefono, non guida.»

«C'è quella sua amica, giusto?» chiese Mercer.

«Sì, Miss Naomi, che le fa un po' da badante. La accompagna in macchina lei, quando viene a trovarmi.»

«Da quant'è che vivi qui, Bruce?» intervenne Thomas.

«Più di vent'anni.»

«E tu, Steven?»

«Solo da sei. Dalla pensione.»

«Perciò nessuno di noi era qui quando Lovely cercò di convincere lo Stato a dichiarare Dark Isle area protetta.»

«Mai sentito» disse Bruce scuotendo la testa.

«Lo abbiamo scoperto stamattina negli archivi della biblioteca, c'è un articolo di giornale datato marzo 1990. Lovely si dichiarava proprietaria dell'isola, in quanto ultima discendente degli schiavi, e voleva donarla allo Stato della

Florida a patto che diventasse zona protetta. Evidentemente lo Stato aveva poco interesse a farlo. L'articolo non diceva granché d'altro.»

Steven, invece, lo trovò molto interessante. «Potrebbe essere una prova di un certo valore, se all'epoca qualcuno riconobbe che lei era effettivamente la proprietaria dell'isola. Capite qual è il problema, vero, e che è un problema enorme? Nel suo libro, Lovely ammette di aver lasciato l'isola a quindici anni. Se presumiamo che sia nata nel 1940, allora se n'è andata nel 1955. E sostiene di essere stata l'ultima, con sua madre: tutti gli altri erano morti. La Tidal Breeze sfrutterà di certo quello che ha scritto per insistere sul fatto che all'epoca l'isola era abbandonata e lo è da decenni.»

«Come fa a dimostrare di essere nata sull'isola?»

«Senza atti ufficiali non sarà facile. Ha proprio bisogno di un avvocato.»

«Ovvio che le serve, ma dubito che se lo possa permettere.»

«Ne cerchiamo uno *pro bono*?» suggerì Mercer.

Steven rise. «I clienti squattrinati sono la mia specialità, no?»

«C'è un motivo, se si chiama non profit» aggiunse Bruce.

«Dev'essere *pro bono* per forza» disse Steven. «Nessuno può permettersi di pagare la parcella che chiederei per combattere la Tidal Breeze. Fino a un certo punto posso anche procedere, ma poi avrò bisogno di aiuto. Al momento il primo passo è parlare con la cliente. Ed è compito tuo, Bruce.»

«Okay, ci provo. Ma non garantisco nulla.»

«Negli archivi ci sono articoli interessanti riguardo a Dark Isle» spiegò Mercer. «La storia dell'LSD la sapete?»

Bruce si strinse nelle spalle, perplesso. «No» rispose.

«Maggio 1970. Tre adolescenti in cerca di un posto tranquillo dove farsi qualche canna andarono in barca a Dark Isle. Uno aveva con sé dell'LSD, che suppongo fosse una novità in questa zona. In pieno trip i ragazzi cominciarono a fare dei versi che attirarono due grosse pantere. Le scambiarono per un'allucinazione, ma quando si resero conto che non lo erano cercarono di scappare via a nuoto. Due furono salvati da un pescatore. Il terzo non fu mai trovato, il che spiega il titolone e l'articolo sul giornale. Suo padre era un famoso dentista di Camino.»

«Dichiararono di aver sentito urlare qualcuno nella foresta» aggiunse Thomas «ma la polizia era scettica. Non fu mai chiarito che cosa avessero visto o sentito. Erano in un altro mondo.»

Per un po' mangiarono, ripensando alla storia e sorseggiando vino. Poi Thomas raccontò un altro aneddoto.

«Nel 1933, durante la Depressione, la Work Progress Administration diede il via a un progetto di raccolta delle memorie di ex schiavi. Allora ce n'erano ancora, e due studenti universitari vennero pagati dal governo per scovarli. Avevano sentito parlare di Dark Isle e decisero di visitarla in cerca di discendenti di ex schiavi. Qualcuno consigliò loro di lasciar perdere, ma non lo ascoltarono. Nessuno voleva portarli sull'isola, così noleggiarono una barca e ci andarono da soli. Di loro non si è più saputo niente.»

«Ma figuriamoci» commentò Bruce.

«Non me lo sto inventando. È sul giornale, in prima pagina. Novembre 1933.»

«Davvero non è mai andato nessuno a cercarli?» chiese Steven.

«Non lo so, ma l'articolo cita lo sceriffo. Diceva di non avere la minima intenzione di andare a soccorrere nessuno su Dark Isle, perché soltanto i pazzi e i dipendenti del governo federale ci mettevano piede.»

Mercer e Thomas proseguirono la staffetta, divertiti. Fu lei a continuare, dopo un sorso di vino: «Subito dopo la Seconda guerra mondiale un aereo militare sorvolò la costa per fotografarla: cercavano un posto per costruire una base sottomarina. Quando l'aereo passò sopra Dark Isle accadde qualcosa».

«Forse volava troppo basso» aggiunse Thomas.

«Si schiantò sulla spiaggia: i tre uomini a bordo morirono.»

Steven alzò le mani. «Okay, messaggio ricevuto. Non andrò mai su quell'isola.»

## 2

Miss Naomi Reed accolse le due nipotine, salutò la loro mamma con un abbraccio e le fece sedere al tavolo della cucina con una scodella dei loro cereali zuccherati preferiti. Lei non era cresciuta con quella spazzatura, ma non aveva importanza. Oggigiorno i bambini mangiavano ogni genere di porcheria perché era dolce e deliziosa. Quasi tutte le nonne che conosceva avevano rinunciato a imporre una dieta sana ai nipoti. Avevano perso tutte le battaglie riguardo al cibo. I ragazzini stavano già ingrassando: che se ne preoccupassero i genitori.

O la madre. Il padre era a casa di rado. Faceva le consegne per una grossa compagnia, e più guidava, più guadagnava. Naomi era ben felice di tenere le piccole durante i mesi estivi. Per sua figlia significava non dover spendere i soldi per la baby-sitter, e per lei erano momenti preziosi.

Disse alle bambine di non uscire di casa. Come faceva sette giorni alla settimana, lasciò la sua modesta abitazione e percorse il marciapiede fino a una via chiamata Rigg Road. Era un misto di asfalto e ghiaia, come quasi tutte le strade dei Docks. Chiacchierò con la vicina sul marciapiede opposto e salutò un bambino che passava in bicicletta.

Quello era il suo quartiere, e ogni mattina Naomi chiedeva a Dio di aiutarla a renderlo un posto migliore. A due case di distanza svoltò in un vialetto di ghiaia largo appena quanto una piccola auto. Del resto non aveva mai visto macchine parcheggiate vicino al piccolo quadrilocale di Lovely, sorto decenni prima come deposito. Lovely lo aveva tinteggiato di un giallo brillante, il suo colore preferito. Il rivestimento cambiava ogni tre o quattro anni. Adesso era blu reale, come le assi dei gradini stretti. Attorno al portico erano appesi cesti di petunie, gigli, rose.

«Lovely, sei ancora viva, vero, tesoro?» fece Naomi.

La risposta arrivò da dietro la porta a zanzariera. «Viva e vegeta. Pronta per un'altra splendida giornata.» Naomi entrò in casa e le due si strinsero la mano. «Grazie mille di essere venuta. Caffè?»

«Certo.»
Arrivava sette giorni su sette alle otto del mattino. Il caffè non solo era già fatto, ma anche già nella tazza, mescolato a un po' di panna. Si sedettero a berlo sul divano polveroso.
«Come stanno le bambine?» si informò Lovely.
«Splendide come sempre.»
«Oggi mi farebbe piacere vederle.»
«Le raggiungiamo tra un attimo, se vuoi.»
Lovely aveva avuto un aborto a diciotto anni. Dopo quell'episodio suo marito aveva perso interesse per lei e se n'era andato a Jacksonville. Morto lui non si era risposata, e non avendo figli né nipoti adorava le nipotine di Naomi.
Poi fu la volta dei commenti sul tempo, seguiti da un riassunto sulle varie indisposizioni di cui soffrivano i vicini. A un certo punto Naomi si fece seria. «Ieri ha chiamato di nuovo Mr Cable dalla libreria, dice che vorrebbe vederti» annunciò.
«Che brava persona.»
«Molto.»
«Ha detto se ha venduto qualche altra copia del mio libro?»
«Non ne ha parlato.»
«Perché ha chiamato?»
«Non lo so, ma dice che vorrebbe presentarti delle persone. Ha accennato a Dark Isle.»
Uno dei loro riti era la lettura, tre volte alla settimana, del giornale dell'isola. In particolare erano interessate alle notizie della chiesa e ai necrologi. Avevano letto gli articoli sul progetto urbanistico. "Tidal Breeze" era già una parolaccia.
Gertrude viveva due strade più in là, ed era malata terminale di cancro ormai da anni, tanto che molti, nel quartiere, sospettavano che in realtà non avesse un bel niente. A ogni modo continuava a parlarne, incalzata dalle sue amiche.
Per evitare l'argomento spiacevole di Dark Isle, Lovely chiese di Gertrude e trascorsero qualche minuto a discuterne in tono allarmato, il che portò a un aggiornamento su Abe Croft, il loro ex sacerdote, che aveva quasi cento anni e stava morendo per davvero.
Miss Naomi disse: «Devo andare a controllare le bambine. Ti va di venire da me per pranzo?».

«Con piacere, grazie. E di' a Mr Cable che passerò da lui, se per te va bene.»

«Perfetto. Le bambine saranno contentissime. Adorano la libreria.»

I due gatti neri di Lovely entrarono di soppiatto nella stanza e guardarono Naomi con aria sospettosa. Si tennero a distanza e andarono ad appollaiarsi su una finestra, senza smettere di guardarla. Non tolleravano ospiti in casa e Naomi ricambiava il loro disprezzo. Era il momento di andare.

«Grazie del caffè. Chiamo Cable per organizzare l'incontro.»

Entrambe si alzarono e uscirono sulla veranda oltre la porta a zanzariera. Si abbracciarono forte e si salutarono come se non dovessero vedersi mai più.

## 3

Al tramonto il calore cominciò a diminuire, e Lovely decise di fare la sua passeggiata. Come al solito aveva trascorso la maggior parte della giornata insieme alle sue piante. Si prendeva cura delle aiuole nella parte anteriore del giardino, e sul retro delle verdure, più di quante ne riuscisse a consumare. Quando il sole era alto e lei aveva bisogno di riposo, sedeva a leggere in veranda di fianco a un ventilatore. E sonnecchiava. Alla sua età, i suoi pisolini si stavano facendo più lunghi.

Ma anche le sue passeggiate. La sua preferita era un giro fino al porto, dove i vecchi conservifici se ne stavano indolenti e abbandonati. Ci aveva lavorato da ragazza, sgusciava ostriche per dieci centesimi all'ora. Superò due fabbriche che confezionavano ancora gamberetti giorno e notte, e pagavano molto di più. Alla fine del molo si fermò a guardare l'acqua piatta e si godette il tramonto aranciato. In lontananza il ponte per la terraferma brulicava di veicoli che andavano e venivano. Sotto, il fiume Camino scorreva lento. Quand'era bambina non c'erano ponti, solo il traghetto.

E in lontananza, dove arrivava il suo sguardo, c'era una macchia scura di terra. Dark Isle, il posto in cui era nata, il cimitero della sua gente, che per lei era terra consacrata. Ne era la proprietaria, come lo erano stati i suoi avi per molti anni. Avevano combattuto i bianchi con lance e mazze, e poi con i fucili. Avevano versato lacrime e sangue, e non si erano mai arresi.

Non c'era da sorprendersi che gli uomini bianchi fossero tornati a minacciarli un'altra volta. Sarebbe stato il suo ultimo atto di resistenza; era troppo vecchia per combattere ancora a lungo. E se stavolta fossero riusciti nel loro intento di spianare e cementare l'isola e costruirci palazzi, per lei non sarebbe rimasto niente, niente per cui lottare.

La battaglia non sarebbe stata alla pari. Loro avevano soldi e potere.

Lei non aveva nient'altro che la maledizione. La maledizione di Nalla.

## 4

Dopo una giornata di rigoroso ozio in spiaggia, i neosposi si ritirarono sotto la veranda a bere limonata. Il sole di luglio era ancora rovente e aveva disperso la maggior parte dei bagnanti. Era il momento di un sonnellino o di andare in piscina. Visto che la casetta di Mercer non aveva la piscina, lei optò per un sonnellino. Thomas, dopo un mese di gioie matrimoniali, temeva che essere sposato gli avrebbe fatto mettere su peso. Di certo bruciavano la loro dose di calorie, e mangiavano e bevevano il meno possibile. Quasi tutti i suoi amici sposati, però, nel corso degli anni erano ingrassati. Mercer gli garantiva che era in forma. Ciononostante, lui aveva comprato una mountain bike e si divertiva a pedalare sulla battigia con la bassa marea. Disse che sarebbe tornato entro un'ora.

Mercer si assopì, ma un pensiero la riscosse. La storia di Nalla le era rimasta impressa, era difficile da scacciare. A volte ripensava a qualche scena e rimaneva a rimuginarci, assorta. Stava lavorando alla sinossi del libro da mandare alla sua agente, ma non l'aveva ancora finita. Thomas l'aveva convinta a raccontare la storia così com'era, senza romanzarla. La verità era già intrigante di suo, e l'apparizione a sorpresa degli immobiliaristi avvoltoi era praticamente irresistibile.

C'era una scena in particolare che Mercer non riusciva a togliersi dalla testa.

## 5

A Nalla, alle altre donne e ai bambini furono dati cibo e vestiti. Uno degli uomini si chiamava Joseph, era un po' più vecchio e irradiava un certo carisma; tutti lo rispettavano. Anche lui veniva dal Congo e parlava il bantu.

Nalla raccontò la storia della nave negriera e della tempesta. La cattura, il sequestro e il viaggio attraverso l'oceano erano esperienze che tutti conoscevano bene. Come dimenticarle?

Nalla fece anche tante domande. Joseph spiegò che loro erano gli unici abitanti dell'isola ed erano scappati dalla Georgia, dove la schiavitù era legale. Adesso si trovavano in Florida, sul suolo spagnolo, dove la schiavitù non era legalizzata e i fuggiaschi erano al sicuro. Nalla e le altre prigioniere della *Venus* avevano avuto la fortuna di naufragare su quel territorio.

«E gli uomini bianchi? Ci troveranno?»

«Può darsi» disse Joseph. «Probabilmente i padroni della nave verranno a cercare i sopravvissuti. Tuttavia, gli spagnoli non vanno d'accordo con gli inglesi e lungo il confine non fanno che provocarsi.» Joseph parlò con un giovane che reggeva un fucile. Lo indicò e spiegò che, se i cacciatori di schiavi avessero messo piede sulla loro isola, sarebbe stata una battaglia sanguinosa. Loro, gli ex schiavi, non avevano intenzione di tornare indietro. Avrebbero combattuto fino alla fine e sarebbero morti sulla loro isola.

Joseph era stato catturato e venduto a diciassette anni. Era sbarcato a Savannah e lo avevano venduto a una famiglia che possedeva una grande piantagione di riso, arachidi e cotone. Aveva vissuto e lavorato là per quasi vent'anni, durante i quali aveva imparato a leggere e parlare inglese. Rispetto alla maggior parte dei proprietari terrieri, il padrone era un brav'uomo che voleva che i suoi schiavi diventassero cristiani. Aveva permesso a uno di loro, più anziano, di insegnare ai bambini i fondamenti della religione. Il sorvegliante, al contrario, era un uomo crudele che si divertiva a usare la frusta. Tutti gli schiavi della Georgia, soprattutto nella parte meridionale, sognavano di scappare in Florida. Joseph vide un'opportunità e fuggì. Una decina d'anni prima, approdato sull'isola, la loro isola, era stato accolto da una cinquantina di persone. Adesso il numero era raddoppiato.

Joseph fece un cenno con la mano alla sua gente, come a dire: "Qui siete i benvenuti".

Dal sentiero giunse del frastuono. Cinque o sei africani stavano trascinando tre bianchi sporchi e insanguinati. Avevano i polsi legati dietro la schiena e una canna di bambù infilata tra i gomiti piegati.

«Li abbiamo trovati» disse un africano. «Si erano nascosti nella foresta, vicino all'acqua. Sono della nave.» La gente circondò i tre uomini e attese che Joseph li ispezionasse. Un ragazzo gli tese un grosso bastone.

Gli uomini avevano la barba lunga, erano luridi e scalzi. I loro abiti lacerati erano macchiati di sangue. Avevano le braccia e le gambe coperte di tagli, tumefazioni e punture di insetto. «Alzatevi» ordinò Joseph. I tre si misero in piedi a fatica.

Nalla avanzò tra la folla a guardare da vicino l'uomo al centro. Era quello che chiamavano Monk, il suo stupratore. Si portò le mani alla bocca e le sfuggì un gemito di incredulità. Lui la vide, la fissò per un attimo negli occhi e distolse lo sguardo.

«Da dove venite?» chiese Joseph, giocherellando con il bastone.

«Dalla Virginia» rispose uno di loro.

«Quindi sapete l'inglese. Siete coloni.»

Due degli uomini annuirono. Monk continuò a fissarsi i piedi nodosi.

Nalla si fece avanti, prese il bastone dalle mani di Joseph e colpì Monk tre volte alla testa; ogni bastonata gli causò lacerazioni e gli strappò lamenti di dolore. I residenti del villaggio erano stupefatti. Poi Nalla lo colpì ancora e ancora, finché l'uomo non cadde a terra. Loosa, un'altra donna della nave, fece un passo avanti, prese il bastone a Nalla e cominciò a percuotere uno degli altri due uomini. Nalla bisbigliò a Joseph che, sulla nave, i bianchi le avevano ripetutamente stuprate. Era il momento di vendicarsi.

Joseph lo riferì agli altri. Alcune donne si misero a piangere, memori dello stesso destino subito ai tempi del loro viaggio.

Joseph ringhiò degli ordini. Attorno alle caviglie dei tre bianchi furono avvolte funi fatte di vecchi rampicanti. Li appesero per i piedi allo stesso ramo dell'olmo che troneggiava al centro del villaggio. Le madri più giovani portarono via i bambini.

Nalla cominciò a scandire una cantilena in una lingua sconosciuta, facendo piccoli passi in cerchio attorno agli uomini. Tutti indietreggiarono: capirono cosa stava succedendo, e le diedero spazio. Lei fece qualche passetto di una strana danza in punta di piedi, ondeggiando e cantilenando mentre saltellava attorno ai prigionieri. Teneva gli occhi chiusi, come se fosse altrove.

Dalla folla emerse uno stregone, che appoggiò al suolo una ciotola di legno e un lungo coltello. Le disse qualcosa e lei annuì come per ringraziarlo. Proseguì il suo rituale, la sua danza, la sua maledizione. Il vudù le scorreva nel sangue, trasmessole da sua madre e dalle sue antenate.

Tra le sofferenze, i tre uomini bianchi appesi a testa in giù cercavano di guardarla. Quando fu il momento, Nalla posizionò la ciotola sotto la testa di Monk, che si contorse come per fuggire, invano. Nalla sollevò il coltello in modo che tutti potessero vederlo, e lo baciò. Poi si chinò, afferrò i capelli sporchi di Monk, urlò una maledizione nella sua lingua sconosciuta e gli tagliò la gola.

Quando la ciotola fu colma di sangue la alzò al cielo e seguì lo stregone fuori dal villaggio, fino alla spiaggia. Mentre

Joseph e gli altri la guardavano tenendosi a distanza, avanzò sulla battigia e immerse la ciotola nell'acqua, lasciando sulla sabbia una scia di sangue.

Quando svuotò la ciotola, la maledizione fu completa. Joseph ordinò di slegare i prigionieri e portarli al piccolo molo nascosto dall'oceano. Con una barca sottratta agli ultimi mercanti di schiavi che si erano presentati sull'isola, portarono i corpi in mare aperto e se ne sbarazzarono senza tante cerimonie.

Sull'isola non c'era posto per l'uomo bianco, né vivo né morto.

## 6

L'incontro sarebbe stato senza dubbio uno dei più insoliti nella storia di Bay Books. Bruce riordinò l'ufficio, sgomberò la scrivania e raddrizzò tutte le prime edizioni sugli scaffali. Ne aveva a centinaia, ma non erano mai abbastanza.

Mercer e Thomas arrivarono per primi e andarono a sedersi al tavolino per la degustazione dei vini che Noelle aveva scovato nel paesino di Ménerbes, in Provenza. Quasi tutti gli arredi erano stati selezionati da sua moglie e provenivano dal Sud della Francia. Il negozio di Noelle, accanto a Bay Books, era sempre zeppo di sofisticati pezzi d'antiquariato, così tanti che spesso era costretta a portarne alcuni nella libreria. Non era affatto insolito che Noelle vendesse un magnifico tavolo che Bruce utilizzava per esporre i bestseller.

Arrivò anche Steven Mahon, e fu servito il caffè. Bruce li avvertì che l'incontro poteva non andare come previsto. Secondo Miss Naomi, Lovely era restia a parlare delle questioni importanti. «E non sono sicuro che si fidi dei bianchi» aggiunse Bruce.

«Non posso darle torto» commentò scherzoso Steven.

«No, dico sul serio. Parecchi anni fa Miss Naomi cercò di convincerla a scrivere un testamento. In teoria Lovely non ha eredi, e nessuno sa che cosa ne sarà di Dark Isle alla sua morte.»

«Potrebbe essere un bel casino» osservò Steven.

«Di sicuro. Ma lei non volle fare testamento perché sull'isola non ci sono avvocati neri.»

«È un problema diffuso in tutto il Sud» spiegò Steven. «Va avanti da generazioni, ed è il motivo per cui parecchia della terra di proprietà di gente nera è stata pignorata. Nessun testamento o ultime volontà, troppi eredi lontani, nessun atto di proprietà, e la terra viene venduta perché nessuno paga più le tasse.»

Thomas guardò Steven. «Pensi che si fiderà di te?»

«Come no! Sono l'onestà fatta persona.»

«Scusate se sono andato sull'argomento» mormorò Bruce alzandosi. «Sono arrivate.»

La sezione dedicata ai libri per ragazzi occupava metà del pianterreno di Bay Books ed era sempre frequentata. Le mamme lasciavano i figli ad ascoltare una storia mentre si dedicavano ad altre commissioni, o venivano a dare un'occhiata alla libreria e li dimenticavano per un'oretta. Il personale era sempre pronto a leggere qualcosa ai piccoli e a presentare le novità ai clienti più grandi. A parte quella dedicata ai bestseller, la sezione dei ragazzi era la più redditizia del negozio.

Le nipotine di Miss Naomi la adoravano, ed erano felicissime di essere venute.

Corsero a perdersi tra i libri appena la nonna e Lovely entrarono nell'ufficio di Bruce. Lui le presentò a Mercer, Thomas e Steven e offrì loro il caffè. Le due donne rifiutarono garbatamente e si sedettero al tavolo.

Lovely era splendida. Indossava una lunga veste giallo brillante che sfiorava il pavimento. Sulla testa portava un alto turbante variopinto. Per collana aveva una lunga fila di denti di squalo.

Anche Miss Naomi aveva un certo stile, era vestita con eleganza, come per andare in chiesa o a qualche evento importante, ma non era all'altezza dell'amica. Mercer le avrebbe dato sui sessantacinque anni. Lovely dichiarava di essere nata nel 1940, ma sembrava molto più giovane di Naomi. Aveva gli occhi un po' più chiari, sempre marroni, però non scuri. Da qualche parte nella sua famiglia doveva esserci sangue bianco.

L'imbarazzo generale fu palese già dai convenevoli. Bruce prese l'iniziativa e fece una domanda sui gusti delle bambine in fatto di libri. Per fortuna Miss Naomi era una chiacchierona, e si lasciò coinvolgere dalla conversazione. Steven esitava a intervenire. Era lì per conoscere una potenziale cliente che avrebbe preferito non assistere, e c'erano ottime probabilità che la cliente lo disprezzasse. A un certo punto Mercer sarebbe stata costretta a dire a Lovely che voleva scrivere un libro su di lei e sull'isola, ma non sapeva bene come andare sull'argomento.

Lovely, che sedeva con portamento regale nella poltrona di pelle, aveva un sorriso teso, come se le riuscisse difficile. Sembrava intenta a osservare attentamente ciascuno di loro, prima di decidere se le andassero a genio. Nei suoi occhi splendeva una fierezza che non si estendeva al resto del viso.

Quando Bruce cominciò a perdere colpi, intervenne Mercer: «Ho appena finito il suo libro, Ms Jackson. È una storia notevole».

Il sorriso di Lovely si fece più aperto quando disse: «Mi chiami pure Lovely. Mi chiamano tutti così, anche i bambini. Jackson è il nome che i miei antenati si sono ritrovati loro malgrado. Non l'hanno chiesto, non gli piaceva nemmeno, ma non avevano scelta. Per anni ho pensato di cambiare cognome, ma mi hanno detto che dovevo andare in tribunale».

Sarebbe stato un aggancio perfetto per Steven, che però decise di lasciar perdere: troppo presto.

«Sono molto felice che il mio libro le sia piaciuto» proseguì Lovely. Una voce prudente, caratterizzata da un forte accento del Sud. Mercer restò senza parole quando aggiunse: «E a me è piaciuto molto il suo, *Tessa*. La conoscevo, sua nonna, ma non bene. Le ho parlato una volta. Ricordo quando è morta. Che disgrazia. Mi dispiace tanto».

«Grazie» disse Mercer. Suonava strano ricevere le condoglianze da una persona la cui famiglia aveva sofferto così tanto, anche se ormai era storia antica. Ma lo era davvero?

«Se fosse possibile, vorrei parlare della possibilità di scrivere la sua storia. La trovo affascinante» proseguì Mercer.

«Ma io l'ho già scritta. E quante copie ho venduto, Bruce?»

Per la precisione ventisette, però lui non aveva intenzione di metterla in imbarazzo. «Non ricordo esattamente. Devo controllare.»

Lovely sorrise di nuovo. «Non tante, mi sa. Alla gente frega poco dei vecchi schiavi.»

«Può essere, ma la storia non è finita. La sua isola rischia di essere investita da un'altra tempesta» insistette Mercer.

«Sì, così dicono. Naomi e io abbiamo letto tutti gli articoli. Non capisco perché non ci lasciano in pace. L'isola è mia. Ci sono seppelliti i miei antenati. Ci vivrei, se potessi, ma sono stata costretta ad andarmene anni fa. Conosce la storia. È nel libro.»

«Sì. Però vorrei raccontare il resto della storia.»

«C'è il lieto fine?» chiese Lovely con un sorriso.

«Chi può dirlo. Forse lo sa Steven.»

Lovely gli lanciò un'occhiata torva e smarrì il sorriso. Le avevano detto che sarebbe stato presente anche un avvocato. Lui cercò di sostenere il suo sguardo ma si arrese subito. «Non sono il classico avvocato, Lovely» attaccò. «Non chiedo soldi. Lavoro per una fondazione non profit che ha sede qui sull'isola, e il nostro scopo è cercare di proteggere l'ambiente. Se sarà necessario, la società immobiliare che vuole la sua isola assumerà mille avvocati, e sarà una causa difficile. La mia associazione vorrebbe andare in tribunale e combattere per tenere quei tizi lontani da Dark Isle.»

«Le serve il mio permesso?»

«In realtà no. Le ragioni per fermare le società immobiliari e proteggere le aree naturali sono tante, ma sarebbe bello se lei firmasse un contratto e ci assumesse per proteggere i suoi diritti.»

«Quindi dovrei pagarvi?»

«Ci sarebbe un piccolo acconto.»

«Quanto?»

«Non saprei, diciamo cinque dollari.»

Tutti avevano bisogno di farsi una risata, e si godettero il momento. Steven, ormai lanciato, proseguì: «Il primo passo è portarli in tribunale, e procedere per ottenere un titolo valido. Tecnicamente si chiama azione di rivendicazione di proprietà. Questa darà avvio a una grossa disputa che si potrebbe trascinare per un po'. Lei sarà la ricorrente, un altro termine legare per indicare che l'azione sarà a nome suo».

Steven aveva modi spigliati e sapeva esprimersi con semplicità. Bruce non lo aveva mai visto all'opera, ma aveva sentito dire che l'aula era il suo elemento e aveva letto vecchi articoli che descrivevano certi braccio di ferro di cui era stato protagonista ai tempi del Sierra Club, quando era il signore del tribunale.

«E non se ne può fare a meno?» chiese Lovely.

«Temo di no, se vuole tenersi la sua isola e proteggerla. Questa Tidal Breeze apre cantieri in grande stile da anni, soprattutto in Florida. Fa il gioco duro, e di solito vince. Per sfortuna sua, Lovely, e di tutti noi che vogliamo proteggere l'ambiente, gli immobiliaristi hanno scoperto Dark Isle e le daranno la caccia.»

«Perché?»

«Perché sentono l'odore dei soldi, tanti soldi. Sono fatti così.»

Lovely guardò Bruce, un uomo di cui si fidava perché non le aveva mai chiesto niente, anzi. Si erano conosciuti quando lei era andata nel suo negozio e gli aveva chiesto consiglio per vendere il suo libro. Lui le aveva mostrato rispetto, dedicato del tempo e l'aveva avvertita che libri di quel genere erano difficili da vendere. Aveva tenuto il suo romanzo nella vetrina principale per circa un anno, l'aveva inserita tra gli "autori locali" e l'aveva trattata come una vera scrittrice.

«Tu che ne pensi, Bruce?» gli domandò.

«Dipende da quanto vuoi combattere. I processi non sono mai divertenti, a prescindere da quanto credi nella causa.»

«Se fossi al mio posto?»

«Gli darei i cinque dollari e gli direi di cominciare la guerra per il diritto di proprietà. E passerei del tempo con Mercer per sentire com'è il libro che vuole scrivere.»

Lovely guardò Steven. «Sono una donna anziana e non mi resta molto. Non voglio passare i miei ultimi giorni bloccata in un tribunale. Quanto tempo ci vorrà?»

Steven sorrise e si grattò la barba grigia. «Ci sono due problemi, entrambi importanti. Il primo è stabilire chi possiede Dark Isle. Ci sarà una battaglia legale nel tribunale qui dietro l'angolo, e dovrebbe volerci un anno. Se vince lei, la Tidal Breeze farà appello alla Corte suprema. Ci vorrà più o meno un altro anno. Se perdiamo, faremo appello noi. Perciò in un paio d'anni dovremmo sapere chi ha il diritto di proprietà sull'isola, chi è il vero proprietario. Se è lei, allora tutto è finito, niente più cause. Se però perdiamo, e la Tidal Breeze ottiene il diritto di proprietà su Dark Isle, allora la battaglia più grossa sarà sul progetto urbanistico e si farà al tribunale federale. Significa che potrebbero facilmente volerci dai cinque ai dieci anni. Ma lei non farà parte della contesa.»

Lovely abbassò le spalle, sconsolata, e di colpo sembrò stanca e più vecchia. Scosse la testa e disse: «Non ci capisco niente. Com'è possibile che qualcun altro reclami l'isola? È mia, io sono l'ultima della mia gente. Dark Isle non l'ha mai voluta nessuno. Nessuno ci ha mai costruito scuole o strade, non ci hanno nemmeno mai messo l'elettricità. Se ne fregavano, di noi. Perciò abbiamo imparato a badare a noi stessi e soprattutto alla nostra isola. Era l'unica casa che conoscevamo. Adesso tutti i legittimi proprietari sono morti, tranne me. Tutti scomparsi. L'isola è soltanto mia, e chiunque dica diversamente si sbaglia».

Aveva gli occhi lucidi e la voce spezzata. La stanza era avvolta da un silenzio assoluto.

Steven, da bravo avvocato, represse un sorriso mentre se la immaginava in tribunale a spiegare il suo punto di vista al giudice. Mercer, da brava scrittrice, avrebbe voluto cominciare subito a mettere ogni parola sulla pagina.

«Posso fare una domanda?» chiese infine Thomas.

«Certo» rispose Steven.

«Non pensi che prima o poi sarà la Tidal Breeze a voler chiarire la questione della proprietà dell'isola?»

«Sì. In realtà mi stupisce che non l'abbia già fatto. So che ha depositato alcuni atti preliminari al dipartimento Risorse naturali e che si è subito sollevata la questione del diritto di proprietà. La società ha messo gli occhi sull'isola da almeno un anno.»

Bruce chiese: «C'è un vantaggio nell'essere i primi a intentare un'azione legale?».

«Forse un lieve vantaggio, ma tutte le parti interessate avranno il tempo di scendere in campo.»

«E la sentenza la emette il tribunale di contea?»

«Sì, come in tutte le dispute di questo genere. La società non può rivolgersi a un tribunale federale, né ad altri.»

«E tu conosci i giudici locali?»

«Certo, però non avrà nessuna importanza. La Tidal Breeze assumerà un gruppo di avvocati locali per fare un po' di casino. Qui abbiamo giudici in gamba, che faranno il loro dovere.»

Lovely si appoggiò le mani in grembo e guardò Miss Naomi, che intervenne: «Be', direi che abbiamo un bel po' di cose a cui pensare, vero? Sono sicura che le bambine avranno già scelto una decina di libri a testa».

«Lo spero proprio» scherzò Bruce.

# 4
# Il contratto

## 1

Per Gifford il tour ideale di presentazione di un libro consisteva nel salpare con il suo yacht da un porto privato vicino a Charleston, la sua città, proseguire in direzione di St Augustine in Florida e risalire gli Outer Banks del North Carolina per una sosta nella cittadina costiera di Manteo. La libreria della città gli piaceva sia perché attirava gente, sia perché la proprietaria era una vecchia fiamma a cui era ancora molto affezionato. Finiva un libro ogni tre anni e di solito, alla consegna di un nuovo manoscritto, aveva anche una nuova moglie. Quante ne erano passate, di presentazioni e di mogli. Queste ultime andavano e venivano perché vivere su una barca ormeggiata a Charleston avrebbe annoiato chiunque.

Durante il tour Gifford visitava sempre le stesse tredici librerie, e mai di fretta. I firmacopie duravano ore e i suoi fan aspettavano pazienti una sua parola e l'autografo. Le imprese del suo personaggio Bake Boudreau appassionavano i lettori da più di vent'anni e lui non scriveva mai abbastanza in fretta, almeno non per i suoi fan, ma a lui quel ritmo di scrittura si addiceva alla perfezione, perché poteva abbozzare un libro in sei mesi e poi viaggiare e giocare a golf per il resto dell'anno. In realtà era piuttosto pigro e tra un tour e l'altro aveva bisogno di lunghe pause.

Era un figlio del Low Country, la zona costiera del South Carolina. Ne conosceva la lingua e la cultura, e ci teneva molto a difenderle. Spendeva tanto per combattere quelli che volevano rovinare la sua regione. Odiava gli immobiliaristi con tutto il cuore. Per diffondere le sue opinioni, e ci riusciva alla grande, teneva conferenze, scriveva editoriali e staccava assegni. Aveva finanziato persino un documentario sulla lotta per la salvaguardia di una palude in Georgia. Era stato il suo debutto come attore, e gli aveva fatto scoprire che stare davanti alla cinepresa gli piaceva. Come la maggior parte dei documentari, anche quello durava un'ora di troppo ed era passato quasi inosservato.

Quando la sua barca, una bellezza di diciotto metri, entrò agile nel porto di Santa Rosa, Bruce lo stava aspettando. Gifford lo vide, gli urlò un saluto volgare e saltò giù dallo yacht prima ancora che il suo marinaio di coperta avesse il tempo di ormeggiare. Si abbracciarono come due amici di vecchia data e si avviarono verso la caffetteria del molo, chiacchierando fitto. Si annunciava un pranzo di almeno due ore.

Gifford non invitava quasi mai la moglie in carica alle presentazioni. Non voleva vincoli e spediva le consorti in Europa o in California. Bruce non ricordava il nome di quella attuale. Ordinarono vino e frutti di mare e si scambiarono pettegolezzi sul mondo dell'editoria. Gifford non bazzicava New York da dieci anni. E ne era orgoglioso. Disprezzava il suo editore ed era convinto che facesse la cresta sulle royalties.

«Hai comprato qualche altro manoscritto rubato, ultimamente?» chiese, a voce un po' troppo alta.

«Certo che no. Adesso rigo dritto.»

Tra i suoi amici girava voce che alcuni anni prima Bruce avesse incassato un patrimonio negoziando un accordo per la restituzione di certi manoscritti rubati di Francis Scott Fitzgerald: una voce che lui aveva negato con decisione, dando per scontato che il suo fascicolo all'FBI fosse ancora aperto. La biblioteca di Princeton, comunque, aveva rimesso i manoscritti in cassaforte e la storia era finita bene. Acqua passata.

«Hai sentito l'ultima su Dark Isle?» chiese Bruce.

Gifford masticò un boccone, lo guardò senza battere ciglio e scosse la testa.

Bruce indicò il mare. «È più o meno a un paio di miglia in quella direzione, si vede a malapena.»

«La vecchia isola degli schiavi, no?»

«Esatto. Abbandonata da anni. Ci hanno messo gli occhi alcuni immobiliaristi avvoltoi della Florida del Sud. Mai sentito parlare della Tidal Breeze?»

«Forse.»

«Un colosso con un mucchio di progetti all'attivo. Resort, casinò, campi da golf eccetera. Vorrebbero ribattezzare l'isola "Panther Cay" e hanno già stampato dépliant e materiale pubblicitario. Si sono fatti un bel sito web. "Lotti disponibili al più presto", c'è scritto.»

«È orribile.»

«È la Florida.»

«Come facciamo a fermarli?»

Gifford non si faceva mai pregare per buttarsi nella mischia. Era anche stato arrestato parecchie volte mentre si opponeva fisicamente ai bulldozer. Ogni arresto, ovviamente, era stato ben documentato da giornalisti avvertiti in anticipo. Il fatto che si fosse già espresso al plurale non era una sorpresa.

«Ah, ci sarà da combattere. Potremmo aver bisogno del sostegno di uno dei tuoi gruppi ambientalisti. Ti avevo dato un libro intitolato *Tessa*. Ti dice qualcosa?»

«No, mi spiace.» A differenza di molti scrittori, Gifford non leggeva granché. Né fingeva di farlo. «Chi l'ha scritto?»

«L'autrice è Mercer Mann, diciamo che è di qui, ha un cottage sulla spiaggia e passa le estati a Camino Island.»

«Ma chi è che passa l'estate in Florida? Pensavo che andaste in montagna.»

«Chiediglielo stasera. Lei e il marito vengono a cena da me. Si sono sposati qui il mese scorso, in spiaggia, perciò giù le mani.»

«Agli ordini.»

«Comunque, Mercer sta pensando di scrivere un libro su Dark Isle, la sua storia eccetera, e sulla battaglia per preservarla. Mi ha passato la bozza di una proposta editoriale che mi pare eccellente. Saranno una decina di pagine, ti va di darci un'occhiata?»

«Non tanto. Non sono un editor.»

«Su, te lo chiedo come favore. Tu conosci queste storie meglio di chiunque altro. La leggi in un quarto d'ora.»

«E se non mi piace?»

«Ti piacerà.»

«Okay, ma mettiamo che non mi piaccia. Che cosa dovrei fare?»

«Goditela, e poi inoltrala. Vorrei che ci aprissi qualche porta nel giro dei gruppi ambientalisti. Li conosci tutti da qui a Washington e oltre, e avremo bisogno di parecchio aiuto.»

«Sembra divertente. Sono sempre pronto a fare a botte.»

«È una delle poche cose che mi piacciono di te.»

«Mi pare giusto. E nessuno si aspetta che chiami il mio editore e gli faccia una sviolinata su questa proposta, giusto?»

«No, nessuno. Mercer un editore ce l'ha già.»

«Ottimo. Sto pensando di fare causa al mio.»

«Non farlo. Paga benissimo. A che quota è la prima tiratura, stavolta?»

Gifford non riuscì a reprimere un sorriso pieno di orgoglio. Bevve un sorso di vino e assaporò il momento. «Bruce, sono ufficialmente oltre le cinquecentomila copie del cartonato. Idem per gli e-book. Sono nella top ten, amico mio. Pazzesco, vero?»

Sorrise anche Bruce e brindarono. «Congratulazioni, Gifford. Te lo meriti. Il tuo ultimo libro l'ho divorato in una notte. Magnifico.»

«Grazie.»

«Figurati.»

«No, Bruce, dico sul serio. Ti devo tanto. Eravamo seduti qui anche vent'anni fa quando mi dicesti senza giri di parole che con la narrativa seria stavo sprecando il mio tempo. E che non ero abbastanza complicato, se non ricordo male.»

«Continui a non esserlo, ecco perché hai un milione di fan.»

«E mi hai convinto che la strada per il successo, almeno

per me, era creare un grande personaggio e usarlo il più possibile. Sta funzionando. Brindiamo alla salute di Bake.»

Fecero tintinnare i bicchieri. «Quanto gli voglio bene» disse Bruce.

## 2

Si spostarono in auto a casa di Bruce, dove Gifford trascorse due ore steso su un'amaca a russare e a smaltire il pranzo. Alle cinque si presentarono in libreria, dove si era già formata una fila fuori dalla porta d'ingresso e lungo il marciapiede di Main Street. Il divo non perse tempo e passò ore ad autografare i suoi romanzi, a mettersi in posa per le foto, a salutare vecchi amici, a fare lo splendido con le belle donne e a chiacchierare con i giornalisti locali, sempre sorseggiando il suo Chardonnay preferito che Bruce era stato incaricato di fargli trovare. Alle otto si congedò e promise che l'indomani a mezzogiorno sarebbe tornato per il secondo round; alle cinque era prevista la lettura di alcuni passi, seguita dalle eventuali domande del pubblico.

La cricca dei letterati di Camino Island si ritrovò sotto la veranda di Bruce. Gifford salutò Leigh e Myra con baci e abbracci, strinse con un po' troppa intensità la giovane Amy Slater, scambiò qualche insulto con Bob Cobb, per poco non palpeggiò Noelle appena rientrata dalla Francia, e andò in estasi per Thomas e Mercer. Mentre beveva l'ennesimo bicchiere di vino, le confidò che la sua proposta era magnifica e aveva le carte in regola per diventare un'importante opera di *non fiction*. Sarebbe stato felice di aiutarla in qualsiasi modo, salvo parlare con il suo editore. Non erano in ottimi rapporti e ogni comunicazione tra loro doveva passare attraverso un avvocato.

Di solito le buone maniere impongono che a tavola ciascuno dei commensali rispetti i turni di conversazione e faccia in modo che tutti i presenti siano coinvolti. Gifford delle buone maniere se ne fregava. Mezzo ubriaco e sempre più chiassoso, accentrava l'attenzione su di sé e interrompeva di continuo. In altri tempi lo avrebbero considerato un insopportabile scocciatore, ma i suoi aneddoti erano così bizzarri, e li raccontava con un linguaggio così colorito, che spesso gli altri ospiti non riuscivano a mangiare a forza di ridere. In particolare apprezzarono il racconto del suo ultimo arresto, avvenuto l'anno precedente, quando Gifford e altri attivisti si erano incatenati al cancello di un parco nazionale per impedire l'abbattimento di alcuni alberi. Prima dell'arrivo della polizia, un taglialegna infuriato e armato di una grossa pistola si era avvicinato agli ambientalisti e aveva sparato dei colpi in aria. A Gifford erano fischiate le orecchie per una settimana. Gli altri si erano messi a piangere. Lo sceriffo locale aveva negato la libertà su cauzione e li aveva tenuti dentro per una settimana. Era stato il loro momento di gloria.

Quando finalmente ebbe la vescica piena, si scusò e si allontanò barcollando. Myra disse subito: «Grazie a Dio pubblica solo un libro ogni tre anni. Non reggerei molte altre cene così».

«E dài, Myra» la apostrofò Leigh.

Tutti scossero la testa e si godettero quel momento di tregua. «Quello è proprio fuori» commentò Mercer. «Suppongo che i suoi racconti siano tutti veri.»

«E chi lo sa» abbozzò Bruce. «Dedica un mucchio di tempo e soldi alle associazioni ambientaliste. Da' un'occhiata al suo sito. Sproloquia dei suoi arresti e sfoggia una marea di foto. Gli ho parlato della speculazione immobiliare su Dark Isle e si è inferocito. Sarà un alleato prezioso, quando ne avremo bisogno.»

Mercer si accigliò come se non ne fosse tanto sicura.

«Davvero vogliono costruire un casinò sull'isola?» chiese Amy Slater.

«Sì, purtroppo» rispose Steven Mahon.

«Eccolo che arriva» bisbigliò Myra.

Tutti fecero un respiro profondo quando Gifford tornò a sedersi. Rimase zitto per qualche minuto, mentre un vassoio di cernia alla griglia faceva il giro della tavola. «Allora, Bruce, chi viene la prossima settimana?» chiese Myra, ad alta voce.

Bay Books programmava senza sosta presentazioni e firmacopie, e Bruce si aspettava che la sua cricca fosse presente alla maggior parte degli eventi. Myra e Leigh in particolare si divertivano a conoscere gli scrittori in tour, e non mancavano quasi mai.

«Rick Barber, un esordiente del Kentucky» rispose Bruce. «Martedì ci serve la libreria piena.»

«Che cosa ha scritto?» si informò Bob Cobb.

«Una raccolta di racconti, storie tristi nel Kentucky rurale.»

«Genere "Disagio sudista", Bruce?» chiese Myra.

«Se ho capito cosa intendi, direi di sì.»

«Non li reggo più, Bruce. Sono tutti uguali. La mia birra è calda. La mia ragazza è frigida. Il mio cane è morto. Il mio furgone si è imballato. Dovrei lavorare ma preferisco bere. Mamma prende psicofarmaci. Papà è in prigione. Su, Bruce, mollaci un po'. Non se ne può più.»

«Non li scrivo io, Myra. Mi limito a venderli. Se non ti piacciono, non leggerli.»

Thomas intervenne: «Ho letto una recensione molto positiva sul "Post". Definisce Barber una "nuova e originale voce del Sud"».

«Ottimo, ne sentivamo proprio il bisogno» commentò Myra. «Un nuovo, straordinario cantore del disagio. Scommetto che venderà meno di cinquemila copie tra cartonato e tascabile. Ti spiace se stavolta salto, Bruce?»

«Tanto non so se ti avrei voluta.»

«Ho conosciuto Barber il mese scorso a un festival a Savannah. Simpatico» disse Gifford.

«Carino?» chiese Myra.

«E dài, Myra.»

«Che ti frega dei maschi» commentò Bob Cobb.

«L'occhio vuole la sua parte, o no? Potrei aver bisogno di un nuovo personaggio. Un piacente scrittore agli esordi, che parla di animali morti sul ciglio della strada e roba del genere. Che ne dici Bruce, ti piace?»

«No.»

«Neanche a me.»

Gifford era stato zitto abbastanza. «Qualcuno di voi è mai stato a Dark Isle?» chiese.

Per la prima volta dopo ore calò il silenzio. Nell'imbarazzo generale, Bruce si guardò attorno. «Immagino di essere quello che vive qui da più tempo, e a quanto ne so nessuno ci va mai» disse.

«Perché?»

«Be', tanto per cominciare non è abitabile. Ci sono soltanto foresta e animali selvatici. Ho sentito che l'uragano Leo ha fatto un sacco di danni.»

«E poi c'è già un mucchio di sabbia qui» aggiunse Bob Cobb. «Se cerchi una spiaggia, perché spostarsi?»

«Voglio andare a vederla» spiegò Gifford. «Magari salpo dopodomani e do un'occhiata. A qualcuno va di unirsi alla gita?»

Altro silenzio. «La barca non è adatta. È troppo poco profondo» disse Bruce a un certo punto.

«Okay, troverò qualcos'altro. Qualcuno mi accompagna?»

«Non è una buona idea, Gifford» lo avvertì Mercer. «Girano un sacco di brutte storie su quelli che hanno cercato di avventurarsi sull'isola. Sono tornati in pochi, sempre che qualcuno sia davvero tornato. Dovresti leggere il libro di Lovely Jackson su Dark Isle. Fa paura.»

«È il libro che vorresti scrivere tu?»

«Ci sto pensando seriamente. Da un'altra prospettiva, ovvio.»

«Okay, ecco la mia proposta: quando sarai pronta a esplorare l'isola, fammelo sapere. Non ho paura di fantasmi, spiriti, leggende o roba del genere. Mettiamo insieme una piccola pattuglia, salpiamo per l'isola e diamo un'occhiata in giro. Va bene?»

«Non so. Vedremo. Nel frattempo però leggi il libro di Lovely. È affascinante.»

## 3

Il primo ostacolo fu estorcere un "sì" a Lovely, che dopo l'invito a vedersi e parlare di nuovo tentennò per due settimane. E siccome tutte le comunicazioni con lei dovevano passare attraverso Miss Naomi, i progressi erano lenti.

Il secondo ostacolo fu trovare un posto in cui incontrarsi. Mercer mise subito a disposizione la sua casetta sulla spiaggia. Disse che le avrebbe fatto piacere accogliere Lovely per una lunga chiacchierata e magari un pranzo in tranquillità. Due giorni dopo ricevette la risposta: no, grazie. Allora suggerì la libreria, dove Lovely sembrava a proprio agio. Due giorni dopo arrivò un altro no. Mercer voleva assolutamente andare a trovarla ai Docks. Glielo fece intuire e aspettò un invito, che però non arrivò mai. Che ne pensava della biblioteca della contea, che offriva un sacco di posto e di privacy? Due giorni dopo Naomi chiamò per dire che Lovely non ci avrebbe mai messo piede. Da adolescente era stata cacciata da lì perché nera.

Dopo tre tentativi falliti, Mercer era a corto di idee e cominciava a chiedersi se si sarebbero mai più riviste. Era anche un po' scoraggiata dal fatto che la loro collaborazione, o come diamine si poteva definire, facesse così fatica a concretizzarsi. Considerato quello che era già stato scritto e il futuro che incombeva su Dark Isle, avrebbe potuto accontentarsi di scrivere trecento pagine e pubblicare un'opera avvincente, ma preferiva di no. Non le andava che l'accusassero di strumentalizzare il passato di Lovely. Senza la sua collaborazione, Mercer avrebbe lasciato perdere.

Alla fine Miss Naomi telefonò per comunicarle che Lovely proponeva di vedersi per una breve chiacchierata in una chiesa dei Docks, il World Harvest Tabernacle Temple. Con quel nome spettacolare, Mercer si immaginò una chiesa enorme con migliaia di fedeli. Un'occhiata al sito rivelò invece un modesto edificio in mattoni rossi, con un campanile storto e due scuolabus trasformati in roulotte nel parcheggio. Era il regno del reverendo Samuel e di sua moglie, la reverenda Betty. Nella fotografia indossavano tuniche rosso scuro uguali e sfoggiavano sorrisi abbaglianti.

In borghese, accolsero Mercer e Thomas all'ingresso della Sala della comunità, un cadente prefabbricato di metallo sul retro della chiesa. «Benvenuti nel tempio» disse il reverendo con un gran sorriso. Si scambiarono cordiali strette di mano ed entrarono in una lunga sala da pranzo accanto alla cucina. Betty si accigliò quando Mercer e Thomas rifiutarono qualcosa da bere. «Con questo tempo dovete prendere un po' di tè dolce.»

I due acconsentirono e lei servì il tè in grosse brocche da un litro. Dopo un sorso Mercer si rese conto di tenere tra le mani più calorie di quelle di un frappè. Mentre aspettavano Lovely parlarono della chiesa – "il tempio" – e del suo ministero. In cerca di dettagli, Mercer chiese da quanto tempo Lovely la frequentasse. I due si scambiarono un'occhiata, poi Samuel spiegò: «Be', non fa davvero parte della comunità. Ma viene di tanto in tanto».

Era chiaro che non ci andava quasi mai e che poteva essere un argomento delicato. Poi arrivò Lovely con il suo entourage: Miss Naomi e le nipotine. Indossava un abito lungo e vaporoso arancione vivo, abbinato a un vistoso turbante dello stesso colore. Mercer, in jeans, sandali e camicetta ampia in cotone, si chiese se Lovely fosse mai uscita di casa senza vestirsi da regina africana. Era spettacolare, con grossi bracciali rigidi ai polsi e collane enormi.

Sedettero su alcune sedie pieghevoli al capo di un lungo tavolo e sorseggiarono il tè. Fu subito chiaro che sia il reverendo e sua moglie che Miss Naomi e le nipoti avevano intenzione di partecipare all'incontro, o almeno di seguirlo, a prescindere dall'argomento. La stanza era afosa e il condizionatore d'aria debole. Miss Naomi fece qualche commento sull'attuale ondata di caldo. Tutti concordarono che era davvero intensa e si parlò un po' del tempo. Lovely non aprì bocca. Sorrise e rimase ad ascoltare, apparentemente ignara delle ciance inutili che la circondavano.

La conversazione cominciò a languire e l'imbarazzo crebbe. Mercer non aveva intenzione di fare domande serie di fronte a un pubblico, ma in quanto ospite non era nella posizione di chiedere a nessuno di andarsene.

Alla fine Thomas prese l'iniziativa: dicendosi affascinato dall'architettura delle chiesette del Sud, domandò al reverendo Samuel di mostrargli il santuario. Fu un goffo tentativo – bastava un'occhiata all'edificio per capire che chi lo aveva costruito non si era preso il disturbo di consultare un architetto –, però funzionò. Nonostante la richiesta insolita, i coniugi si alzarono e uscirono dalla stanza con Thomas.

Lovely chiese a Mercer: «Quanto vuole parlare oggi?».

Mercer guardò Miss Naomi e rispose: «Oh, possiamo sbrigarcela in un'oretta». Era praticamente una richiesta esplicita di andarsene e tornare dopo un'ora, ma Miss Naomi non la prese così. Lei e le bambine rimasero nella stanza mentre Mercer armeggiava con il registratore, poi con la penna e un taccuino.

«Quello cos'è?» chiese Lovely, indicando il tavolo.

«È un piccolo registratore. Vorrei usarlo, se non le dispiace.»

«Nessuno mi ha mai registrata.»

Mercer per poco non disse che era la prima volta anche per lei. Era una scrittrice, non una giornalista. «È un buon modo per ricordarmi di tutto. Ma se preferisce di no, nessun problema.»

«Continuo a non sapere perché lei vuole scrivere questo libro.»

«La trovo una storia affascinante, Lovely. La storia del suo popolo e di come è sopravvissuto sull'isola. E della nuova minaccia che potrebbe distruggerla.»

Le bambine si annoiavano e cominciarono a ridacchiare per qualcosa. Lovely le guardò severa e le zittì. Si rivolse a Miss Naomi: «Saremo qui per un'ora. Se vai in città, per favore passa da Henry alla casa di riposo».

Miss Naomi prese la borsa e fece un cenno alle piccole.

Quando furono sole, Lovely disse: «La mia storia l'ho già scritta».

«Lo so, e come le ho detto mi è piaciuta molto. Ma adesso c'è dell'altro. Voglio prendere il passato, con tutte le sue complessità, e collegarlo al presente, con tutti i suoi conflitti.»

«Quanta fatica pur di vendere qualche copia.»

«Se ne venderanno tante, Lovely. Ho quasi finito di scrivere la proposta che manderò alla mia agente di New York. Se le piace, e so che le piacerà, cercherà di piazzare il libro a un grosso editore.»

«E sarà un libro vero, come quelli che vende Bruce?»

«Certo.»

«Come *Tessa*?»

«Esatto. È quello che avevo in mente.»

Lovely sorrise. «Quanto ci guadagniamo?»

Mercer si aspettava la domanda. «È troppo presto per parlare di soldi. Aspettiamo di vedere se troviamo un editore, poi tratteremo.»

«Quindi avrò una parte dei soldi?»

«Come è giusto che sia, Lovely, però al momento non so dire quanti.»

Lovely smise di sorridere e guardò verso una delle finestre più lontane. Nei suoi occhi si era riacceso il bagliore e i suoi pensieri erano altrove. Mercer stava per dire qualcosa, ma lasciò stare. Se quelle lunghe pause erano normali, doveva imparare a adattarsi.

Alla fine, Lovely disse: «Mi pare che la cosa migliore sia aspettare e vedere se riesce a ottenere un contratto a New York. Non ha senso parlarne troppo adesso, se tanto non si va da nessuna parte. È d'accordo?».

Mercer avrebbe preferito lavorare subito. Entro tre settimane sarebbe tornata alla Ole Miss per il semestre autunnale. Considerato che Lovely evitava il telefono, intervistarla a distanza sarebbe stato arduo. Adesso, al contrario, potevano parlare e registrare per ore. Ebbe l'impulso di insistere e cominciare a fare domande; ne aveva un elenco lungo varie pagine.

Lovely, però, lasciava intuire di essere una che reagiva male all'insistenza. Ogni sua parola e mossa erano ponderate. E aveva ragione. Perché perdere tempo, se non c'era nessun contratto?

«Va bene» si arrese Mercer. «Manderò la proposta a New York questo pomeriggio. Gliene darò una copia.»

«Sarebbe bello.»

«Visto che abbiamo ancora qualche minuto, posso farle una domanda?»

«Ma certo, cara.»

«Quante cose non ha messo nel libro?»

Lovely fece un gran sorriso. «Perché me lo chiede?»

«Perché ho la sensazione che sia rimasto fuori qualcosa.»

«Del tipo?»
«Quando Nalla arrivò a Dark Isle era incinta?»
Lovely ci rifletté a lungo, poi rispose: «Sì, è così. Non era insolito per le giovani donne essere stuprate sulle navi negriere. Dopo sei settimane in mare, molte erano incinte quando arrivarono in questo paese».
«Chi era il padre?»
«La bambina era mulatta.»
«Monk?»
Socchiuse le palpebre e i suoi occhi scintillarono. «Morì sgozzato, giusto?» disse. Pronunciò la parola "sgozzato" con un pizzico di soddisfazione.

## 4

Una delle regole di Mercer quando scriveva era "se puoi, evita di parlarne". Era stufa marcia dei letterati verbosi che sproloquiavano sui loro progetti in corso e, spesso, destinati a rimanere tali. Gli scrittori, specie quando bevevano, cioè quasi sempre, adoravano testare il loro nuovo materiale durante le cene o i cocktail, come se avessero bisogno dell'approvazione di un pubblico involontario. Di parecchi romanzi erano circolate notizie per anni benché non se ne fosse mai vista una parola su carta. "Non parlatene, fatelo e basta" diceva ai suoi studenti. "Prima di tutto finite di scrivere, poi parlatene pure." Gli studenti trovavano ironico che a lezione li facesse esporre le loro idee, prima di scrivere.

Come le sue altre regole personali, la considerava piuttosto flessibile e spesso la trasgrediva. Adesso, però, dopo aver fatto leggere la sua proposta a Thomas, Bruce, Steven Mahon, Lovely e Gifford, si sentiva come se avesse passato l'estate a parlarne a vanvera: davvero clamorosa, come trasgressione. Così dedicò due giorni a rifinirla e a limitarla a cinque pagine – Bruce in particolare la considerava troppo lunga – e la inviò a Etta Shuttleworth, la sua agente di New York.

Era il primo di agosto, il mese in cui trovare qualcuno del

settore dell'editoria newyorkese intento a lavorare sul serio era impossibile. Etta stava passando le vacanze a Sag Harbor, dove ovviamente non faceva altro che leggere. Le letture agostane non erano considerate lavoro, e tutti – editor, agenti, editori – si affannavano a dare l'impressione di leggere molte ore al giorno. In teoria bisognava credere che, considerata la mole di libri che divoravano, avessero poco tempo per nuotare, andare in barca o a pesca, a passeggio sulla sabbia, alle feste o semplicemente per starsene seduti in veranda.

Etta comunque trovava il tempo di aprire il portatile per qualche minuto al giorno e rispondere a chi poteva avere bisogno di lei. Mercer la chiamò per informarla che le stava mandando la proposta e che doveva leggerla subito. Erano appena cinque pagine.

Contro ogni pronostico, dopo meno di un'ora l'agente la richiamò entusiasta. «La inoltro subito a Lana» disse, esaurita la valanga di elogi.

«Aspetta un momento» la interruppe Mercer. Lana Gallagher era la paziente editor della Viking che stava ancora aspettando l'arrivo di una sua nuova idea. «Sei sicura che sia adatta? Non è narrativa.»

«Lo so, ma dobbiamo passare da Lana. Potrebbe decidere di girare la proposta a un collega, ma il tuo contratto impone prima di tutto una sua valutazione.»

«È agosto: hai mai venduto un libro ad agosto?»

«Direi di no, però c'è sempre una prima volta.»

«Dov'è Lana?»

«Ha una casa nel Maine. Scommetto che avrà un mucchio di tempo per leggere, soprattutto un testo così breve. Glielo mando e le chiedo di dare un'occhiata.»

«Quanto vale?»

«Difficile dirlo. Aspettiamo Lana. Se le piace, parliamo di soldi.»

«E se non le piace?»

«Le piacerà, Mercer, fidati. È un'ottima proposta per un ottimo libro, narrativa o no.»

«Grazie, Etta, ma l'idea non è mia. Io sono solo l'osservatrice esterna di una storia vissuta da altri.»

«È geniale, Mercer.»
«Lo pensi davvero?»
«Sì. Quando riparti?»
«Tra due settimane. Le lezioni riprendono a fine mese. Vorrei passare un po' di tempo con Lovely, però fa resistenza. Non è convinta che riusciremo a farne un libro.»
«Okay. Senti, Mercer: sono la tua agente e devi fidarti di me. Chiamo subito Lana, le dico che le sto mandando la tua proposta per un ottimo libro di *non fiction* e insisto che la legga immediatamente.»
«Va bene.»
Evidentemente, nel Maine Lana si stava annoiando. Un'ora dopo Etta richiamò, di nuovo entusiasta. «Mercer! La adora! Vuole comprare subito il libro e pubblicarlo il prima possibile!»
«Be', potrebbe volerci un po', visto che non ho ancora cominciato a scrivere.»
«C'è solo un problema, però, ed è piuttosto ovvio.»
«La causa legale?»
«Esatto. Nella proposta scrivi che per risolverla potrebbero volerci dieci anni, soprattutto se si trasforma in una gigantesca battaglia ecologista. Alla Viking non va di stare in panchina per qualche anno in attesa che la partita si concluda.»
«Lo so. Credimi, ci ho pensato. Thomas e io ne abbiamo parlato a lungo, e mi è venuta un'idea. Io scrivo il libro adesso, a cominciare da Nalla e dalla vicenda degli schiavi, e copro duecento anni di storia. In sostanza lo stesso materiale che Lovely ha messo nel suo libro, ma con parecchi extra. Mi ha già detto che ci sono storie e dettagli inediti. Roba interessante. Finisco il libro con la sentenza del giudice sul diritto di proprietà della terra. Se Lovely vince, la faccenda si chiude e tutti sono contenti.»
«Tranne la Tidal Breeze.»
«Infatti, ma chi se ne importa. Se Lovely perde la battaglia per il diritto di proprietà e l'isola finisce nelle mani della Tidal Breeze, allora si scateneranno anche le altre azioni legali. Io ci sarò, e scriverò anche di questo. Magari possiamo fare un sequel.»

«Mi piace. Non hai ancora scritto una parola e già pensi a un sequel.»

«Sei un'agente, i sequel dovrebbero piacerti.»

«Infatti. Mi sembra un progetto concreto. Lo spiegherò a Lana.»

«Sì, fallo. E quando parliamo di soldi?»

L'argomento era delicato e dall'altra parte ci fu una lunga pausa. I contratti editoriali erano tutti fondati sugli anticipi: che genere di acconto meritava l'autore? Quanto poco poteva offrire l'editore, per proteggersi da un eventuale flop? *Tessa* aveva venduto novantamila copie tra cartonato e e-book ed era stato un bestseller. Nell'edizione tascabile le vendite erano rallentate considerevolmente, ma rasentavano le duecentomila copie. Nei tre anni trascorsi dall'uscita del libro, Mercer aveva guadagnato trecentosettantacinquemila dollari netti. Una bella somma, e la maggior parte non l'aveva sperperata, ma non era ancora pronta per la pensione. Quello di cui aveva un disperato bisogno era un altro libro importante. Se li avesse scritti uno di seguito all'altro avrebbe potuto mollare l'insegnamento e unirsi alla ristretta cerchia degli scrittori fortunati che non dovevano lavorare per davvero.

Quello era il suo sogno, almeno.

«Se fosse un romanzo chiederei settecentocinquanta» disse Etta. «Il fatto che non sia un vero e proprio romanzo porterà Lana a offrire di meno, immagino. Di solito funziona così. Non hai mai pubblicato libri di quel tipo. Oltretutto c'è la complicazione del processo. Quello potrebbe seriamente rallentare le cose.»

«Quattrocentomila sarebbe una cifra onesta, Etta» rispose Mercer. «Spalmata su qualche anno non è poi molto. Mi servirà a sopravvivere e fare le ricerche. E poi c'è un'altra complicazione. A Lovely spetta una quota.»

«Oh, Signore.»

«Sì. Abbiamo accennato alla questione, e sono sicura che vorrà la sua parte.»

«Okay. Riferisco a Lana, vediamo quanto si sentirà generosa.»

Dopo la telefonata, Mercer e Thomas andarono a passeggiare in spiaggia. Mentre scalciava l'acqua sulla battigia, Mercer non riuscì a reprimere una risata.

«Perché ridi?» chiese Thomas.

«Per come va la vita. Cinque anni fa ero la più infima forma di vita nel dipartimento di Letteratura, e al primo taglio del budget il mio posto di lavoro è svanito. Sono venuta qui per scappare e spiare Bruce. Poi c'è stato il successo di *Tessa* e tutto è cambiato. Oggi ho detto alla mia agente che per il prossimo libro mi accontenterei di quattrocentomila dollari. Chi mi credo di essere?»

Thomas capì l'ironia del discorso. «Sei Mercer Mann, scrittrice di bestseller, astro nascente della letteratura, autrice di un ottimo romanzo amato da un sacco di gente. Nella vita sei arrivata qui, mia cara, e questi sono i numeri adatti alla tua situazione. Goditi il momento, perché potrebbe non durare.»

Lei smise di ridere e si chinò a prendere una conchiglia. La osservò, poi la rigettò in acqua. «Proprio vero. Pensa a quanti, fra gli scrittori che conosciamo, hanno avuto successo prima dei quarant'anni e a cinquanta non riescono più a trovare un editore. La "fascia di mezzo". Hanno venduto abbastanza da tirare a campare, mostrato di avere un grande potenziale, e adesso sono praticamente nel dimenticatoio. È davvero un tritacarne, il nostro ambiente.»

«Conosciamo anche scrittori che hanno mollato.»

«Sì, e che non riescono a trovare un lavoro nemmeno all'università. Rinunciano e si cercano un altro mestiere.»

«A te non succederà, Mercer. Credimi.»

«Grazie, tesoro. No, io scriverò questo libro e farò abbastanza soldi da viverci, ma sono sempre in cerca del Grande Romanzo Americano, Thomas.»

«Lo so, e lo troverai. È da qualche parte che aspetta solo te.»

«Lo credi davvero?»

«Sì, e non sono l'unico.»

Lei lo abbracciò stretto e rimasero a lungo sulla battigia, mentre l'acqua tiepida andava e veniva e il sole tramontava dietro le nuvole.

## 5

Il palazzo di giustizia della Contea di Camino si trovava in Main Street, cinque isolati a est di Bay Books. Era un bellissimo edificio costruito attorno al 1870 e scrupolosamente restaurato nel corso degli anni. L'aula giudiziaria e gli studi dei magistrati erano al primo piano, gli impiegati lavoravano perlopiù al pianterreno, e fu lì che Steven Mahon si recò con la documentazione della causa presso il tribunale civile. Avrebbe potuto farlo online, ma gli piaceva ancora il rito di "depositare l'atto" nelle mani di un cancelliere che ne stampava diverse copie e gliene riconsegnava una.

La battaglia cominciò così, senza il clamore che ci si poteva aspettare, quasi in sordina. Non c'erano richieste di risarcimenti enormi, né di sanzioni punitive, non venivano sollevate le immancabili accuse di condotta scorretta o negligenza e non si pretendeva che il giudice ordinasse l'interruzione di un'attività. Benché fosse destinata a trasformarsi in uno scontro più serio, la causa prendeva le mosse dalla semplice richiesta di un'azione negatoria.

Era un documento snello, di appena quattro pagine. Steven vi descriveva a grandi linee la storia di Dark Isle dall'epoca degli attriti franco-spagnoli cominciati nel 1565 fino al 1740, quando gli iberici reclamarono la sovranità sulla regione dopo averla governata per duecento anni. Dark Isle, annessa a Camino Island, compariva per la prima volta su una mappa nel 1764, l'anno in cui a impossessarsene furono gli inglesi. In seguito la regione passò di nuovo in mano francese e spagnola; lo scontro fra potenze europee durò per decenni, e tra cessioni e conquiste territoriali parecchi confini rimasero sempre vaghi. Nel frattempo i nativi americani continuavano a popolare l'area, ma presto le cose cambiarono: nel 1821 la Spagna cedette la Florida agli Stati Uniti. A quel punto Dark Isle era un rifugio per schiavi fuggiaschi da almeno un secolo, e a nessuno interessava prendersela. La Florida si federò ufficialmente all'Unione come Stato schiavista nel 1845.

La ricorrente – Lovely Jackson, nata a Dark Isle nel 1940 da Jeremiah e Ruth Jackson – si dichiarava discendente diretta degli schiavi vissuti sull'isola dall'inizio del Diciottesimo secolo. Suo padre era morto di febbre tifoide nel 1948; rimaste le uniche abitanti dell'antico insediamento, lei e la madre erano sopravvissute tra gli stenti per alcuni anni e infine, nel 1955, si erano trasferite a Santa Rosa.

Naturalmente, come tutti i suoi avi non possedeva un certificato di nascita: a farla venire al mondo era stata una levatrice.

La richiesta che le venisse riconosciuta la proprietà dell'isola si fondava sul principio legale dell'usucapione. Lei e i suoi antenati erano vissuti a Dark Isle "in modo manifesto" e "noto", senza interferenze né interruzioni, per oltre duecento anni. La legge della Florida ne prescriveva soltanto sette. Benché fosse stata costretta ad andarsene nel 1955, Lovely non aveva davvero abbandonato la casa dei suoi avi. Per decenni vi era tornata in barca con qualche amico e amica svariate volte all'anno, a pregare sulle tombe della sua gente. Percorrevano l'isola da nord a sud in cerca di intrusi o occupanti abusivi. Non ne trovavano mai. Poi l'uragano Leo aveva gravemente danneggiato Dark Isle, distrutto ciò che restava dell'insediamento in cui vivevano Lovely e i suoi antenati, raso al suolo costruzioni e ruderi secolari.

L'avvocato Mahon chiedeva di fissare un'udienza entro trenta giorni, secondo i termini di legge, ma sapeva già che ci sarebbero voluti dei mesi. Come gesto di cortesia, spedì una copia della denuncia all'ufficio legale della Tidal Breeze di Miami. Ne mandò una anche alla procura generale di Tallahassee, per coinvolgere nella causa lo Stato della Florida.

Una delle tante voci che circolavano riguardo al progetto di Panther Cay era che persino lo Stato avrebbe reclamato il proprio diritto di proprietà, come aveva fatto per centinaia di altre isole disabitate, e che una volta ripulita la zona si sarebbe tolto di mezzo e l'avrebbe venduta alla Tidal Breeze a un buon prezzo. A Tallahassee gli ingranaggi erano già ben oliati. Politici e burocrati stavano aspettando la loro parte.

Steven salì le scale e andò a salutare la giudice Lydia Salazar, presidente del tribunale civile della contea. L'aveva conosciuta a un pranzo di lavoro e in aula la vedeva raramente, perché Steven frequentava soprattutto le corti federali. A ogni modo, siccome per la legge della Florida a regolare le dispute sul diritto di proprietà erano esclusivamente i tribunali civili di contea, Salazar aveva un potere enorme sul futuro di Dark Isle. Godeva di un'ottima reputazione come giurista integerrima e proba, ma durante una pausa caffè un collega aveva detto a Steven che la giudice parlava sempre un po' troppo dei suoi casi in pubblico, persino agli aperitivi e alle feste. Chi apre la bocca apre una falla, eccetera eccetera.

Steven voleva solo passare a fare un saluto, ma la segretaria gli disse che era il giorno libero della giudice. Magari l'indomani?

La sua passeggiata in centro proseguì fino agli uffici del "Register": per rendere pubblici il deposito della causa e la richiesta di un'udienza entro trenta giorni doveva comprare uno spazio sul giornale di Camino Island. Ne conosceva il proprietario-direttore, Sid Larramore, di quando in quando prendevano un caffè insieme. Steven gli porse una copia dell'atto e attese che la leggesse. Gli aveva già anticipato il contenuto.

Anche Sid era un transfuga di Washington. Aveva traslocato a Santa Rosa per motivi di salute, salvo rendersi conto come Steven che la pensione non gli faceva bene. Perciò aveva cominciato a scrivere per il "Register" e, quando il proprietario era morto e nessun altro voleva il giornale, lo aveva comprato. Secondo la sua opinione, che raramente condivideva con i lettori, la ripresa dell'isola dopo l'uragano Leo stava creando sufficiente lavoro per tutti. Lo slancio era notevole, il traffico turistico intenso. L'ultima cosa di cui avevano bisogno erano un enorme resort e un casinò dietro l'angolo. Sid inoltre era affascinato dalla leggenda di Dark Isle. Anni prima aveva letto il libro di Lovely e gli sarebbe piaciuto dedicargli un articolo, ma non ci era riuscito. Aveva sentito dire da Bruce Cable, che spesso metteva in giro certe voci solo per vedere quanto impiegavano a diffondersi, che Mercer Mann era interessata a scrivere di Dark Isle e dell'imminente battaglia per il suo futuro. Aveva intervistato Mercer due volte ed era un suo fan.

«Scriverà un libro grandioso» disse Sid.

«Lo penso anch'io. Bruce mi ha detto che il suo editore ne è già entusiasta.»

«È da un mese che lei e Thomas scavano nei nostri archivi. Ormai conoscono la storia di questo posto meglio di chiunque altro. L'altra settimana mi hanno detto che non riescono a scovare testimonianze di persone bianche tornate vive da Dark Isle. Ci hanno provato in tanti, ma secondo Mercer sull'isola incombe un'antica maledizione vudù.»

«Io non ci vado.»

«Immagino che vorresti vederlo in prima pagina il più presto possibile.»

«Sono un avvocato, è ovvio che voglia la prima pagina.»

«Vediamo cosa posso fare.»

«Tu sei il proprietario, il direttore, l'editore e l'unico reporter full-time. Puoi fare quello che vuoi.»

Risero entrambi e Sid promise di trovare uno spazio in prima pagina.

## 6

L'ennesimo temporale pomeridiano aveva infradiciato l'isola e smorzato l'afa. Il clima era abbastanza piacevole da poter mangiare in veranda, il punto preferito di Bruce, sul retro della sua adorata casa vittoriana. Dopo aver sparecchiato si accomodarono sulle sedie a dondolo imbottite. Le rane e i grilli attaccarono a gracidare e frinire in un coro chiassoso. Il vecchio ventilatore da soffitto in rattan cigolava. Bruce accese un sigaro e lo offrì a Thomas, che lo rifiutò con un cenno. Stavano finendo una bottiglia di ottimo Sancerre.

L'argomento della serata erano le ingarbugliate trattative riguardo al compenso di Mercer. Etta, da brava agente, era partita in quarta chiedendo cinquecentomila dollari come anticipo sulle royalties. Una pretesa notevole ma, secondo lei, legittimata dal grande successo di *Tessa* e dal potenziale del nuovo libro in cantiere. Inoltre, a trentasei anni, Mercer era già una scrittrice matura con due romanzi e una raccolta di racconti all'attivo e una lunga carriera davanti. Come sempre, Etta aveva insinuato che se la Viking non si fosse potuta permettere quella somma la sua cliente sarebbe stata costretta a rivolgersi a qualcun altro.

La velata minaccia non aveva funzionato. Lana Gallagher era un'editor tosta, che sapeva riconoscere e schivare con eleganza certe insinuazioni di routine. Fece una controproposta da duecentomila dollari e mostrò il minimo entusiasmo sufficiente a placare l'autrice. La Viking aveva due grossi timori: primo, Mercer non si era mai misurata con la *non fiction*, che oltretutto era pagata meno rispetto ai romanzi di pura invenzione; secondo, il protrarsi di una causa legale che si annunciava lunga rischiava di posticipare la chiusura del libro a chissà quando.

Tanto per rendere l'offerta ancora meno allettante, la Viking propose di dilazionare il pagamento: un quarto alla firma del contratto, un quarto alla consegna del manoscritto, un quarto alla pubblicazione del cartonato e il saldo all'uscita del tascabile. Se il libro avesse venduto secondo le aspettative e "pareggiato" l'anticipo, si sarebbe tornati a parlare di royalties.

Mercer, nonostante la delusione, era riuscita a cogliere l'ironia nel fatto di trovare insoddisfacente un contratto da duecentomila dollari. Ricordava ancora benissimo i suoi giorni da studentessa universitaria squattrinata e da assistente a contratto. Il suo futuro non era affatto certo. Non aveva un posto di ruolo alla Ole Miss. Il suo stipendio era un'ottima ancora di salvezza, ma i tagli alle spese erano sempre in agguato. Sognava di scrivere libri per il resto della sua vita, ma viveva con la paura di non avere più nulla da scrivere. Solo pochi anni prima sarebbe svenuta, se Etta le avesse inoltrato un'offerta da duecentomila dollari.

Bruce si disse dispiaciuto e come sempre prese le parti della sua scrittrice, ma sapeva che l'offerta era ragionevole. Ricordava bene che quattro anni prima Mercer era stata felicissima dell'anticipo di cinquantamila dollari ricevuto per *Tessa*, e sapeva per esperienza che uno scrittore ha bisogno di infilare due o tre bestseller consecutivi prima di pretendere contratti più corposi. Mercer era ancora lontana dalla meta.

«Etta vuole che mi guardi intorno per cercare altro» disse lei. «Tu che ne pensi?»

La maggior parte degli scrittori dell'isola aveva fiducia in Bruce, che conosceva i pro e i contro del settore. Si fidavano dei suoi consigli e gli parlavano apertamente di soldi. Lui era discreto e proteggeva con fermezza i loro interessi.

«È sempre una buona idea» rispose Bruce «ma il punto è che potrebbe danneggiare i tuoi rapporti con la Viking, e il pericolo più grosso è che nessun altro voglia il libro. Come la mettiamo se lo proponi a questo o a quell'editore e alla fine ottieni poco o niente? Lana si arrabbierà, e tra l'altro dimostrerà di aver avuto ragione. Non scappare dalla felicità, Mercer. Se alla Viking stai bene, restaci. Ho già visto troppi scrittori rovinarsi con le proprie mani dopo aver cambiato editore in cerca di qualche dollaro in più. È meglio non farsi quella reputazione. Lana è un'ottima editor e la Viking, be', è la Viking. Una leggenda.»

«Tu cosa faresti?» chiese Thomas.

«Rilancia a trecentomila e non mollare. Chiedi di accorciare le scadenze dei pagamenti. Un terzo alla firma del contratto, uno alla consegna, uno alla pubblicazione.»

Ci rifletterono mentre Bruce versava altro vino. Noelle li salutò e rientrò in casa.

«E Lovely?» domandò Mercer.

Oltre alla delusione della Viking c'era la questione, complessa e piuttosto sgradevole, delle aspettative di Lovely.

«Quanto vuole?» chiese Bruce.

«Non siamo ancora andate sull'argomento, ma è ovvio che si aspetta un compenso. E a me sta bene, fino a un certo punto.»

«Il dieci per cento?» propose Bruce.

«Mi sembra poco. Non voglio insultarla né darle l'impressione che noi bianchi siamo sempre i soliti sfruttatori. D'altra parte, non ho ancora smesso di chiedermi se davvero vale la pena di imbarcarmi nel progetto. Se Lovely vuole troppo e io mi tiro indietro, lei non riceve niente.»

«Ne abbiamo parlato per ore» intervenne Thomas. «In pratica Mercer racconterà la storia di Lovely affidandosi ai suoi ricordi e al suo passato. Diciamo che è metà del libro, e parecchio lavoro è già fatto. L'altra metà è la battaglia per salvare l'isola. Lì sarà Mercer a fare la parte del leone.»

«E tu mi darai una mano» commentò lei.

«Certo.»

Bruce soffiò una boccata di fumo in direzione del ventilatore. «Senti, perché non parli con Lovely e le chiedi chiaro e tondo che cosa vuole? È sempre stata povera in canna. Ha passato tutta la vita a lavorare qui sull'isola, prima nei conservifici, poi negli alberghi, come domestica e lavandaia. Adesso vive grazie alla previdenza sociale. Non ha una famiglia da mantenere, e per quel che ne sappiamo nessun parente che potrebbe accampare diritti. Difficile credere che si aspetti chissà quale manna dal cielo. Considera che qualcosa ne capisce di editoria e di come vanno le vendite, anche se le sue non hanno neanche lontanamente raggiunto le cento copie.»

«Lo so. È che voglio essere onesta.»

«Allora parlale. Vedetevi da me in libreria, domani. Usa il mio ufficio. Farò in modo che abbiate un po' di privacy.»

«Grazie, Bruce.»

«Quando ripartite, ragazzi? Myra vuole che vi salutiamo per bene, con un'ultima cenetta e una bella bevuta prima che torniate al lavoro.»

«Sabato. Ci ha chiamati oggi per dirci che lei e Leigh daranno una festa. Non ha chiesto se volevamo partecipare, lo ha dato per scontato.»

«Ovviamente avete detto di sì.»

«Chiaro. Chi può dirle di no?»

«Qui in città nessuno.»

## 7

Dal momento che i primi due incontri con Lovely avevano richiesto più di una settimana di organizzazione, Mercer fu sorpresa quando Miss Naomi la richiamò per dire che alle dieci del mattino dopo sarebbero state in libreria. Forse le nipotine volevano altri libri. Un commesso le accolse nell'area bambini e mostrò loro gli ultimi arrivi. Thomas riuscì a tenere occupata Miss Naomi nella sezione cucina chiacchierando di ricette del Low Country. Bruce staccò il telefono dell'ufficio e chiuse la porta a chiave.

Quando furono sole, Mercer spiegò a Lovely le ultime novità sulla sua proposta all'editore di New York. Etta era riuscita a strappare un anticipo da duecentocinquantamila dollari. Lovely la ascoltò senza mostrare reazioni.

«Sembra un patrimonio» spiegò Mercer «ma in realtà non è così. Il quindici per cento va subito all'agente e circa il trenta per cento finisce in tasse. I soldi arriveranno in quattro anni, forse cinque, a seconda di quando consegno il libro.»

«E quanto ci vorrà?» chiese Lovely.

«Difficile dirlo. Molto dipende da quello che succederà all'isola in base alla sentenza del tribunale. Non si possono fare previsioni, con i processi.»

«Ma un'idea ce l'avrà.»

«Sì: entro due anni dovrei aver finito una bozza pubblicabile. Lei quanto ci ha messo per scrivere il suo libro?»

«Oh, Signore, Mercer, tutta la vita. Ho persino dei taccuini di quando ancora andavo alle superiori. Sono diplomata, sa? Non è stato facile, ma ero decisa a finire gli studi. Allora andavamo alla scuola per neri. Che non esiste più.»

Mercer sorrise mentre ascoltava la sua voce bassa e placida, che pareva arrivare dai secoli passati. Erano sedute l'una accanto all'altra, le ginocchia quasi si sfioravano; in quel clima di intimità sembrava che potessero parlare di tutto.

«È giusto che una parte del compenso vada a lei» disse Mercer. «La storia è sua e della sua gente. Dovremo passare molto tempo insieme perché io abbia tutti i dettagli e il contesto. Non sarà facile. La scrittura non lo è mai.»

«È la cosa più difficile che abbia mai fatto.»

Mercer ridacchiò e avrebbe voluto dirle che il suo libro era molto più interessante della maggior parte di quelli che aveva letto. Sapeva che Lovely non era esperta di contratti, perciò andò dritta al dunque. «Penso che il cinquanta per cento dell'anticipo sia troppo, e il dieci sia troppo poco. Lei che ne dice?»

«Fino a ora non ci avevo pensato. Se dico venticinque per cento, quant'è?»

«Circa cinquantamila dollari, senza contare le tasse, da ricevere nei prossimi tre o quattro anni.»

Lovely chiuse gli occhi e rifletté a lungo. Mercer ne approfittò per osservare il turbante di quel giorno, color verde lime e giallo brillante, strettamente avvolto attorno alla testa come sempre. La veste era blu acceso, con motivi floreali rossi. L'unica concessione alla modernità era un paio di sandali marroni con un piccolo logo della Nike lungo la suola.

Lovely riaprì gli occhi. «Per me va bene. Se ricevo dei soldi voglio ripulire l'isola e sistemare il cimitero.»

«C'è ancora?»

«Ma certo, cara. E sono l'unica che sa dov'è, ormai. Ci sono sepolti i miei genitori, i miei nonni e molti miei antenati. Io so dove sono. Gli altri non possono trovarli, io sì.»

Mercer fece un respiro profondo. «Abbiamo moltissime cose di cui parlare» disse.

# 5
# I difensori

## 1

Il giorno prima, alla vigilia del viaggio in auto che in dieci ore li avrebbe riportati a casa, avevano deciso di partire verso le otto del mattino, ma la festa da Myra e Leigh era durata più del previsto – come ci si poteva aspettare – e adesso, sabato mattina, Mercer e Thomas faticavano a ingranare. Alle nove erano a malapena svegli e trangugiavano caffè nero. Alle dieci la Jeep Cherokee era mezza carica di scatoloni, bagagli e altra roba accumulata in due mesi sull'isola che per qualche motivo si sentivano costretti a portare con sé. Mercer riempì un cestino da picnic di panini, frutta, biscotti e bottiglie d'acqua, come se nel viaggio tra Camino Island e Oxford, Mississippi, non potessero trovare da mangiare. Alle undici Thomas chiuse finalmente la porta della casetta, ficcò il cane sul sedile posteriore e avviò il motore.

«Solo tre ore di ritardo» borbottò. Lei fece finta di nulla. L'atmosfera era un po' tesa, ma nel giro di qualche minuto si rilassarono e cominciarono la transizione dalla spiaggia al campus. In verità, da bravi scrittori, erano entrambi abituati a una vita un po' sregolata. A chi importava che arrivassero a Oxford alle nove di sera piuttosto che alle sei in un sabato di metà agosto, con almeno trentacinque gradi all'ombra e un'umidità soffocante?

Era un'estate che avrebbero sempre ricordato e custodito

nel cuore: il matrimonio sulla spiaggia; la luna di miele in Scozia, un viaggio di cui continuavano a parlare, che rivivevano con le fotografie e che volevano ripetere; l'emozione di aver trovato lo spunto per il nuovo libro e ottenuto un incredibile anticipo per scriverlo. Dopo due mesi di matrimonio – più due anni di convivenza – Mercer sapeva di essere innamorata della persona giusta. Andavano d'accordo e avevano gli stessi interessi. Ridevano un sacco, l'uno dell'altra e soprattutto degli altri. Condividevano il sogno irresistibile di scrivere a tempo pieno e viaggiare per il mondo in cerca di grandi storie. Di figli non avevano ancora parlato.

«Ti va di guidare?» chiese Thomas.

«Eh? Non abbiamo nemmeno lasciato l'isola.»

«Lo so, ma continuo a sbadigliare.»

«E beviti un altro caffè.»

Ovviamente stava scherzando, era il suo modo di rompere il ghiaccio e farle sapere che non era più irritato per le tre ore di ritardo. Le sorrise, le accarezzò la coscia nuda e splendidamente abbronzata e continuò a guidare.

Dall'alto del ponte che attraversava il fiume Camino, Mercer guardò a nord e in lontananza vide il limite degli alberi di Dark Isle. Si domandò che aspetto doveva avere all'orizzonte trecento anni prima.

## 2

Nata e cresciuta in un villaggio dell'entroterra, Nalla non conosceva i frutti di mare e non aveva mai assaggiato un'ostrica o un gamberetto. Nella sua nuova casa, però, il cibo proveniva dall'acqua e ce n'era a volontà. Lei e le altre donne appena arrivate non avevano lo stomaco così pieno da mesi.

Sulle prime la comunicazione fu difficoltosa, ma erano decise a imparare una nuova lingua. Una donna più anziana, che veniva dal Congo e parlava il bantu, divenne la loro insegnante di inglese. Tutti gli schiavi fuggiaschi provenivano dalle piantagioni della Georgia e parlavano inglese e diverse lingue africane.

Vivevano in venti piccole capanne di fango con il tetto di foglie di palma, che formavano un quadrato perfetto attorno a uno spiazzo. L'insediamento era protetto dall'ombra di enormi querce e olmi. Le donne cucinavano di notte, in modo che il fumo dei falò non fosse visibile. Vivevano con la paura costante di essere catturati. Già una volta erano stati ridotti in schiavitù con la forza; non sarebbe successo di nuovo, non senza lottare. Joseph era il capo indiscusso del gruppo e spiegò alle nuove arrivate che gli uomini bianchi sarebbero tornati a cercare qualche sopravvissuto della *Venus*. Perciò dovevano restare vigili a ogni ora; i ragazzi più grandi e gli uomini facevano la guardia alla spiaggia giorno e notte seguendo un articolato sistema di turni e segnali. Se si fosse avvicinata una nave, gli uomini e alcune donne si sarebbero armati di coltelli e lance artigianali, ma il loro arsenale includeva anche tre fucili che avevano sottratto a un primo gruppo di intrusi.

Il segnale arrivò un mattino, circa due settimane dopo l'approdo di Nalla sulla spiaggia. Si stava avvicinando una piccola nave, che gettò l'ancora a mezzo miglio dall'isola mentre Joseph e i suoi uomini la osservavano nascosti tra gli alberi. Dalla nave fu calata una scialuppa di circa nove metri con a bordo quattro uomini bianchi e quattro rematori neri, con tutta probabilità schiavi. Si allontanò dalla nave e prese velocità, spinta dalla marea. Joseph fece mettere i suoi uomini in posizione. La barca a remi si arrestò dove l'acqua era profonda un metro. Gli schiavi balzarono giù e la trascinarono sulla spiaggia. I bianchi, ciascuno armato di fucile, diedero indicazioni e impartirono ordini agli schiavi, che presero dei fagotti di provviste. Evidentemente avevano intenzione di fermarsi qualche giorno a cercare i superstiti della *Venus*. Uno dei neri restò a guardia della barca.

Siccome nessuno di loro conosceva l'isola, i bianchi erano sbarcati sul lato settentrionale, lontano dall'insediamento. Joseph ne seguì le tracce per tutto il primo giorno, in attesa che calasse l'oscurità. Gli estranei si inoltrarono nella foresta, non trovarono nulla e si diressero a sud. Camminare nel fitto della vegetazione era difficile, e spesso dovevano fermarsi a riposare. Quando arrivò il tramonto, i bianchi ordinarono agli schiavi di montare un accampamento. Poi attesero la cena.

Il nero rimasto in spiaggia stava sonnecchiando dentro la barca, quando fu svegliato di soprassalto da due estranei con la pelle scura. Gli spiegarono che non era più uno schiavo, ma un uomo libero. Spinsero la scialuppa in acqua e remarono fino a una baia in cui erano ormeggiate e nascoste altre imbarcazioni, sottratte nel corso degli anni a cacciatori di schiavi e pescatori curiosi.

Dopo che i bianchi si scolarono il loro rum e si addormentarono, Joseph e i suoi guerrieri piombarono sull'accampamento. Agguantarono i tre schiavi terrorizzati, che credevano di aver visto dei fantasmi ma si calmarono non appena venne loro garantita la libertà immediata. Ricevettero dei coltelli e la possibilità di uccidere i loro padroni. Scivolarono nelle tende e tagliarono la gola ai quattro bianchi. I loro corpi erano destinati all'oceano.

All'alba il capitano della nave scrutò la spiaggia con il cannocchiale e non vide la barca a remi. Era sparita, e lui si insospettì: non c'era un motivo ragionevole per cui la ciurma avrebbe dovuto spostarla durante la notte. Qualcosa era andato storto, ma che cosa doveva fare? Gli restavano soltanto due uomini e uno schiavo. Persero la giornata ad aspettare e osservare la spiaggia.

Joseph e i suoi li tenevano d'occhio. La nave non si mosse né durante il giorno, né durante la notte. Il mattino successivo, una canoa con a bordo due bianchi lasciò la nave e raggiunse la spiaggia. Gli uomini apparivano nervosi e tenevano i fucili a portata di mano. Le sacche che reggevano in spalla erano troppo piccole per contenere tende. Dopo aver camminato faticosamente nella foresta per alcune ore senza trovare nessuno decisero di ripartire prima che facesse buio, ma subirono l'imboscata di Joseph e dei suoi, vennero fatti prigionieri e appesi agli alberi. Dopo una serie di violente frustate raccontarono che sulla nave restavano soltanto un bianco, il capitano, e uno schiavo. Venivano da Savannah ed erano stati ingaggiati dal proprietario della *Venus* per riacciuffare gli schiavi persi nella tempesta. Alcuni erano stati ritrovati vivi sulle isole Cumberland e Jekyll e al largo di Savannah, ma nessuno in Florida.

Joseph minacciò di ucciderli con i loro stessi fucili, poi decise di risparmiare le munizioni. Tagliò la gola a entrambi e lasciò i corpi alla ferocia delle pantere.

Dopo il tramonto Joseph e i suoi presero le due barche rubate e remarono sull'acqua piatta fino alla nave. Vi si arrampicarono con delle corde, sorpresero lo schiavo addormentato sul ponte e trascinarono il capitano fuori dal letto. Quando arrivò barcollando in coperta, l'uomo rimase scioccato alla vista di una dozzina di africani armati in attesa di ucciderlo.

Chiese dei suoi marinai. Joseph gli raccontò una bugia che sarebbe diventata parte della leggenda di Dark Isle e che lui aveva concepito tanto tempo prima. Era esagerata, raccapricciante ma in fondo credibile, e si diffuse come pura verità lungo tutta la costa, fino a Savannah e Charleston. Aleggiò su Dark Isle per un secolo e, anche molto tempo dopo la morte di Joseph, chi si avvicinava alla sua isola la conosceva e la considerava fondata.

Disse al capitano che lui e la sua gente discendevano da tribù cannibali della giungla africana, e che stavano per banchettare con la carne dei marinai catturati.

Lui, al contrario, sarebbe stato risparmiato. Joseph lo scagliò in mare e gli lasciò la canoa e una pagaia. Guardarono divertiti il capitano rovesciare l'imbarcazione per due volte mentre si sforzava di salirci. Quando finalmente riuscì a tenerla dritta, prese la pagaia e remò furiosamente verso Camino Island.

La nave fu condotta fino alla baia e spogliata di tutte le provviste. C'erano medicine, carni affumicate, barili di rum, giornali di bordo e un piccolo arsenale di pistole e munizioni. I cinque ex schiavi della nave avevano lavorato nei cantieri navali e nei porti, ed erano capaci di tenere il mare. Ben presto insegnarono agli altri tutto quel che sapevano. A Savannah avevano mogli e figli, e volevano tornare a salvarli. Joseph non era convinto.

## 3

Un mese dopo l'inizio della battaglia per il diritto di proprietà di Dark Isle scatenata da Steven Mahon, lo Stato della Florida presentò al tribunale civile una replica dai toni tiepidi e scontati: non conteneva niente di insolito né di creativo, ma soltanto le prevedibili contestazioni del procuratore generale. Secondo lo Stato, non avendo risieduto sull'isola negli ultimi sette anni, Lovely Jackson non poteva rivendicarne la proprietà per usucapione.

Una settimana dopo si passò all'artiglieria pesante. La Tidal Breeze, tramite i suoi avvocati da mille dollari all'ora, chiese gentilmente alla giudice Salazar di poter intervenire in giudizio, dopodiché presentò un documento tostissimo di dieci pagine in cui elencava i motivi per cui Lovely Jackson non poteva accampare alcuna pretesa. Grazie al pignolo contributo di brillanti avvocati e assistenti, la replica diceva chiaro che secondo l'anagrafe e il catasto nessuno era mai ufficialmente vissuto, nato o morto a Dark Isle. Le reti elettrica e telefonica non ci erano arrivate. La contea di Camino non ci aveva costruito scuole, e non risultava che bambini di Dark Isle avessero frequentato altri istituti. Lo stesso responso lo davano gli archivi del servizio sanitario e il registro degli elettori.

Quanto a Lovely, la Tidal Breeze sottolineava che nelle sue memorie la donna aveva ammesso di aver lasciato l'isola nel 1955, a quindici anni, e di essere l'ultima discendente in vita della comunità che abitava l'isola. Di conseguenza, Dark Isle era deserta da quasi settant'anni: non era affatto insolito in Florida, puntualizzava la Tidal Breeze in uno dei suoi molti incisi superflui, perché secondo i dati ufficiali (allegati al documento) esistevano almeno ottocento isole deserte o disabitate. E ciascuna era considerata proprietà dello Stato.

La Tidal Breeze si spingeva anche oltre, mettendo in dubbio che Lovely fosse davvero nata sull'isola, come dichiarava, o che ci fosse mai vissuta. Non c'era nessuna prova.

Nel complesso la replica era un capolavoro di negazione

della leggenda di Dark Isle. Dov'erano le prove, nel 2020? Oltre a Lovely, che testimoni c'erano? E gli atti ufficiali? Chi poteva dimostrare di possedere l'isola?

## 4

Steven Mahon lesse due volte la replica, e ogni volta si sentì peggio. La Tidal Breeze non era disposta a cedere un millimetro e avrebbe speso qualsiasi cifra pur di accaparrarsi il diritto di proprietà. Lui non era per niente entusiasta di doverlo spiegare alla sua cliente. Lovely non avrebbe preso bene l'accusa di aver mentito riguardo a sé e alla propria genealogia.

Inoltrò a Mercer l'email con la replica.

## 5

Come i suoi studenti, Mercer preferiva andare a lezione nella seconda parte della giornata, o perlomeno dalle 10 in poi, per poter scrivere di mattina. Thomas andava a dormire tardi ed era raro che si alzassero dal letto prima delle otto. Lei preparava il caffè, se ne portava una tazza nel suo piccolo studio e chiudeva la porta. Thomas leggeva i giornali del mattino online, andava a correre e si assicurava che sua moglie uscisse in tempo per la lezione. A entrambi piaceva la solitudine mattutina. Per aggiornarsi sui pettegolezzi avevano a disposizione il resto della giornata.

Mercer scriveva ogni mattina per almeno un'ora. Con l'autobiografia di Lovely a guidarla, stava rivivendo la storia di Nalla, e spesso faticava a pensare ad altro.

La morte dei cacciatori di schiavi. La nascita della figlia di Nalla, una bimba con la pelle più chiara della sua. La morte della moglie di Joseph e l'attrazione tra lui e Nalla. I tre figli che ebbero insieme. Gli arrivi sporadici di altri fuggiaschi. Lo sviluppo dell'insediamento. La sua cultura: la lingua, il cibo, le usanze, i rituali e la paura, la solita paura di essere invasi e catturati di nuovo. La religione della comunità, che divenne un miscuglio tra il cristianesimo imposto agli schiavi dai padroni bianchi e il misticismo africano a cui erano rimasti legati. Il tentativo di Joseph di insegnare a tutti, adulti e bambini, i fondamenti della lettura, della scrittura e della matematica. Lui aveva avuto la fortuna di poter studiare un po' quand'era alla piantagione, ma alcuni si opposero ai suoi sforzi, e fecero lo stesso con il cristianesimo. La sua morte a causa di una malattia che uccise decine di abitanti dell'insediamento. Il dolore di Nalla. Le lotte di potere per prendere il posto del vecchio leader. La durezza della vita sull'isola. Il caldo, le zanzare, gli insetti, le pantere, i serpenti, i cicloni, la malattia. La lotta costante per l'autosufficienza di un popolo determinato a evitare il contatto con il mondo e troppo spaventato per avventurarsi fuori dall'isola. L'aspettativa di vita era di circa cinquant'anni. La metà dei neonati nasceva morta.

Mercer era completamente immersa nella storia e non vedeva l'ora di sentire la voce di Lovely. Avrebbe voluto passare ore al telefono e farle un milione di domande, ma Miss Naomi non riusciva a convincerla. Lovely non aveva né il telefono, né il televisore.

Più Mercer scriveva, meno le piaceva il suo lavoro. Era al suo terzo anno alla Ole Miss e al terzo impiego come docente, e si era stancata della politica del dipartimento. Immaginava che fosse così in ogni campus, e la Ole Miss non faceva eccezione. Con una laurea magistrale ma senza un dottorato, che non aveva nessuna intenzione di prendere, era destinata a rimanere un'accademica minore, probabilmente indegna di una cattedra fissa. E dire che come autrice poteva vantare due romanzi e una raccolta di racconti. Ad aggiungere al danno la beffa c'era il fatto che *Tessa* era rimasto per quattro settimane nella classifica del "New York Times". Al momento, nessuno nel campus poteva dire altrettanto, anzi, secondo le meticolose ricerche di Thomas erano più di trent'anni che un professore della Ole Miss non raggiungeva quel traguardo.

A parte l'apprensione che Mercer teneva perlopiù per sé, il trimestre autunnale passava veloce, incentrato sul campionato universitario di football e, molto marginalmente, sui corsi. Mercer e Thomas vivevano in un appartamento in affitto in University Avenue, a quindici minuti a piedi dal campus. Spesso camminavano sino alla pittoresca piazza principale della città, nella zona est, per cenare o bere qualcosa con gli amici in uno dei tanti locali in cui si ritrovavano gli studenti.

Trascorsero sei settimane prima che Etta confermasse a Mercer che il contratto con la Viking era in preparazione. Se lei avesse firmato immediatamente, forse i soldi sarebbero arrivati entro Natale. Era risaputo che gli editori non avevano mai fretta di chiudere i contratti e fare i pagamenti.

Quando Mercer ricevette da Steven Mahon le email con le repliche dello Stato della Florida e della Tidal Breeze, le rilesse un paio di volte e si sentì a disagio. Lo chiamò e ne parlarono per mezz'ora.

«Cosa succede nella fase istruttoria?» gli chiese.

«Ciascuna delle parti può fare le pulci all'altra, a colpi di interrogatori scritti o dal vivo, scambi di documenti, roba del genere. È uno degli aspetti più sgradevoli, ma è un male necessario.»

«Quindi anche a Lovely toccherà deporre?»

«Eh, sì. Gliel'ho spiegato. Era tutt'altro che entusiasta. Ci vorranno lavoro e preparazione, ma è la nostra unica testimone.»

«Ti ha parlato dei suoi taccuini?»

Calò un lungo silenzio. «Quali taccuini?» chiese infine Steven.

«Mi ha detto che ne ha uno scatolone pieno, risalgono a molti anni fa. Considerati tutti i nomi e le date presenti nel libro, ci sta che se li fosse appuntati da qualche parte.»

«Be', glielo chiederò. Ha detto che ricordava tutto a memoria.»

Stavolta fu Mercer a tacere, perplessa. «Okay, quindi cosa succede se viene fuori che in effetti aveva i taccuini?»

«La controparte ha il diritto di vederli e, considerate le risorse che hanno, puoi star certa che analizzeranno anche i punti e le virgole.»

«Lovely potrebbe non essere d'accordo.»
«Non fa piacere a nessuno, ma è la prassi.»
«Okay, però se esistono appunti approfonditi che risalgono a tanti anni fa non dovrebbero confermare la sua tesi?»
«In teoria sì.»
«Quindi qual è la sua prossima mossa, avvocato?»
«Ehi, mica siamo in tivù. Farò alcuni interrogatori, idem la controparte. Dovremo sgobbare un po' sui documenti da scambiarci, ma non succederà granché finché non avranno acquisito la sua deposizione.»
«Verremo giù per le vacanze di inizio ottobre. Vorrei essere presente quando deporrà Lovely.»
«Buona idea. Ci provo, ma non ti prometto nulla.»
«Qualche novità da Salazar?»
«Niente di niente. È famosa per tenere un basso profilo durante le fasi preliminari.»
«Okay. Aggiorniamoci.»

## 6

Le prime fasi della controversia ottennero una copertura mediatica effimera.

Il "Register" e il quotidiano di Jacksonville scrissero qualche articolo riguardo al deposito della causa, ma non ci tornarono sopra. L'unica lettera ricevuta dal "Register" la firmava un tizio noto per essere un po' matto, che si lagnava abitualmente delle tasse sugli immobili e accoglieva a braccia aperte ogni progetto suscettibile di generare introiti. In città prevaleva l'idea che di Dark Isle, rimasta dimenticata così a lungo, non valesse la pena parlare.

Il silenzio fu rotto da un pezzo di Gifford Knox, appena rientrato dal tour di presentazione del suo ultimo libro e pronto a piantare una grana. Attaccava con una breve storia di Dark Isle, derideva la trovata del nuovo nome fasullo di "Panther Cay" e criticava aspramente la Tidal Breeze per lo "spudorato furto" che intendeva perpetrare ai danni dell'isola. Mostrando di aver fatto ricerche approfondite, descriveva due progetti portati a termine dalla Tidal Breeze nei dieci anni precedenti "arraffando" suolo pubblico con la complicità dei politici e dei burocrati di Tallahassee. Denunciava la distruzione dell'ennesimo habitat immacolato della Florida, demoliva l'idea che il gioco d'azzardo fosse l'unico modo di riempire le casse dell'erario e si scagliava contro un altro campo da golf "intriso di sostanze chimiche".

Il paragrafo conclusivo era magnifico: "Ottant'anni fa i bianchi contaminarono l'ecosistema di Dark Isle costruendo una cartiera sul fiume Camino. Le sostanze inquinanti distrussero gli abbondanti banchi di ostriche e di pesci. Di fronte alla prospettiva di morire di fame, i proprietari dell'isola furono costretti ad andarsene. Oggi un'altra azienda bianca ha intenzione di sottrarre l'isola alla sua ultima proprietaria per trasformarla nell'ennesimo, pacchiano resort per bianchi".

## 7

Per motivi che tenne per sé, Lovely si rifiutò di incontrare il suo avvocato in un posto che non fosse l'ufficio di Bruce Cable al pianterreno di Bay Books. E dal momento che Bruce era sempre in cerca di pettegolezzi locali, o regionali, disse a Steven e alla sua cliente che il suo ufficio era a disposizione ogni volta che desideravano incontrarsi. Offrì loro il caffè e si assicurò che avessero assoluta privacy, poi si tenne occupato con alcune prime edizioni in uno stretto corridoio da cui poteva origliare quando voleva.

Miss Naomi gli rivelò il segreto soltanto in seguito. L'ufficio di Steven Mahon si trovava nei locali di quello che a suo tempo era stato un ristorante riservato ai bianchi. Steven non poteva saperlo, e se Bruce non glielo avesse spifferato non lo avrebbe mai scoperto.

Lovely aveva un'ottima memoria, e non perdonava facilmente.

Con le nipotine tornate a scuola, Miss Naomi era libera e ben felice di portare Lovely ovunque. Entrambe amavano Bay Books, perché si sentivano le benvenute. Un lungo tavolo vicino all'ingresso era dedicato agli autori afroamericani, e Bruce invitava le signore a passare in libreria ogni volta che una di loro si trovava da quelle parti. Su richiesta di Mercer, teneva occupata Miss Naomi altrove quando Lovely era nell'ufficio.

Lovely si sistemò sulla sua sedia preferita, una vecchia chaise longue che Noelle aveva portato dalla Francia. Miss Naomi e Steven si scambiarono qualche convenevole mentre Bruce versava il caffè. Dopo qualche minuto uscì e chiuse la porta. Steven appoggiò il suo iPhone in un angolo della scrivania e disse: «Di solito preferisco registrare i colloqui con i clienti, se non le dispiace».

Lovely guardò il telefono con aria torva, poi si rivolse a Steven. «E perché mai?»

«È la prassi. La mia memoria perde colpi e una registrazione mi fa sempre comodo. Non è nulla di che.»

In realtà la sua memoria funzionava benissimo, ed era raro che Steven registrasse le conversazioni con i clienti. Con Lovely però c'era sempre il rischio di fraintendere, e Steven non voleva correrlo. Lei guardò Miss Naomi, che si strinse nelle spalle come se non avesse idea.

«E va bene» accettò infine Lovely.

«Se la mette a disagio non lo faccio.»

«No, va bene. Ma mi tratti come tratta tutti gli altri clienti.»

«Garantito.» Prese una pila di fogli e disse: «Questa è la risposta, o la replica, all'istanza che abbiamo depositato. In realtà sono due, una dello Stato e una della Tidal Breeze. Come ci aspettavamo, entrambi le negano qualsiasi diritto di proprietà. Le argomentazioni della Tidal Breeze potrebbero essere più difficili da accettare, perché fanno molte affermazioni false.»

«Del tipo?»

«Be', la più spudorata è che lei non può provare nemmeno di essere nata sull'isola.»

Lovely, indignata, lo fulminò con lo sguardo. Si morse il labbro inferiore, che tremava. «Chi lo ha detto?»

«Gli avvocati della Tidal Breeze.»

«So dove sono nata e so il nome della levatrice che mi fece nascere. Fece nascere anche mia mamma e mio papà. So dove sono nati e dove sono sepolti, lo stesso posto in cui spero di essere sepolta anch'io. Com'è possibile che quelle persone dicano cose del genere?»

«Gli avvocati dicono un mucchio di cose che non sono vere, purtroppo. È un'illazione, niente di più. Non se la prenda.»

«Quindi possono dire tutte le bugie che vogliono?»

«No, devono essere convinti di quello che dicono, e siccome non ci sono certificati che attestano la sua nascita, loro possono affermare che lei non è nata sull'isola. Le ripeto, sarà soltanto la prima di molte illazioni, lei le ignori.»

«Non mi piace questa faccenda.»

Steven le fece un sorriso che lei non ricambiò. «La capisco, Lovely. Le cause legali sono sempre sgradevoli, ma servono. Se vuole dimostrare di essere proprietaria dell'isola, non ha altra scelta che affidarsi a un tribunale.»

Lovely accettò la spiegazione, però sembrava tutt'altro che convinta. «Quegli avvocati saranno in tribunale?» chiese, dopo un po'.

«Certo, è il loro lavoro.»

«Non si aspetti che sia gentile con loro.»

«Non è costretta, ma non sono cattive persone. Fanno soltanto il loro lavoro.»

«Mentire fa parte del loro lavoro?»

Steven fece un bel respiro. «Devo chiederle se esistono atti, appunti, quaderni, roba del genere. Documenti. La controparte vuole leggere tutti i documenti che abbiamo, soprattutto gli appunti su cui si è basata lei per scrivere il libro.»

Lovely guardò uno scaffale di prime edizioni di Bruce e sembrò perdervisi. Passò un lungo minuto, poi un altro. Steven stava imparando che le lunghe pause nella conversazione non la disturbavano affatto. Parlava e si muoveva secondo il suo ritmo.

«Chi ha detto che ho quaderni e appunti?» domandò infine.

«Li ha o no?»

«Se dico di sì, quegli avvocati cattivi vorranno vederli, giusto? Se dico di no, non c'è niente da vedere. Giusto?»

«Immagino di sì. Ha degli appunti?»
«Li avevo, ma li ho persi.»
Non era convincente, però Steven si guardò bene dall'insistere. Nel mondo di Lovely la sopravvivenza era più importante della sincerità. Delle sue fonti avrebbero parlato in un altro momento. «Deve avere una memoria straordinaria.»
«Eccome. Ce l'avevano anche i miei genitori e i miei nonni. Raccontavamo storie, Mr Steven. Vede, all'epoca la maggior parte della mia gente non sapeva leggere né scrivere. Sapevano farlo in pochi, e cercarono di insegnarlo agli altri. Io sono stata fortunata, perché i miei nonni sapevano leggere. Mi ricordo benissimo della nonna che mi insegnava a scrivere il mio nome. Per loro era molto importante, ma non lo era per tutti gli altri. Sulla nostra isola c'era persino una piccola scuola, e da bambina la frequentai. Alcuni degli altri bambini no. Ci affidavamo alle storie, alle lunghe, suggestive storie che ci raccontavano i nostri genitori e nonni, le stesse che avevano imparato dai loro genitori e dai loro nonni. I racconti erano importanti, erano considerati doni da tramandare. Non tutti sapevano leggere, ma tutti sapevano raccontare. E le storie erano vere e non cambiavano mai, perché se ne raccontavi una e sbagliavi qualcosa c'era sempre qualcuno che ti correggeva. Ecco come ho imparato la storia di Nalla, la mia antenata schiava. Arrivò sull'isola nel 1760 e vi morì nel 1801.»
«Come fa a sapere che era il 1801?»
«Perché ogni racconto si svolgeva in un anno preciso. Ecco come facevamo a tenere traccia del tempo e della storia dell'isola. Sapevamo sempre l'anno.»
«Ma come fa a sapere che era la data giusta?»
«E lei come fa a sapere che non lo era?»
«Glielo chiedo perché glielo chiederanno anche gli avvocati della controparte.»
«Non mi importa. Chiedano quello che vogliono. Io conosco la mia storia, Mr Steven. Loro no.»
«Ha mai visto una parte della storia scritta da qualche parte? Da qualunque parte.»
Lovely lo guardò come se fosse un idiota. «No, non c'era

bisogno di scrivere niente. Avevamo tutto qui.» Si picchiettò la tempia sinistra. «È quello che sto tentando di spiegarle. Le storie sopravvivevano proprio perché non potevamo scriverle. Molto prima della mia nascita non avevano carta e penna e libri e via dicendo. Avevano le parole, le storie e l'immaginazione. Quand'ero bambina e sentivo raccontare di Nalla, riuscivo a vederla. Provavo la sua sofferenza, il dolore di quando fu portata via in catene, strappata alla famiglia, al suo bambino, al suo villaggio, e venduta agli schiavisti. A dieci anni sapevo tutto della vita di Nalla, Mr Steven.»

L'avvocato immaginò la sua cliente al banco dei testimoni e sorrise. Farle un controinterrogatorio sarebbe stata un'impresa, dal momento che era l'unica a conoscere le storie e i fatti.

E tuttavia il caso non era affatto chiuso. La legge esigeva prove concrete come certificati di nascita e di morte, atti di matrimonio, visure catastali, scritture pubbliche, ricevute fiscali. La Tidal Breeze e la sua schiera di avvocati si sarebbero divertiti un mondo a smontare prove fondate su vecchie storie, leggende e folklore.

## 8

Nel pomeriggio Steven aveva appuntamento al porto per un caffè con l'amico Mayes Barrow, uno dei due legali di Santa Rosa assunti dalla Tidal Breeze. Mayes era giovane ma già celebre, con uno studio in crescita e una meritata ottima reputazione; in aula ci sapeva fare. Dal momento che i soldi non erano un problema, la Tidal Breeze era solita associare ai suoi molti avvocati qualcuno del posto, pratico di politica locale e capace di ingraziarsi i giudici.

«La società mi ha chiesto di sondare la possibilità di un accordo» esordì Mayes.

Per Steven non fu una sorpresa. Comprando Lovely Jackson, la Tidal Breeze avrebbe risparmiato una fortuna in parcelle da destinare a battaglie legali ben più grosse. E per una società che aveva in programma di spendere almeno mezzo miliardo, allungare qualche dollaro a Lovely era una questione di spiccioli.

«Volete pagare Lovely perché rinunci alla causa e sparisca?»

«Sì.»

«Non accetterà.»

«Non lo saprai finché non glielo chiedi.»

«La risposta è no, Mayes. Perché dovrei chiederglielo? Non ha bisogno di soldi, neanche li vuole. Non ne ha mai avuti, sarebbero solo una complicazione. E se accetta un accordo e cede alla tua cliente la proprietà dell'isola, vi faremo comunque la guerra sul progetto urbanistico. La nostra strategia è sperare di vincere al primo round, mettere in chiaro che il diritto di proprietà ce l'ha Lovely Jackson e dire alla tua cliente di tornarsene a Miami senza rompere troppo le palle. Sono sicuro che capisci.»

Mayes ridacchiò e annuì. «Per me non fa una piega.»

«Lo so. Stai solo facendo quello che ti dicono.»

«Sì, e pagano benissimo, Steven.»

«Anche la mia cliente. Il mio anticipo è stato di cinque dollari, meno di queste due tazze di caffè.»

«Al momento l'offerta è centomila.»

«Lo considero un insulto. Non voglio neanche coinvolgerla.»

«Hai in mente un'altra cifra?»

«No, e non ho intenzione di parlarne con Lovely. Non cambierà idea, credimi. A processo ci sarà da divertirsi, Mayes, soprattutto quando Lovely Jackson salirà sul banco dei testimoni. Ce lo ricorderemo a lungo.»

## 9

Per il terzo semestre di fila, Thomas stava rimandando i suoi studi nell'ambito della scrittura creativa per dedicarsi ad altri progetti, ovvero le ricerche per conto di sua moglie. Aveva iniziato il master tre anni prima e aveva fatto progressi finché non si era ritrovato Mercer Mann come insegnante. Aveva subito perso interesse per la narrativa, e cominciato a studiare lei.

Un bel pomeriggio d'autunno tornò a casa su di giri e con una bottiglia di costoso champagne. L'"Atlantic" aveva accettato di pubblicare un suo reportage su un sottomarino russo scomparso. Il compenso era ventimila dollari netti, una somma da record. Il sottomarino, un aggeggio nucleare lungo quanto un campo da football, era scomparso nel Sud del Pacifico a circa cinquecento miglia dalla costa settentrionale australiana.

A bordo c'erano almeno duecento uomini. In superficie non era mai emerso nulla e giravano già abbastanza voci da riempire una decina di libri. Le prime ricerche lo avrebbero portato a Washington, poi a Sydney. Sarebbe stato via un mese.

Quel periodo di separazione capitava al momento giusto. Mercer in particolare aveva bisogno di stare un po' da sola per ridare impulso al libro. Thomas, che aveva viaggiato molto più di sua moglie, moriva dalla voglia di ripartire. Si considerava ancora un avventuroso giornalista che scorrazzava per il mondo in cerca di storie da raccontare, e sempre con in mente un possibile libro. Mercer lo incoraggiava, perché lo amava e voleva che avesse successo, e le piacevano anche i lunghi momenti di solitudine. Dopo più di tre anni insieme, inclusi i quattro mesi di matrimonio, entrambi amavano la loro routine, sia soli che insieme, e non litigavano quasi mai. Si erano scoperti meravigliosamente compatibili, e la parte sensuale del rapporto stava diventando ancora più intensa.

Si scolarono la bottiglia in veranda, mentre festeggiavano chiacchierando del sottomarino maledetto. Mercer ne aveva già sentito parlare tanto e quasi temeva di doversi sorbire altri sei mesi di sproloqui, ma tenne duro coraggiosamente. Uno scrittore di successo aveva bisogno di un orecchio amico, di un primo lettore che lo sostenesse e lo amasse e desiderasse il suo successo. Thomas adorava quello che scriveva lei e non vedeva l'ora di leggere ogni suo nuovo capitolo. Allo stesso modo Mercer ascoltava le sue idee e leggeva le sue bozze.

«Questa sera finisco l'ultima ricerca sulla Florida» disse Thomas.

«Quale?» Stava seguendo vari filoni: Mercer non conosceva nessuno bravo come lui a fare ricerche approfondite e setacciare Internet.

«La storia del generale Dunleavy. Un'altra vicenda che Lovely non ha incluso nel libro.»

«Probabile che non ne abbia mai sentito parlare.»

«Oppure era troppo raccapricciante.»

«Non ti viene mai il dubbio che a volte lei ci ricami un po' sopra? Stiamo parlando di racconti tramandati a voce per quasi duecento anni. Deve per forza esserci qualcosa di romanzato qua e là.»

«Certo, il che rende il tuo lavoro più facile, Mercer. Non c'è nessuno che possa verificare i fatti, perciò puoi romanzare quanto vuoi. A conti fatti scrivi narrativa.»

«Grazie al cielo.»

## 10

La Florida entrò negli Stati Uniti come Stato schiavista nel 1845, ma era un territorio indipendente già dal 1821 e la schiavitù era molto diffusa, soprattutto nel Nord, nelle piantagioni di cotone e negli agrumeti attorno a St Augustine.

Uno dei maggiori proprietari terrieri era Stuart Dunleavy, un politico scaltro ed ex militare di carriera che in seguito, colpito da una pallottola durante la battaglia di Gettysburg, avrebbe perso un braccio. Grazie a mazzette e contatti era riuscito ad accumulare enormi lotti di terra a est di Tallahassee, e coltivava cotone su milleseicento ettari di campi. Dunleavy si vantava di avere un migliaio di africani che sgobbavano per lui: più di chiunque altro, nel nuovo Stato.

Come la maggior parte dei proprietari di piantagioni, Dunleavy non tollerava che i suoi schiavi fuggissero né, tantomeno, che riparassero a Dark Isle. L'isola era sempre più nota, e si diceva che ormai, in barba alla legge, vi si nascondessero centinaia o persino migliaia di schiavi.

Nel 1850 Dunleavy, che insisteva a farsi chiamare "generale", prese in mano la situazione. Aveva un gran bisogno di manodopera e non sopportava che sul suolo della Florida ci fossero schiavi che si consideravano uomini e donne liberi. Decise perciò di catturarli, tenerli tutti per sé, convertirli al cristianesimo, metterli a lavorare nei campi e in generale migliorare la loro vita. Si affidò al governatore, che dietro compenso accettò di "affittargli" un vecchio piroscafo trasformato in cannoniera dalla Marina. Mise insieme una piccola e variegata truppa di braccianti bianchi, criminali da strapazzo, mercenari e qualche vero soldato, li riunì a Camino Island, trascorse qualche giorno a cercare invano di addestrarli.

Un mattino all'alba salparono dal porto di Santa Rosa e puntarono verso Dark Isle. A cinquecento metri dall'approdo gettarono l'ancora, misero in posizione otto dei cannoni della nave e cominciarono a sparare. Il brillante piano di battaglia di Dunleavy era di cannoneggiare l'isola, terrorizzare i selvaggi, costringerli ad arrendersi e infine inviare il suo "esercito" a catturarli.

Il bombardamento con i cannoni proseguì fino al mattino. A mezzogiorno non c'era ancora traccia degli africani, perciò il generale e i suoi uomini fecero una pausa per pranzare. Dopo aver mangiato e fatto un sonnellino, Dunleavy diede ordine di ricominciare l'attacco. Alle tre del pomeriggio i cannonieri riferirono che le munizioni stavano finendo. Tuttavia non si vedevano ancora schiavi terrorizzati che agitavano bandiera bianca sulla spiaggia. Alle cinque i cannoni tacquero, a corto di proiettili. Senza perdere di vista l'isola, Dunleavy attese il tramonto e si ritirò con i suoi uomini a Camino Island per la notte. Il mattino successivo si rifornirono e salparono in direzione dell'estremità meridionale di Dark Isle, dove si diceva che in passato ci fossero state tracce di attività umana. A forza di cannonate rasero al suolo la fitta foresta, ma non videro africani.

Dopo pranzo il generale diede l'ordine che tutti temevano. Due barche a remi da dieci metri presero il mare, ciascuna con una dozzina di uomini a bordo. Nessuno si era offerto volontario. Anzi, sulla nave si vociferava che la truppa fosse pronta all'ammutinamento, pur di non sbarcare sull'isola. La leggenda di Dark Isle e dei suoi cannibali era nota a tutti.

Gli uomini raggiunsero la spiaggia e legarono le barche. Un gruppo si diresse a nord, uno a sud. Erano armati di fucili e lunghi coltelli, ma secondo il generale, che li teneva d'occhio con il binocolo dalla timoniera, erano troppo lenti e poco decisi. A un certo punto abbandonarono la sicurezza della spiaggia e scomparvero nella fitta vegetazione. Trascorse un'ora, poi un'altra. A fine pomeriggio dalla punta meridionale dell'isola si udirono colpi d'arma da fuoco, e gli uomini sulla nave ne furono ben felici. La leggenda narrava che gli schiavi avessero solo lance e dardi, le armi dei loro antenati. Come potevano possedere artiglieria moderna? Gli spari volevano dire che dopo una breve schermaglia erano stati trovati e catturati. Poi ci furono altri colpi d'arma da fuoco. Fu un suono confortante, però Dunleavy cominciò a preoccuparsi dei feriti. A lui gli schiavi servivano vivi, non morti.

Ma la carneficina era in corso.

Aveva dato ordine ai suoi uomini di fare tassativamente ritorno alla nave entro il calar del sole. Tuttavia, quando venne buio non c'era traccia di loro sulla spiaggia. Le due barche a remi non si erano mosse. Non avevano cibo né provviste per la notte; col passare delle ore, sulla nave scese un'angosciante inquietudine. Il generale non sapeva che cosa fare: non poteva abbandonare gli uomini a terra e tornare a Santa Rosa. Diede ordine di distribuire tutto il cibo sulla nave e di rimanere di guardia. Li aspettava una lunga notte.

Alle prime luci dell'alba la vedetta cominciò a gridare. Gli uomini si svegliarono e corsero al ponte. Le due barche a remi erano alla deriva tra le onde. A prima vista sembravano vuote. Dunleavy ordinò al capitano di avviare i motori e avvicinarsi alle lance.

L'orrore si rivelò a poco a poco. Le barche a remi non erano vuote. All'interno giacevano corpi insanguinati e straziati. Gli uomini erano stati feriti da armi da fuoco, squarciati, sezionati e sventrati: ad alcuni mancavano arti interi o persino la testa. Altri avevano la pancia aperta, e le viscere che colavano lungo le gambe.

Sulla nave vomitarono in molti. Sostenere la vista di quella scena era difficile. Nessuno osò fare commenti, nessuno pronunciò la parola "cannibali".

Riuscirono a capovolgere le barche e le videro affondare lentamente, prima una e poi l'altra. Ventitré uomini seppelliti in mare. Ventuno al sicuro sul ponte, smaniosi di tornare a casa.

La spedizione del generale a caccia di schiavi era finita. Se avesse voluto altri braccianti avrebbe dovuto pagarli. Girò la nave e fece ritorno a Camino Island.

## 11

Mercer scuoteva la testa. «E dove hai trovato questa chicca?»

«Dunleavy ebbe una vita lunga e interessante, scrisse le sue memorie e all'età di novant'anni le completò. Visse altri otto anni. Il libro uscì nel 1895, e immagino che abbia venduto tante copie quanto quello di Lovely. L'ho visto citato in non so più quale oscura bibliografia e l'ho scorso online. Quando ho notato che parlava di Dark Isle ho drizzato le antenne.»

«Sei un genio.»

«Non proprio, ma ci vado vicino.»

«Non ti sembra strano che Lovely non parli di lui? In fondo dovrebbe essere uno degli eventi più memorabili della storia dell'isola. Un attacco spietato, due giorni di cannonate, l'imboscata ai soldati e la loro uccisione. Com'è possibile che sia stato dimenticato?»

«Magari no. Magari Lovely ha sentito raccontare la storia un centinaio di anni dopo e non ha voluto inserirla nel libro. È piuttosto cruda.»

«Ma grandiosa. Gli schiavi che in teoria non dovevano avere altro che lance e che invece erano più armati degli schiavisti, e il generale convinto che i suoi uomini fossero stati preda dei cannibali.»

«Quindi la metterai nel libro?»

«Non lo so ancora. Continuo a scrivere e cancellare. Devo passare del tempo con Lovely.»
«Quand'è la pausa autunnale?»
«Tra due settimane. Sto pensando di tornare giù.»
«Io sarò in Australia.»
«Lo so. Chissà, forse mi mancherai.»

# 6
# La stagista

## 1

La Tidal Breeze Corporation era stata costruita nell'arco di oltre cinquant'anni dalla famiglia Larney di Miami. Tutto era iniziato nel 1970, quando il trentunenne Rex Larney aveva comprato a un'asta giudiziaria un alberghetto di Fort Lauderdale. Rex era un immobiliarista, e dopo un paio di affari redditizi la sua fame di soldi si scatenò. Non aveva paura di chiedere prestiti e di rischiare, e in poco tempo acquistò altri piccoli lotti di terreno in prossimità delle spiagge. I suoi palazzi si ingrandirono, così come i suoi debiti e le sue ambizioni. Nel 1980 era a capo di una delle molte società immobiliari rampanti che cavalcavano l'espansione frenetica nella Florida meridionale.

Suo figlio Wilson era cresciuto nell'ambiente e nel 1992, quando Rex morì di cancro, fu felice di succedergli. Oltre alla Tidal Breeze, dal padre aveva ereditato la passione per il rischio e i giocattoli pericolosi. Comprava purosangue e fuoribordo. Gli piaceva scommettere alle corse ed ebbe la lungimiranza di prevedere il boom dei casinò: in società con i Seminole costruì quattro resort spettacolari. Rischiò per due volte di farsi beccare dai federali per affari loschi, ma era troppo scaltro per capitolare. Il suo migliore amico era un avvocato, J. Dudley, detto semplicemente Dud, soprannome che Wilson gli aveva affibbiato decenni prima. Lo studio legale di Dud si era espanso quasi allo stesso ritmo della Tidal Breeze, e ormai, nel settore immobiliare privato di Miami, era una potenza.

La Tidal Breeze sopravvisse per un pelo alla recessione del 2008. Quando la situazione si stabilizzò, Wilson calcolò le perdite e si rimboccò le maniche. Era il momento giusto per speculare. Dopo che la Federal Bank ridusse i tassi di interesse quasi a zero, la Tidal Breeze fece il pieno di prestiti a buon mercato e si accaparrò migliaia di centri commerciali, alberghi, campi da golf e appartamenti.

Nel 2012 Wilson si ritrovò di nuovo nei guai con la legge per aver costretto alla bancarotta un altro speculatore immobiliare. E ancora una volta Dud riuscì a salvargli la pelle, grazie a un patteggiamento che lo obbligò a pagare una semplice multa. La fotografia di Wilson finì sui giornali, una cosa che lui detestava. Era la discrezione fatta persona e non parlava mai con i giornalisti. La Tidal Breeze aveva un unico azionista: lui.

La punta di diamante del suo impero era un palazzo di uffici da cinquanta piani nel cuore di Miami, che Rex aveva sottratto a una cooperativa di credito edilizio fallita durante la crisi del 1985. Nel corso degli anni ne aveva rifinanziato il mutuo due volte, a tassi sempre più bassi, ricavandone oltre cinquanta milioni di dollari in contanti. Sullo stabile gravava ancora una pesante ipoteca, ma del resto tutti i beni della società, inclusi i jet, erano ipotecati.

Per il progetto di Panther Cay, Wilson aveva intenzione di chiedere in prestito alle banche ogni dollaro possibile. Dei soliti timori riguardo ai tassi d'interesse in crescita non si preoccupava mai troppo. Come diceva sempre suo padre, "Se i tassi salgono, prima o poi scendono".

Dal suo magnifico ufficio al cinquantesimo piano, Wilson godeva di una vista che in pochi potevano permettersi. A est, oltre le spiagge si estendeva all'infinito l'azzurro dell'Atlantico; a nord, in direzione di Boca, Fort Lauderdale e oltre, la costa era zeppa di schiere di bellissimi grattacieli, alcuni – non abbastanza – di proprietà della Tidal Breeze.

Wilson non aveva mai molto tempo da dedicare al panorama, comunque. Viveva e giocava in modo spericolato, e quando non giocava lavorava molte ore al giorno, barcamenandosi tra riunioni, idee e progetti per costruire e ingrandirsi al massimo. Si trovava nella lussuosa sala riunioni privata annessa al suo ufficio, al capo di un tavolo coperto di documenti, mappe e progetti. Alla sua destra c'era Donnie Armano, il vicepresidente che coordinava il progetto Panther Cay. Alla sua sinistra Pete Riddle, un avvocato dello studio legale Nash & Cortez fondato da Dud.

J. Dudley Nash era ambizioso quanto Wilson e sognava di costruire il più grande studio legale della Florida. I due giocavano a golf e pescavano insieme; a un certo punto avevano provato a comprare la squadra dei Miami Dolphins, ma stranamente il bilancio di Wilson, appesantito dai debiti, aveva spaventato gli altri proprietari della National Football League. A mano a mano che lo studio legale si espandeva, saliva pure la parcella di Dud. Wilson protestò quando raggiunse i mille dollari all'ora, ma Dud ribatté che lui valeva anche di più. Wilson continuò a protestare, e due anni dopo, quando Dud gli confessò di essere il primo avvocato in città a farsi pagare duemila dollari all'ora, Wilson disse: "Okay, hai vinto tu. Mandami qualcuno dello studio che chiede di meno".

Peter Riddle, junior partner di Nash & Cortez, era il sostituto di Dud. Stava dicendo: «Siamo nella fase istruttoria, e al momento non sta succedendo granché. Ci aspettiamo che presto la giudice fissi qualche data».

«E se provassimo a patteggiare?» chiese Wilson. «Non ditemi che non la possiamo comprare, quella. Diamine, è una poveraccia.»

«Il suo avvocato dice di no.»

«È uno di quegli stronzi ambientalisti?»

«Esatto. Sa che il modo più rapido di proteggere l'isola è vincere la contesa sul diritto di proprietà. E dice che la sua cliente non patteggerà per nessun motivo.»

«Un modo lo si trova sempre. Offrile mezzo milione.»

«Okay, se proprio insisti.»

«A proposito del diritto di proprietà, siamo sempre messi bene?»

«Non è cambiato niente, e non può cambiare. Persino la ricorrente, Miss Jackson, nel suo libro scrive di aver lasciato l'isola nel 1955, e che dopo di lei non rimase nessuno, a parte i morti. Abbiamo cercato ovunque, e non abbiamo trovato atti ufficiali che attestino che qualcuno è vissuto sull'isola dal 1955.»

«Questo suo libro è ammissibile come prova?»

«Dipende dalla giudice, ma escluderlo è impossibile. E Miss Jackson deve testimoniare per forza, perché non esiste nessun altro che possa corroborare la sua rivendicazione di proprietà.»

«Quand'è la prima udienza?»

«Chi lo sa? Suppongo a inizio primavera.»

«E sarà senza giuria, giusto? Soltanto noi e la giudice?»

«Esatto.»

«Abbiamo qualche possibilità di influenzarla?»

«Forse.»

Pete guardò Donnie Armano, che prese la parola. «Stiamo ancora scavando, potremmo aver trovato qualcosa. La giudice Salazar ha un figlio a Jacksonville, sposato con due figli, al momento i suoi unici nipoti. Ha anche una figlia a Pensacola. Il figlio possiede una piccola società che costruisce case e appartamenti economici per conto del governo. Se la cava, ma non diventerà mai ricco. Possiamo avvicinarlo in due modi, direttamente o alle spalle. Nel primo caso passiamo da una nostra società fittizia e gli commissioniamo qualche casa più bella in zone migliori della città, in modo che abbia lavoro e che sia ben pagato. Alla fine gli facciamo la proposta, lasciandogli intendere che potrebbe trovare l'oro con il boom di Panther Cay. L'alternativa è procurargli un contratto molto più ricco per gli appartamenti che già costruisce, soldi in abbondanza, ma prima dovrà corrompere un ispettore federale.»

A Wilson entrambi i piani stavano bene. «Cominciamo a fargli avere del lavoro e vediamo come va, però niente di losco o che possa sollevare sospetti. Dio solo sa quante società fittizie abbiamo già.»

«All'ultimo conteggio erano sessanta» disse Pete con un ghigno.

«E me ne vengono in mente tre solo nell'area di Jacksonville. Coinvolgetelo e stiamo a vedere. Come sempre, vorrei che i federali non si impicciassero.»

«Certo» commentò Pete.

«Che mi dici del resto della famiglia? La giudice?»

«Single, divorziata parecchio tempo fa. Non sente spesso la figlia, è tutta presa dai due nipotini.»

«Ha avuto altri casi come questo?»

«Ne abbiamo trovato uno, risale a qualche anno fa. Niente di utile. È giudice soltanto da sei anni.»

«Okay» fece Wilson infilandosi la penna nel taschino, il suo modo di dire che ne aveva abbastanza. «Ci aggiorniamo la prossima settimana.»

## 2

Ottobre era il mese preferito di Mercer per stare sull'isola. Il caldo soffocante dell'estate era lontano e così i turisti, che peraltro non le davano mai molto fastidio. La spiaggia, lunga oltre sedici chilometri e raramente affollata, era più deserta che mai. Mercer amava fare lunghe, lente passeggiate al fresco del mattino. Thomas le mancava, ma non così tanto.

Metà delle case sulla spiaggia era abitata tutto l'anno, e mentre camminava le capitava spesso di incontrare una faccia conosciuta. Riconosceva persino qualche cane, erano un gruppetto amichevole. Fermarsi a fare due chiacchiere sul tempo non era insolito, ma Mercer preferiva evitarlo, se poteva. Passeggiare le serviva a schiarirsi le idee e, di tanto in tanto, trovare ispirazione. Una storia, un nome, un posto, magari una sottotrama. Da brava scrittrice era sempre in cerca di materiale, che ultimamente faticava a scovare. E badava a non avvicinarsi ai suoi vicini di casa, quasi tutti pensionati e solitamente ben contenti di interrompere qualunque cosa stessero facendo per due chiacchiere o un bicchiere di vino. Non stava cercando nuovi amici. Il cottage sulla spiaggia, di cui era proprietaria insieme a sua sorella, era una seconda casa, un rifugio e un riparo dove trovava pace e solitudine.

Ma le maledette spese per conservarlo integro stavano diventando insostenibili, erano un pozzo senza fondo. Thomas non ci sapeva molto fare con martello e pennelli, e lo stesso valeva per lo sgradevole marito di Connie, perciò le due proprietarie si dividevano i costi. Non avevano mai parlato di vendere, ma Connie aveva lasciato intendere che ci stava pensando. Suo marito non veniva quasi mai al mare, e la sua famiglia usava il cottage sempre più di rado. L'aveva costruito Tessa cinquant'anni prima ed era molto più caro a Mercer che a sua sorella.

Cinquant'anni di aria salmastra e di temporali, tuttavia, ne avevano consumato il legno, le tegole e la vernice.

Seduta sotto la veranda posteriore, Mercer sorseggiava tè verde snobbando lo schermo del portatile, e invece di scrivere guardava l'oceano e ascoltava le onde, il suo suono preferito. Di notte lasciava le finestre aperte e si addormentava cullata dal rumore del mare. I momenti più felici della sua infanzia li aveva vissuti nel cottage insieme a Tessa, che nonostante il caldo non amava l'aria condizionata. Quando l'afa dava un po' di tregua, Tessa spalancava le finestre e insieme ascoltavano le onde al buio, chiacchierando a letto.

Ancora una volta il ricordo di Tessa venne a farle visita. Mercer sorrise, cercò di scacciarlo e guardò lo schermo. Aveva scritto e cestinato già due volte il primo capitolo. Doveva passare più tempo con Lovely, che avrebbe incontrato l'indomani, ovviamente a Bay Books.

La vernice si stava scrostando. Ovunque guardasse – la veranda, le porte e le finestre, persino la pavimentazione di pino – c'erano intonaco o vernice scrostati o sbiaditi. Larry, il suo giardiniere e tuttofare part-time, aveva chiesto un preventivo a un tinteggiatore di bassa categoria. Il ladro voleva ventimila dollari per ridipingere e dare l'impregnante alle facciate, ma secondo Larry la cifra era corretta. A Mercer era scappata una risatina al pensiero di chiedere a Thomas l'intero compenso del suo lavoro per l'"Atlantic" per abbellire il cottage. Poi aveva pensato a sua sorella e il sorriso si era spento. Fino a pochi anni prima Connie e il marito avevano fatto la bella vita, grazie all'azienda di lui. Poi era successo qualcosa. Mercer non aveva idea di cosa, e non lo avrebbe mai saputo, perché Connie non voleva parlarne, però gli affari non andavano più così bene ed erano stati costretti a tirare la cinghia. Le due sorelle non erano mai state troppo legate, ed era tardi per cominciare adesso.

Mercer si scordò del portatile e del suo manoscritto inesistente e cominciò a gironzolare per casa. Aveva un disperato bisogno di una rinfrescata, perciò prese la decisione. Irremovibile. Impopolare. Lei e Thomas avrebbero trascorso le vacanze di Natale a Camino a ritinteggiare. Se lui proprio non sapeva da dove cominciare con rullo e pennelli, sarebbe stata ben felice di insegnarglielo.

In veranda le squillò il cellulare. Mercer aspettava una chiamata da Thomas, ma era Bruce Cable. «Ciao, tesoro» attaccò nel suo solito tono iperattivo e allegro. «Quando sei arrivata?»

«Ieri, Bruce, e tu come stai?»

«Alla grande. Le vendite vanno bene. Qualcuno ha visto la tua macchina nel vialetto. Quindi sei scesa dall'auto.»

Mercer era sempre sbalordita di quanto Bruce fosse costantemente informato. Aveva spie ovunque. «Sì, sono arrivata ieri sera.»

«Come sta Thomas?»

«Non c'è.»

«L'hai già mollato?»

«In questi giorni è in Australia, ha avuto un incarico dall'"Atlantic".»

«Magnifico. Finalmente lo hai messo sotto a lavorare. Senti, Noelle pensava di fare una cenetta leggera, sul presto. Solo noi tre. Così ci aggiorniamo sui pettegolezzi.»

«Mi spiace, Bruce, ma sono presissima. Ho un bel libro da fare. Rimandiamo.»

Un lungo silenzio dall'altra parte, perché nessuno diceva di no a una cena con Bruce e Noelle. «Okay, mi pare giusto. Ci vediamo domani.»

# 3

L'indomani alle dieci del mattino il gruppo si riunì a Bay Books e fece colazione con caffè e ciambelle nell'ufficio di Bruce. Lovely era vestita nel suo solito, splendido stile africano: abito lungo arancione con turbante abbinato e un assortimento di bracciali e ciondoli che tintinnavano ogni volta che beveva un sorso di caffè. Come sempre, Miss Naomi era al suo fianco. Steven Mahon sfogliava alcuni fascicoli mentre ascoltavano Bruce parlare dell'imminente firmacopie per un nuovo, brillante scrittore di noir. Dopo qualche minuto di chiacchiere e convenevoli, Bruce uscì dall'ufficio e chiuse la porta.

Steven mostrò un documento. «Questo è semplicissimo» spiegò rivolgendosi a Lovely. «Si chiama "accordo di collaborazione", è un documento che dà a Mercer e al suo editore l'esclusiva sulla sua storia. In cambio lei riceverà il venticinque per cento dell'anticipo, al netto della commissione dell'agente.»

Lovely sorrise. «L'ho letto. Per me va bene. Quando mi pagano?»

Mercer sorrise e fece scivolare sul tavolo un altro documento. Steven lo esaminò e staccò un assegno. «Adesso. Il contratto con la Viking prevede centomila dollari alla firma, e Mercer ha già firmato, e centomila alla consegna del manoscritto, che a quanto mi risulta non c'è ancora stata.»

Mercer rise e fece ridere anche gli altri: «Non ho nemmeno completato il primo capitolo».

«I cinquantamila dollari di saldo arriveranno alla pubblicazione del cartonato, a prescindere da quando sarà. Quindi, ecco un assegno di ventunmiladuecentocinquanta dollari» concluse Steven.

Lo tese a Lovely, che lo accettò educatamente e sorrise. Dopo una lunga ispezione lo passò a Miss Naomi perché lo controllasse. Anche lei approvò.

«Lo userò per sistemare l'isola» disse Lovely. «Penso che comincerò dal cimitero. Che ne dice, Steven?»

«Credo che dovrebbe aspettare la fine del processo. Come

ho spiegato, c'è sempre la possibilità che perdiamo, e in quel caso l'isola sarà trasformata completamente.»

Lovely stava scuotendo la testa. «Non succederà.»

«Sono d'accordo, ma andiamoci piano.»

«Va bene, va bene. Vuole altri soldi?»

A Steven scappò da ridere. «No, Lovely, l'anticipo di cinque dollari è la somma che avevamo concordato e va più che bene. Mi paga la mia non profit.»

«Farò una donazione, Steven» propose Mercer.

«Be', grazie.»

«Voglio farne una anch'io» intervenne Lovely. «Quanto devo mettere?»

Steven sollevò le mani e rispose: «Per adesso aspettiamo. Ne parleremo poi. C'è un'altra questione economica da affrontare. Mercer, sono informazioni confidenziali e preferirei che non venissero scritte».

«Volete restare soli?»

«No, basta che non ne parli con nessuno. Miss Lovely, la Tidal Breeze le offre dei soldi perché rinunci a rivendicare la proprietà dell'isola.»

Lovely ascoltò con attenzione. «Offrano pure quanto vogliono. È la mia isola, mia e della mia gente.»

«Non vuole sapere quanto?»

«Tanto non cambio idea.»

«Va bene. Come suo avvocato è mio dovere informarla che la Tidal Breeze le offre mezzo milione di dollari per rinunciare.»

Fossero stati cinque dollari o cinque milioni, non avrebbe avuto importanza. L'unica reazione fu un lieve cenno del capo per far intendere che aveva capito. Steven la trovò adorabile.

«Deduco che la sua risposta è no.»

«L'ho già detto.»

«D'accordo. Adesso che il contratto è a posto, immagino che lei e Mercer vorrete passare un paio d'ore a parlare del passato. Se non le dispiace ci terrei a prendere qualche appunto di persona. Devo essere il più informato possibile. L'istruttoria sta per cominciare.»

Lovely fece spallucce. «Prego, è lei il mio avvocato. Il mio avvocato da cinque dollari.»

## 4

Il budget del Barrier Island Legal Defense Fund era così striminzito che Steven Mahon preferiva evitare gli stagisti. Per fortuna non c'era mai penuria di giovani universitari brillanti e idealisti che progettavano di iscriversi a legge e combattere in prima linea per il pianeta. Steven riceveva ogni settimana lettere e curriculum, e rispondeva diligentemente a tutti, ma era difficile che facesse un passo in più. Lo "studio" che lui e la sua segretaria occupavano era un ufficetto che conteneva a malapena loro due, ma, soprattutto, nel corso degli anni le poche esperienze di Steven con gli stagisti gli avevano creato più problemi che altro.

Diane Krug, però, non aveva voluto sentire ragioni. Era arrivata in auto a Camino Island da Knoxville con armi e bagagli, pronta a mettersi al lavoro anche gratis, se fosse stato necessario. Si era appena laureata, si stava riprendendo da una relazione finita male e poco tempo prima aveva inaspettatamente ereditato quindicimila dollari da una zia che aveva sempre trascurato e che adesso si pentiva di non aver frequentato di più. Come quasi tutti, Steven ne fu incantato ancora prima di poter dire di no, e Diane entrò nel suo mondo. Dopo due settimane Steven aveva cominciato a temere che non ne sarebbe più uscita. Si era impossessata del tavolino da gioco in cucina e aveva cominciato a occuparlo abusivamente. La segretaria era divorziata e viveva sola in una piccola casa con una camera da letto in più. Diane vi si trasferì e cominciò a lavare i piatti e le finestre.

Steven, il cui regno erano le aule giudiziarie, non aveva tempo né pazienza per farsi carico anche del lavoro investigativo; era dunque ben felice di delegarlo a Diane, sempre disposta a mettersi alla prova con quel tipo di sfide. La sera tardi leggeva gli esposti di Steven e li correggeva. Dopo sei mesi conosceva già il diritto ambientale meglio di quasi tutti gli avvocati con cui Steven aveva lavorato nel corso degli anni.

Dopo aver esaminato le memorie di Lovely per la terza volta, Diane compilò una lista di potenziali testimoni, una lista breve, considerata l'età di Lovely e, soprattutto, il periodo storico in cui la sua storia era ambientata. Vi spiccava un certo Herschel Landry, originario di Camino Island ma, come molti dei pescatori neri che un tempo vivevano sull'isola, emigrato altrove. Nell'ultimo capitolo di *Dark Isle. L'isola degli schiavi* si leggeva che Lovely era stata costretta a lasciare la sua casa nel 1955 insieme alla madre, che morì non molto tempo dopo. Sull'isola non era rimasto nessuno. Attorno ai vent'anni, Lovely aveva cominciato a tornare periodicamente sull'isola per occuparsi del cimitero, soprattutto delle tombe di suo padre e dei suoi nonni.

Herschel Landry era uno dei pochi neri di Camino Island a possedere una barca. Era sposato, aveva dei figli. Lovely era separata dal marito e ancora in lutto dopo la morte del suo bambino. Nel libro lasciava vagamente intendere che tra loro ci fosse stata una storia, ma, a prescindere da come si facesse ricompensare, una o due volte all'anno Herschel la portava per qualche ora a Dark Isle con la sua barca. Di tanto in tanto li accompagnava un ragazzino di nome Carp. Lovely gli dava un dollaro perché la aiutasse a strappare le erbacce nel cimitero.

Di Carp non si sapeva il cognome: nel libro non era citato e forse Lovely non l'aveva mai saputo. Rintracciarlo sembrava impossibile. Herschel invece aveva novantatré anni e viveva in una casa di cura a New Bern, in North Carolina. Diane lo trovò dopo complicate ricerche online. Secondo quanto le aveva detto suo figlio Loyd, anche lui residente a Bern, Herschel era infermo e, come tutte le persone di quell'età, aveva giorni in cui era più lucido e altri in cui lo era meno. Il figlio aveva lasciato Camino Island da bambino, quando i genitori avevano divorziato, e dei giri in barca del padre non ricordava più nulla.

Lovely sosteneva di non avere mai lasciato davvero l'isola – in fondo aveva sempre mantenuto rapporti stretti con il suo passato, la sua gente e la sua genealogia – e i legali della Tidal Breeze avrebbero insistito a morte proprio su questo dettaglio: nel libro lei diceva chiaramente di essersene andata, di aver trovato casa altrove. Nessuno, almeno per il momento, poteva smentire che il suo legame con Dark Isle si fosse spezzato, e per la controparte sarebbe stato facile liquidare la deposizione di Lovely facendola passare per tendenziosa.

Diane prese un volo per Raleigh e noleggiò un'auto che in due ore la portò a New Bern, alla foce del fiume Neuse. All'ingresso della casa di cura incontrò Loyd e bevvero un caffè in attesa che l'infermiera accompagnasse Herschel in carrozzina fino all'atrio. Quando arrivò stava sonnecchiando, e dimostrava tutti i suoi novantatré anni. L'infermiera si allontanò e i due chiacchierarono sottovoce in attesa che Herschel si svegliasse. Loyd commentò con tristezza che ultimamente i giorni no di suo padre avevano superato quelli buoni.

Diane non aveva grandi aspettative sul suo potenziale testimone chiave, e la sua prima impressione glielo confermò. Lei e Steven non avevano mai pensato che Herschel fosse in grado di viaggiare fino a Santa Rosa per testimoniare. Nella migliore delle ipotesi potevano sperare di mostrare al giudice un video della deposizione alla casa di cura, con il povero Herschel circondato da una decina di avvocati. Ma mentre lo guardavano dormicchiare in pace cominciò a dubitare persino di poterlo filmare.

Loyd strinse delicatamente la gamba di Herschel, che si svegliò. Il figlio parlò con lui e lo fece tornare in sé, tanto che in qualche modo cominciò a conversare. Non sapeva che giorno o che mese fosse né ricordava che cosa avesse fatto il giorno prima, ma si poteva supporre che in una casa di cura i giorni fossero tutti uguali.

Diane gli chiese della sua giovinezza, dei giorni lontani in cui a Camino Island usciva in barca con suo padre e bazzicava i pescherecci. Il vecchio si rianimò. Il suo sorriso si allargò e divenne smagliante e negli occhi gli si accese una scintilla. Diane gli domandò se ricordava una giovane donna di nome Lovely Jackson, e lui ci rifletté a lungo. Poi si assopì.

Non esattamente pronto per la deposizione, si disse Diane mentre aspettava paziente.

Quando Herschel riaprì gli occhi, lei gli ripeté la domanda e non ottenne nulla. Dopo aver spulciato l'anagrafe cittadina e i registri di chiese e cimiteri, Diane si era scritta un elenco di afroamericani vissuti a Camino Island durante la permanenza di Herschel. Lei gli faceva un nome e per tutta risposta riceveva uno sguardo vacuo; ci riprovava dando un po' di contesto, se ne aveva, e restava in attesa di qualcosa da annotare. Herschel si sforzava, ma alla fine scuoteva la testa.

«Non è una buona giornata» le mormorò Loyd all'orecchio.

Dopo una lunga ora, Diane era pronta ad arrendersi ed Herschel ad appisolarsi di nuovo. «Si ricorda di un ragazzino che chiamavano Carp?» fu il suo ultimo tentativo.

Il vecchio si grattò il mento, annuì, e infine sorrise. «Oh, sì, lui me lo ricordo» disse piano. «Carp, sì.»

«E lavorava sulla sua barca?»

«Girovagava per il molo, come tanti altri. Era un tipo in gamba.»

Diane fece un respiro profondo. «Ricorda il suo nome completo?» chiese.

«Carp.»

«E il suo cognome?»

«Era uno dei ragazzi di Marvin.»

«Chi era Marvin?»

Un lungo silenzio pieno di aspettativa, e poi: «Marvin Fizbee. Un mio amico. Adesso ricordo».

Diane rammentava di aver letto quel cognome insolito nei meandri di qualche archivio. Lo scribacchiò, come se avesse potuto rischiare di dimenticarlo, e chiese: «Questo Carp era uno dei figli di Marvin?».

«Chi è Marvin?»

Gesù. Quel povero vecchio non avrebbe mai potuto fare una deposizione. «Ha detto che Marvin Fizbee era un suo amico.»

«Sì, infatti. Aveva tanti figli. Carp era suo figlio.»

«E a volte lavorava con lei in barca?»

«Esatto.»

«Si ricorda il nome completo di Carp?». Domanda inutile, ma andava ripetuta.

Herschel scosse la testa e si addormentò.

## 5

Sul volo di ritorno per Jacksonville, Diane cercò online i Fizbee più vicini a Camino Island e ne scovò a Lake City, in Florida, a un'ora di macchina dall'isola. Nessuno si chiamava Marvin e, com'era prevedibile, non c'era traccia di un Carp. Dopo essere atterrata, Diane si mise subito in viaggio e bussò alla porta della prima famiglia Fizbee che individuò, in un quartiere di Lake City che sembrava abitato soprattutto da bianchi. Era bianca anche la Mrs Fizbee che venne ad aprire. Diane le raccontò che stava cercando un testimone per conto di uno studio legale, e grazie al suo sorriso e al suo fascino riuscì a farsi invitare a bere un bicchiere di tè. Mrs Fizbee le illustrò il suo albero genealogico, o meglio, la parte viva, ma la cordiale chiacchierata non portò a niente. Con grande diplomazia, Diane le spiegò che decenni prima a Camino Island vivevano dei Fizbee neri. Mrs Fizbee non ne fu sorpresa, però non ne aveva mai conosciuti. Nei giorni successivi Diane batté con ostinazione ogni possibile pista che conducesse a famiglie nere di nome Fizbee. Ne trovò una vicino a Columbus, in Georgia, che tuttavia non aveva legami con Camino Island. Intuì quasi subito che la gente nera non era entusiasta di parlare con una bianca che lavorava per un avvocato bianco, a prescindere dalle circostanze.

La pista la portò a un'altra famiglia che viveva nei pressi di Huntsville, in Alabama, ma fu un ulteriore buco nell'acqua.

Se c'era mai stato un ragazzino di nome Carp ormai doveva avere più di settant'anni, e per trovarlo ci sarebbe voluto un miracolo.

# 6

Dopo aver dato un lungo preavviso, la seconda settimana di novembre la giudice Salazar convocò quella che definì "un'informale riunione di aggiornamento". Fino ad allora tutti gli scambi tra legali erano avvenuti a distanza ed erano stati cordiali, come succedeva sempre durante le cause affidate alla giudice Salazar. Steven Mahon era all'antica, e benché si fosse battuto contro alcune delle maggiori aziende del paese in processi complicati era orgoglioso di rispettare tanto le regole quanto gli avversari. Mai e poi mai avrebbe dato il cattivo esempio. Anche la sua controparte, Mayes Barrow, era una persona corretta e sapeva bene che la giudice non apprezzava i colpi bassi. A dispetto di quanto ci si poteva aspettare dall'emissario di uno studio prestigioso, il suo collega Monty Martin, di Miami, era un tipo concreto e pragmatico, e sembrava apprezzare l'aria di provincia del vecchio tribunale. Il procuratore generale aveva mandato tre avvocati anche se ne sarebbe bastato uno. Avevano un'aria sicura, prima di tutto perché erano convinti che la rivendicazione della proprietà da parte dello Stato fosse inattaccabile.

Alle spalle dei legali sedevano assistenti e segretari. Diane Krug si era già ingraziata la giudice ed era libera di entrare e uscire a piacimento. Prese posto in un angolo del banco della giuria, una mossa che nessun altro sottoposto avrebbe azzardato. Oltre la sbarra c'erano alcuni spettatori in attesa. Sid Larramore del "Register" sedeva in prima fila sfogliando un giornale, non il suo. Un commesso sonnecchiava in un angolo. Alla scrivania dello stenotipista non c'era nessuno, perché l'udienza era un incontro informale e non richiedeva verbali.

L'assenza della giuria rendeva l'atmosfera più rilassata. Anche la programmazione delle udienze sarebbe stata molto più semplice. La giudice Salazar entrò senza toga da dietro lo scanno e salutò. Chiese a tutti e sei gli avvocati di rimanere seduti, spegnere i cellulari e presentarsi. Diede il benvenuto a ciascuno e lo fece sentire a casa.

Per prima cosa la giudice chiese come stesse procedendo la fase istruttoria. Per il momento non c'era nulla da ridire; i presenti si stavano scambiando più che altro scartoffie, prima di passare alle deposizioni.

«Vostro Onore, vorremmo cominciare dalla deposizione della ricorrente, Lovely Jackson. Ci sembra opportuno che sia la prima a parlare» disse Mayes Barrow.

«Concordo. Avvocato Mahon?»

«Certamente. Posso proporre giovedì prossimo alle nove?»

Tutti, persone molto impegnate, consultarono l'agenda, ma subito annuirono: risolvere in fretta la contesa sul diritto di proprietà era nell'interesse generale. Quando la Tidal Breeze incappava in una denuncia, e succedeva di continuo, schierava legali esperti nell'arte dello stallo e del tirare per le lunghe. Monty Martin, invece, era stato incaricato personalmente da Wilson Larney di andare a processo il più presto possibile.

Steven li guardò per un momento. «Vostro Onore, chiedo che Miss Jackson possa deporre in quest'aula» disse. «Il mio ufficio si trova al primo piano e non è affatto... spazioso, diciamo così.»

«Non c'è problema, avvocato Mahon. Non sarebbe la prima volta che una deposizione preliminare avviene in aula. Qui lo spazio non manca e darò disposizione per organizzare la sicurezza. Obiezioni?»

Non ce n'erano.

Considerato che la fase istruttoria era appena cominciata, la giudice colse tutti di sorpresa proponendo di fissare la data della prima udienza. Aveva una settimana libera a partire da lunedì 18 maggio, e poteva occuparne tre giorni. Con tutto quel tempo davanti non avrebbe tollerato ritardi né richieste di proroga. In altre parole: mettetevi sotto e chiudiamo la faccenda.

## 7

Dopo la riunione, Diane andò ai Docks e parcheggiò di fronte alla casa di Miss Naomi. La trovò insieme a Lovely, in veranda, a godersi la splendida giornata e la brezza leggera. Era l'ora del tè.

Diane estrasse da un sacchetto di carta una bottiglia di plastica di tè alle erbe zuccherato e tre grossi biscotti al cocco di una caffetteria in centro. Ruppe il sigillo e versò il tè in tre tazze di metallo, sempre le stesse. Lovely adorava i biscotti al cocco, e più erano grossi meglio era.

Sapeva che quel mattino gli avvocati avevano visto la giudice e non vedeva l'ora di sentire com'era andata. Diane la aggiornò, disse che non c'erano stati problemi e che la sua deposizione era stata fissata per il giovedì successivo. Le aveva già spiegato l'obiettivo, la procedura e l'importanza delle deposizioni giurate, che permettevano agli avvocati di prepararsi al processo avendone chiaro ogni dettaglio. I legali avevano facoltà di chiederle qualunque cosa, anche non attinente al caso, e ne avrebbero senz'altro approfittato. Spesso le deposizioni si rivelavano semplici espedienti per rovistare nella vita delle parti in causa, ma non c'era di che preoccuparsi. Contava soprattutto farsi trovare preparati, e Lovely lo sarebbe stata. E poi al suo fianco c'era Steven, che aveva già seguito un migliaio di quei procedimenti ed era in grado di tenere a bada la controparte.

«Possiamo fare due chiacchiere?» chiese Diane.

«Stiamo già chiacchierando» rispose Lovely con un sorriso.

«Col registratore acceso?»

«E va bene. Fai sempre un mucchio di domande.»

«È il mio lavoro. La dobbiamo preparare per la deposizione e il confronto con i legali. E poi per il processo, che Salazar ha fissato a maggio.»

Lovely addentò il biscotto senza smettere di sorridere. Annuì e disse: «Sentiamo, cara».

Diane estrasse un sottile registratore digitale e lo posò su un tavolino rotondo. «Allora, l'ultima volta abbiamo parlato dei suoi nonni. Se li ricorda tutti e quattro.»

«Sì, certo. I genitori di mio padre erano Odell e Mavis Jackson. Quelli di mia madre si chiamavano Yulie ed Essie Monroe. La loro gente proveniva da una grossa fattoria in Georgia, la piantagione dei Monroe.»

«Anche loro ex schiavi?»

Lovely si accigliò e abbassò le spalle, forse stanca di ripetere ancora una volta la storia. «Vedi, Diane, a Dark Isle hanno sempre abitato soltanto ex schiavi, o i loro discendenti. Nessuno ci è mai andato a vivere spontaneamente, e la gente dell'isola, la mia gente, preferiva che non ci fossero nuovi arrivi. Non c'era abbastanza da mangiare. La vita era dura. Le donne crescevano i bambini, coltivavano ortaggi, pulivano e via dicendo, gli uomini pescavano e stavano all'erta. Sempre. Quando un bambino compiva dieci anni gli veniva insegnato a tenere d'occhio il mare. Vivevano con il terrore che un giorno i bianchi tornassero a portare guai.»

«Le cose cambiarono con l'abolizione della schiavitù?»

«Ci volle parecchio. Le novità arrivavano sempre tardi. Alcuni degli uomini commerciavano con i neri di Camino e anche sulla terraferma, a Wolf Harbor, ma non c'erano molti contatti.»

«Perché?»

«Perché? Perché avevano paura di ammalarsi. I bianchi erano pieni di malattie di cui i neri non avevano proprio bisogno, e che non erano in grado di gestire. C'era sempre il terrore di beccarsi qualcosa.»

«Anche quando lei era bambina?»

«Negli anni Quaranta e Cinquanta molto meno, ma all'inizio del secolo il vaiolo aveva dimezzato la popolazione dell'isola, da cento abitanti a cinquanta. Tutti persero qualcuno. Ricordo che ne parlavano i miei genitori e i miei nonni.»

Diane scrisse qualche appunto. Ancora una volta si chiese quante storie avesse dimenticato Lovely, e quante ne avesse inventate.

# 7
# L'Old Dunes

## 1

A ovest del fiume Camino l'affollata superstrada correva tra centri commerciali, fast food, concessionarie, autolavaggi, chiese e negozi di catena: la tipica periferia urbana statunitense. I tabelloni pubblicitari reclamizzavano prestiti superconvenienti, avvocati dall'aria minacciosa e una marea di lotti di terreno in vendita. Il settore dell'edilizia era in fermento. Dal giorno alla notte spuntavano di continuo nuovi complessi turistici, nuovi "quartieri", nuove residenze per anziani. I cartelli degli agenti immobiliari intasavano gli incroci. Metà dei furgoni in circolazione appartenevano a idraulici, elettricisti, imprese edili o specialisti in climatizzazione sempre pronti a migliorare la qualità della vita dei residenti.

Non lontano dalla strada principale, nei pressi di una piccola baia, stava prendendo vita l'ennesimo tentacolare residence, l'Old Dunes Yacht and Golf Club. La contea aveva autorizzato il progetto l'anno precedente, e subito i cordoni della borsa degli investitori si erano allentati. Sull'acqua si affacciava già una schiera di ville di lusso. Metà del campo da golf da diciotto buche era pronta. Altre future file di costosi condomini erano ancora dei segni tracciati sul terreno. Era previsto anche un porticciolo turistico con cinquanta attracchi per piccole imbarcazioni. Nell'aria vibrava il suono dei martelli, dei trapani, dei motori e degli schiamazzi di centinaia di operai ben pagati.

L'Old Dunes era una nuova società creata in Florida, con un agente registrato presso uno studio legale a Jacksonville. Era rappresentata da un amministratore delegato di Orlando, che riportava alla casa madre a Houston. A settembre la società texana aveva venduto l'Old Dunes a una società fantasma delle Bahamas, che a sua volta aveva ceduto la proprietà a un'altra compagnia anonima con sede legale nella piccola isola di Montserrat, nei Caraibi. Le acrobazie finanziarie e fiscali di questo genere non erano insolite per la Tidal Breeze. Wilson Larney e i suoi combattivi tributaristi avevano perfezionato da tempo quel giochetto di scatole cinesi, una manovra ai limiti della legalità che coinvolgeva società offshore e banchieri compiacenti. Qualsiasi profitto intascato dalla Tidal Breeze grazie all'Old Dunes sarebbe rimasto fuori dalla portata del fisco. Anzi, il fisco non avrebbe mai conosciuto l'identità del vero proprietario del residence.

Nella contea di Camino nessuno badava al viavai di contratti e scartoffie in posti lontani. Là le tasse si pagavano, si faceva tutto alla luce del sole. Le società immobiliari compravano, vendevano o rivendevano come se niente fosse, e tutto filava liscio. Magari sul "Register" o sul settimanale della contea compariva una minuscola pubblicità legale, ma nessuno la leggeva. L'Old Dunes era solo uno dei tanti cantieri aperti nella Florida settentrionale.

## 2

Lenny Salazar, il figlio della giudice, aveva trentatré anni e viveva con la moglie e due figli piccoli in uno dei tanti quartieri che si erano sviluppati attorno a Jacksonville. Da quattro anni lavorava sodo per far crescere la sua impresa edile, che realizzava piccole case in serie. Nel settore la competizione era alle stelle e i margini di guadagno minimi. Il sogno di Lenny era passare gradualmente alla costruzione di abitazioni personalizzate, molto più redditizie. Per sua sfortuna era anche il sogno di ogni piccolo imprenditore e di qualsiasi manovale da due soldi dotato di pick-up e di martello da carpentiere.

Lenny riusciva a guadagnarci perché seguiva ogni suo cantiere ogni giorno. Arrivava presto per accogliere i manovali e si fermava fino a tardi per pulire. Si stava facendo un buon nome perché rispettava i tempi di consegna e pagava le fatture con puntualità. In questo modo si garantiva i fornitori migliori, la chiave per avere successo nell'ambiente.

I materiali glieli procurava un rappresentante di nome Joe Root, un veterano del settore. Root aveva già visto un migliaio di imprenditori travolti dagli alti e bassi del mercato immobiliare della Florida, ed era convinto che Lenny avesse le capacità giuste per spiccare. Lo trovò su una scala mentre lavorava insieme ai carpentieri e lo salutò. Di tanto in tanto Root passava a farsi vedere dai clienti. Lenny lo seguì fino al ciglio della strada e andarono a sedersi all'ombra dell'unico albero in vista.

«Sono appena tornato da Camino» stava dicendo Root. «Ho avuto una grossa commissione, otto tonnellate di malta fine della Florida. Hai sentito parlare dell'Old Dunes?»

«Mi pare» rispose Lenny. Le società immobiliari erano talmente tante.

«Roba da ricchi, case da milioni di dollari, campo da golf e via dicendo. In una baia non lontana dal ponte, vicino alla vecchia Harbortown.»

«Sì, ho presente la zona.»

«Cercano imprese a cui subappaltare. I proprietari sono texani, credo. Buona reputazione. Finora sono sempre stati puntuali nel saldare le mie fatture.»

«Cosa costruiscono?»

«Appartamenti da due-trecento metri quadri. Tanti.»

Lenny era tutto orecchi. «Riesci a farmi entrare nel progetto?»

«Non saprei, però conosco il tizio con cui devi parlare. Ti lascio il suo biglietto da visita.»

Root gli tese un cartoncino con scritto DONNIE ARMANO, PROJECT MANAGER, OLD DUNES. Indirizzo di Jacksonville. Un numero di telefono.

«Fammi sapere se lo chiami, così ci metto una buona parola. Stanno costruendo come matti e non è la robaccia mediocre che fate qui» disse Root.

La conversazione si spostò quasi subito sul campionato di football universitario. Lenny era un orgoglioso laureato alla University of Florida, Root tifava Florida State. Entrambe le squadre stavano arrancando in classifica, ma si sarebbero incontrate nel finale di stagione. A tutti e due stavano antipatiche le squadre delle università della Georgia e dell'Alabama, e si divertirono a parlarne male per un po'.

Quando Root se ne fu andato, Lenny chiamò Donnie Armano. Fece il nome di Joe Root e di colpo Donnie divenne gentilissimo. Quel pomeriggio Lenny lasciò il cantiere prima del solito, prese l'auto, andò all'Old Dunes e bevve una birra insieme ad Armano nella sua accogliente roulotte-ufficio. Si strinsero la mano per suggellare l'accordo. Una settimana dopo firmarono i contratti. Altre due settimane e gli operai arrivarono sul posto per gettare le prime fondamenta.

Lenny tratteneva a malapena l'entusiasmo e l'emozione. La sua piccola ditta stava per fare un enorme balzo in avanti, e lui non intendeva perdere quell'opportunità. Con un pizzico di fortuna e la sua formidabile etica del lavoro, nel giro di qualche anno sarebbe finalmente riuscito a ingrandirsi.

## 3

In una perfetta giornata autunnale Mercer e i suoi dodici studenti si stavano godendo una lezione all'aperto nel Grove, il parco della Ole Miss, all'ombra di querce bicentenarie. La temperatura si aggirava sui quindici gradi. Dagli alberi cadevano foglie dorate. Nel parco erano sparpagliati altri studenti e professori che avevano ceduto al clima mite. Si erano impossessati dei tavolini da picnic, dei gazebi, dei palchi e del grande tendone, e oziavano sotto gli alberi antichi. Il Grove era in subbuglio per l'ennesimo weekend di campionato di football, quando ventimila fan si sarebbero dati appuntamento nel parco per l'ennesima festa epica. Che perdesse o che vincesse sul campo, quando si trattava di spassarsela la Ole Miss trionfava sempre.

La sfida letteraria del giorno consisteva nel guardarsi attorno e, in quel contesto placido e gradevole, raccontare un conflitto serio descrivendolo in seimila battute, tassativamente con un inizio e una conclusione. Mercer voleva qualcosa di davvero drammatico, magari anche un po' di violenza. Era stanca del monotono egotismo e dell'autocommiserazione che dominavano la scrittura dei suoi allievi.

Mentre gli studenti digitavano sui loro portatili, lei si concentrò sul suo. Diane era in tribunale a Santa Rosa a preparare la deposizione di Lovely. Mercer avrebbe voluto assistere, ma doveva lavorare. E Thomas era tornato a casa dalle sue avventure a caccia del sottomarino e voleva stare un po' con sua moglie. Non aveva trovato il sommergibile russo, ma era convinto di esserci vicino.

Giunta a centoventicinquemila battute, Mercer si era di nuovo bloccata e stava prendendo seriamente in considerazione di cestinare tutto. Thomas stava leggendo le sue pagine proprio quella mattina e lei non era impaziente di conoscere il suo parere.

Alle dieci, le undici a Santa Rosa, Diane le mandò un'email: "Lovely è arrivata e ci stiamo preparando. Per adesso ti saluto. Ci sentiamo quando abbiamo finito".

## 4

Lovely entrò in aula sorridendo, avvolta dal collo ai piedi in una lunga veste rosso brillante. Il turbante d'ordinanza era verde lime, sistemato in modo da formare uno stretto cono che svettava dalla sommità della testa.

Nessun giudice della Florida tollerava cappelli o berretti in aula, e Steven Mahon stava già pensando al processo. Prima che cominciasse doveva parlare dell'abbigliamento di Lovely con la giudice Salazar. Che male poteva fare permettere a Lovely di indossare uno dei suoi turbanti? In oltre quarant'anni di zuffe legali, Steven non aveva mai dovuto litigare per un copricapo.

Se ne sarebbe preoccupato in seguito.

Indicò a Lovely di accomodarsi a un lungo tavolo posizionato di fronte alla giudice. In condizioni normali avrebbe presentato la sua cliente agli avvocati della controparte, ma lei aveva messo in chiaro che non voleva conoscerli. Aveva il dente avvelenato contro quelli che mentivano su di lei e sulla sua isola. Lovely si sistemò a un capo del tavolo, fece un cenno educato alla stenotipista seduta accanto a lei e guardò torva gli avvocati avversari. Entrò la giudice Salazar senza toga e salutò.

Oltre la sbarra, in prima fila, c'era Sid Larramore del "Register". Di solito le deposizioni non erano aperte al pubblico, e Salazar non approvava la sua presenza. I due si conoscevano bene e trascorsero qualche istante a bisbigliare sottovoce. Sid sorrise, annuì riluttante e uscì dall'aula. Per evitare altre visite indesiderate, un agente fu messo a guardia del corridoio.

Diane sedeva da sola al banco della giuria e ticchettava sul portatile. Stava dando la caccia all'ennesimo vecchio fantasma dei Docks, il figlio di un pescatore, o così si diceva, che aveva passato la vita in barca e la cui foto, nel 1951, era apparsa sulla prima pagina del "Register". Diane aveva sfogliato ogni numero del giornale da quando era stato fondato, novant'anni prima, e ormai conosceva la storia degli abitanti dell'isola, bianchi e neri, meglio della signora che presiedeva la società storica del luogo. Ma non aveva ancora identificato il ragazzo di nome Carp. Dovevano trovare lui o un altro testimone che di lì a pochi mesi entrasse in aula a confermare che per anni Lovely aveva visitato l'isola regolarmente. Il problema dell'abbandono di Dark Isle incombeva sempre più minaccioso.

Dopo i convenevoli, la giudice Salazar disse: «Se ci fossero problemi, mi trovate nel mio ufficio. Come da accordi proseguirete fino alle dodici e trenta, poi pausa pranzo e si riprende alle due. Dopodiché la deposizione continuerà finché lo vorrà Miss Jackson. Se non concludete oggi, ci vediamo qui domattina alle dieci».

Steven era oltremodo cauto, per via dell'età della sua cliente. Aveva avvertito gli altri legali che Lovely poteva stancarsi in fretta e che lui non avrebbe tollerato domande aggressive o troppo insistenti. Non che avesse da preoccuparsi. Dopo quattro mesi conosceva abbastanza bene gli avversari da sapere che erano professionisti rispettosi delle regole.

Quando finalmente tutti furono ai propri posti, con il caffè nelle tazze, la porta chiusa e la testimone talmente pronta che appariva annoiata, Steven proclamò che si poteva cominciare.

Lovely fece un respiro profondo e guardò il suo pubblico. Steven Mahon era il più vicino; accanto a lui c'erano Mayes Barrow e poi Monty Martin di Miami. Dall'altra parte del tavolo sedevano tre avvocati della procura generale della Florida, spalleggiati da vari assistenti. Diane osservava tutto dai posti dei giurati. Miss Naomi era in prima fila. Niente male come pubblico.

La testimone giurò di dire la verità. Steven fece qualche osservazione preliminare e cedette la parola a Mayes Barrow, che esordì con un gran sorriso: «Miss Jackson, qual è la sua data di nascita?».

«7 aprile 1940.»

«E il luogo?»

«Dark Isle, non lontano da qui.»

«Ha un certificato che lo attesti?»

«No.»

«Posso chiederle perché?»

«Ero una neonata. Che ne sapevo io delle scartoffie?»

La risposta fu così splendida che tutti la apprezzarono. Il ghiaccio, più che rotto, si era sciolto. Gli avvocati nemici avevano appena avuto prova che quella testimone avrebbe dato filo da torcere.

Mayes, che era un tipo in gamba, non si lasciò scoraggiare. «D'accordo, come si chiamava sua madre?»

«Ruth Jackson.»

«Quanti figli ebbe?»

«Due. Prima io e poi un fratellino che morì quando aveva circa tre anni. Non me lo ricordo. Si chiamava Malachi.»

«Conosce la data di nascita di sua madre?»
«Sì.»
«Me la dice, per favore?»
«Era nata nel 1916. Il 3 gennaio.»
«Luogo di nascita?»
«Lo stesso di tutti gli altri.»
«Ovvero?»
«Dark Isle.»
«In che anno morì?»
«Nel 1958, il 14 giugno.»
«Vedo che le date le ricorda molto bene.»
«Lei se l'è scordato il compleanno di sua mamma?»
Mayes sorrise, incassò di nuovo e ricordò a se stesso di attenersi alle domande. «Va bene, va bene. Quindi aveva solo quarantadue anni quando morì.»
«Esatto.»
«Dove morì?»
«Qui, all'ospedale di Santa Rosa.»
«Posso chiederle la causa della sua morte?»
«Mi sta chiedendo se può farmi una domanda?»
«No, mi scusi. Quale fu la causa della morte di Ruth?»
«Aveva il cancro.»
«Lei dove viveva quando sua madre morì?»
«Giù ai Docks, nello stesso posto in cui vivo adesso. Insieme a un'amica che ci accolse quando lasciammo l'isola.»
«E quando la lasciaste, l'isola?»
«Quando avevo quindici anni. Nell'estate del 1955.»
«E perché la lasciaste?»
Lovely fece una pausa e abbassò lo sguardo. Senza rialzarlo, disse: «Eravamo rimaste solo noi due. Tutti gli altri erano morti. La vita era troppo dura e non potevamo più andare avanti. Un giorno venne sull'isola Jimmy Rae Bone, aveva una barca e di tanto in tanto passava a vedere come ce la cavavamo, e quella volta disse che era arrivato il momento di andarcene, che in città ci aveva trovato un posto dove stare, che era stanco di venire a vedere come stavamo e che tutti quelli che ci conoscevano pensavano che era il momento di abbandonare l'isola. E allora io e la mamma

prendemmo i nostri vestiti e le nostre cose, non molte, e lui ci aiutò a caricare tutto sulla sua barca. E aspettò, mentre andavamo al cimitero a salutare i nostri cari. Fu orribile, dopo tutti quegli anni. Eravamo sconvolte e piangevamo, e la mamma cominciò a parlare in una lingua che non capivo. Stava dicendo addio ai suoi genitori e ai suoi nonni e a tutti fino a Nalla, una delle mie antenate. Erano tutti sepolti là, lo sono ancora». Si interruppe e alzò lo sguardo. «Mi scusi, avvocato. Non stavo rispondendo alla sua domanda» disse.

Steven le aveva ripetuto più di una volta di non farsi sfuggire informazioni non richieste. Di dare risposte dirette, se possibile, ma non una parola di più. Se non capiva una domanda, meglio tacere. In quel caso sarebbe intervenuto lui a chiarire.

«Non c'è problema» la rassicurò Mayes. «Ha risposto. Ora parliamo di suo padre.»

## 5

Per le prime due ore si discusse soltanto di genealogia. Senza servirsi di appunti, Lovely citò i nomi di molti suoi antenati, oltre al periodo approssimativo in cui erano vissuti. Non ricordava tutte le date di nascita e di morte, ma del resto come poteva?

Sembrava avere una memoria impressionante e Barrow le chiese se l'avesse rinfrescata consultando qualche taccuino o diario. Lei spiegò che in passato ne aveva avuti e che li aveva usati durante la scrittura del libro, però poi erano andati persi.

A pranzo Bruce ospitò lei, Miss Naomi, Steven e Diane nella caffetteria al piano superiore di Bay Books. Li fece sistemare a un tavolo appartato e li lasciò soli. Steven bisbigliò che fino a quel momento Lovely era stata un'ottima testimone: pacata, sicura di sé e credibile. Ma stava dando segni di stanchezza.

# 6

Ai vecchi tempi una deposizione veniva "verbalizzata" da un impiegato del tribunale usando il classico metodo della stenografia o la più moderna macchina per stenotipia. Dopo aver stilato il documento, l'impiegato lo traduceva in una forma leggibile scrivendo ogni parola a macchina. A volte, per avere un verbale gli avvocati dovevano aspettare settimane.

Oggi però la tecnologia era così avanzata che le voci dei testimoni e degli avvocati venivano catturate e stampate in tempo reale. Una deposizione non diventava ufficiale finché il testimone non la rileggeva e firmava, ma non era insolito che, persino se si trattava di un centinaio di pagine, nel giro di poche ore gli avvocati ne ottenessero dalla stenotipista una copia ufficiosa tramite email.

Diane ricevette la sua entro le cinque di quel pomeriggio, e anche se in teoria non avrebbe dovuto farla leggere a nessuno finché non fosse stata approvata la inoltrò a Mercer. Quella sera ne discussero confrontando i dati. Più ne parlavano, più le preoccupava. Tra il libro di Lovely e la sua deposizione c'erano un mucchio di discrepanze: date, nomi ed eventi sbagliati.

Steven e Diane avevano insistito perché Lovely rileggesse il libro per rinfrescarsi la memoria, ma non sapevano se lo avesse fatto. Evidentemente no. Aveva pubblicato *L'isola degli schiavi* a sue spese dieci anni prima, almeno cinquant'anni dopo aver lasciato Dark Isle, e la sua memoria era palesemente annebbiata. Ma come faceva un'ottantenne a ricordare i nomi dei suoi antenati senza consultare degli appunti? Lovely ci aveva provato, però c'erano troppi errori.

A un certo punto della deposizione, Lovely aveva descritto il cimitero in cui riposavano i suoi cari. Era una grossa area squadrata su un'"altura", circondata da uno steccato di grossi tronchi legati con funi e rampicanti. Dentro c'erano molte tombe, alcune risalivano al Diciottesimo secolo. "Dove altro potevamo seppellire le persone?" aveva chiesto. Sull'isola non c'erano rocce né pietre, e come segni di riconoscimento spuntavano dal suolo piccole croci di legno con intagliati i nomi dei defunti. Nel corso del tempo le croci erano sbiadite, marcite e scomparse, ma le ossa erano ancora lì. Da ragazzina, Lovely aveva guardato gli uomini costruire una bara semplice per suo nonno, e aveva pianto quando lo avevano calato nella terra. Sapeva perfettamente in quale punto si trovava. Tutti gli abitanti dell'isola partecipavano a ogni sepoltura, anche i bambini piccoli. Lei e gli altri avevano appreso da subito il concetto di morte. In Africa non era una cosa di cui avere paura e spesso i defunti si risvegliavano sotto forma di spiriti, persino di fantasmi.

Durante il processo, lo Stato – e con lui la Tidal Breeze – avrebbe cercato di screditare la sua storia e dichiarare che non c'erano prove di quello che lei aveva detto nel libro o durante la deposizione. Non c'erano atti ufficiali che attestassero la presenza di qualcuno su Dark Isle. Nessuna prova che ci fossero mai stati un insediamento, edifici, strade, cimiteri: nient'altro che le dubbie storie di un'anziana.

L'avrebbero dipinta come un'opportunista che, manovrata da altri, avanzava false pretese. Gli avvocati della Tidal Breeze si erano lasciati sfuggire troppi commenti confidenziali al riguardo, e secondo Steven Mahon sospettavano che dietro la causa legale ci fosse proprio lui, deciso a bloccare la costruzione del resort mettendo in campo le rivendicazioni di Lovely.

Quando Mercer lesse la deposizione per la seconda volta si sentì stringere lo stomaco. C'erano troppe incongruenze tra ciò che Lovely aveva scritto e ciò che ricordava. Al processo, gli avvocati l'avrebbero fatta a pezzi.

## 7

Un vantaggio dell'insegnare scrittura creativa era che gli esami finali in aula non erano obbligatori. Se Mercer lo voleva, e sceglieva sempre questa opzione, poteva chiedere agli studenti un ultimo racconto di circa ventimila battute da consegnare entro il 1° dicembre. Dopodiché non aveva molto altro da fare che leggere quei dannati scritti e assegnare i voti. Il 2 dicembre lei e Thomas lasciarono Oxford per un mese di vacanza al mare. Era ancora decisa a ritinteggiare di persona il cottage e risparmiare ventimila dollari, ma suo marito sembrava poco convinto.

Thomas non si vedeva proprio appollaiato su una scala, col pennello dalla parte sbagliata, sotto il sole, per un mese. Non aveva molta esperienza con i lavoratori a contratto, se così si chiamavano, e stava escogitando un modo per risparmiarsi la fatica. Non aveva ancora trovato il sottomarino russo, ma all'Istituto navale di Annapolis c'erano dei documenti che forse valeva la pena di esaminare. Il suo articolo era partito col piede sbagliato e non aveva preso slancio.

Per fortuna, appena arrivarono a Camino cominciò a piovere: tinteggiare era fuori discussione. Da molti anni nessuno addobbava più il cottage sotto Natale, e Mercer insistette perché preparassero l'albero e mettessero qualche luce e alcune ghirlande. Per festeggiare invitarono a cena Myra, Leigh, Bruce e Noelle, e due sere dopo furono tutti ospiti nella bellissima casa di Amy Slater. Andavano ogni giorno in libreria e sorseggiavano latte macchiato leggendo gli ultimi racconti degli studenti di Mercer.

Passato il maltempo, lei annunciò che era arrivato il momento di tinteggiare. Trascinò Thomas al negozio di ferramenta e impiegò due ore per scegliere il colore giusto: «Perché non la facciamo bianca e basta?» le chiese lui più di una volta, e quando infine si beccò un'occhiataccia andò a cercarsi qualche trappola per topi da studiare. Alla fine Mercer optò per un "azzurro polvere"; Thomas lo trovava bianchissimo, ma non commentò. Lei ne comprò venti litri e ne ordinò altrettanti. Il negoziante disse che ci sarebbero voluti due strati per via dell'aria salmastra, e Thomas si chiese quante volte avesse usato quella frase per vendere più vernice. Ma ancora una volta si morse la lingua e cominciò a caricare in macchina l'occorrente: vernice, pennelli, rulli, bacinelle, bastoni allungabili, carta vetrata, una smerigliatrice, mastice, stucco, raschietti, teli protettivi e due scale pieghevoli. Non aveva mai usato nessuno di quegli strumenti, e comunque dubitava che sua moglie li sapesse maneggiare.

Il costo del primo carico ammontava a quasi tremila dollari e Thomas si chiese, ancora una volta, se fosse davvero più economico fare tutto da sé.

Il mattino seguente si svegliarono presto, con il cielo limpido e la temperatura attorno ai dieci gradi. Perfetto per tinteggiare, secondo Mercer, che finalmente confessò che la sua unica esperienza con i pennelli era stata ritoccare qua e là un lercio appartamento di Chapel Hill in cui aveva abitato. Adesso, però, in qualche modo era diventata un'esperta. Decise di cominciare dalla facciata che dava sulla strada, lontano dal sole mattutino. Thomas borbottò e andò a prendere l'attrezzatura.

## 8

L'isola era addobbata per Natale e il clima fresco contribuiva a creare un'atmosfera di festa. Quando il meteo di Jacksonville annunciò il possibile arrivo di una leggera perturbazione entro un paio di giorni, l'intera Camino perse la testa e si preparò a una bufera di neve. I negozi di alimentari erano affollati di gente terrorizzata dall'idea di restare senza scorte. Una coppia del Minnesota in pensione tirò fuori dal garage il suo vecchio spazzaneve, chiamò un giornalista del "Register" e si fece mettere in prima pagina.

Bay Books diede la sua classica festa pomeridiana della vigilia, con cibo e bevande per tutti i gusti e tutte le età. Babbo Natale ascoltava le richieste e posava per le fotografie, prima di scappare a casa a prepararsi per la grande serata. I bambini, euforici, agguantavano un libro dopo l'altro chiedendo alle madri di comprarglieli. Bruce, Noelle e il personale indossavano maglioni a tema e cappelli da elfo e si dedicavano alla clientela. Con la neve in arrivo e il primo Natale imbiancato della storia virtualmente garantito, i clienti erano infagottati come sulle piste da sci del Vermont.

Erano davvero in Florida?

Il momento clou fu la lettura delle quattro organizzata al piano di sopra, nella caffetteria in cui si facevano i firmacopie. Bruce aveva spostato i tavoli contro le pareti ed era riuscito a farci stare duecento sedie. Tre scrittori del posto e due studenti delle scuole superiori lessero racconti natalizi.

Mercer, la più nota del gruppo e la preferita dal pubblico, lesse un brano che aveva impiegato molti anni per scrivere. Si intitolava *Quasi un bianco Natale*, e lei garantì che era una storia vera. Spiegò che da bambina trascorreva ogni estate a Camino Island con la sua adorata nonna, Tessa, che ci viveva tutto l'anno da sola. Per vari motivi, la sua infanzia non era sempre stata piacevole, e quand'era a scuola Mercer non vedeva l'ora che fosse estate per tornare da Tessa. Senza dubbio i momenti più belli dell'infanzia li aveva vissuti sulla spiaggia insieme alla nonna. Un Natale sua madre ebbe dei problemi di salute e fu ricoverata in ospedale, perciò l'atmosfera in casa era piuttosto lugubre. Mercer e sua sorella costrinsero il padre ad accompagnarle sull'isola per le vacanze. Tessa le accolse con calore e si misero subito a addobbare l'albero e a dedicarsi ai rituali delle feste. Due giorni prima di Natale il clima si fece freddo e ventoso e di colpo sembrò che stesse per nevicare, un'esperienza che neanche Tessa aveva mai vissuto in tanti anni sull'isola.

«Proprio come adesso» disse Mercer, incalzando il pubblico. In quel momento a Santa Rosa c'erano sette gradi e il vento, le possibilità che nevicasse stavano diminuendo, ma nessuno voleva crederci.

Tornando alla sua storia: alla vigilia Tessa portò le ragazzine alla messa pomeridiana. Quando uscirono dalla chiesa videro il cielo scuro, ma niente neve. Prima di dormire lessero qualche racconto, aprirono i regali e prepararono latte e biscotti per Babbo Natale. Il mattino dopo si svegliarono presto e guardarono fuori dalla finestra sperando di vedere la coltre bianca, ma non c'era nulla.

Durante la colazione a base di pancake e salsicce, Tessa raccontò alle nipotine che, secondo gli anziani dell'isola, una nevicata consistente si verificava una volta ogni cinquant'anni, e non c'era mai stato un bianco Natale. Loro rimasero deluse, ma vivevano a Memphis ed erano abituate agli inverni miti. Dopo colazione si infagottarono e seguirono Tessa sulla passerella fino alla spiaggia. Doveva controllare le uova di tartaruga. Quando arrivarono, videro qualcosa di strano. C'era l'alta marea, con forti raffiche di vento e onde veloci e potenti. Le loro lunghe creste di densa schiuma bianca coprivano la sabbia e si infrangevano contro la prima fila di dune. Il vento che spazzava la spiaggia sferzava la schiuma formando nuvolette e mulinelli. Le ragazzine strillavano di gioia, scalciavano la schiuma e cercavano invano di afferrarla. La spiaggia ne era coperta a perdita d'occhio.

Tessa si fermò, aprì le braccia e disse: "Avete visto? Dopotutto è quasi un bianco Natale".

Le uova di tartaruga dovettero aspettare. Corsero al cottage, dove Tessa teneva la macchina fotografica.

Thomas porse a Mercer la fotografia ingrandita in bianco e nero di lei e sua sorella immerse fino alle ginocchia in quella che sembrava neve. Mercer la mostrò al pubblico. «Natale 1997» disse. «Che ci crediate o no, è proprio la nostra spiaggia.»

Il pubblico ammirò la foto e se la passò di mano in mano.

«Quanto durò la neve?» scherzò Bruce.

«Un paio d'ore» rispose Mercer, e tutti risero.

«In realtà ho le prove che qui ci fu davvero una grossa nevicata, molti anni fa» aggiunse. «Una bambina che all'epoca viveva in questa zona è ancora tra noi e mi ha raccontato che la neve arrivava quasi alle ginocchia.»

Tacque e si guardò attorno. Ovviamente nessuno le credeva. Fece cenno a Lovely di alzarsi dalla sua sedia in prima fila e di unirsi a lei. «Vi presento Lovely Jackson, che abita ai Docks. Alcuni di voi la conoscono perché dieci anni fa ha pubblicato un libro sulla sua vita. Anche lei ha una storia da raccontarvi.»

Lovely sorrise e si guardò attorno senza scomporsi, come se salisse su un palco ogni sera. «Grazie per avermi invitata, Mercer, e grazie a Bruce per questa bella festa.» Parlava con lentezza, dando il giusto peso a ogni sillaba. Guardava in faccia uno per uno gli spettatori. Sorrise a Diane, in terza fila.

«Sono nata a Dark Isle nel 1940, perciò probabilmente oggi sono la più anziana, qui. Quando avevo cinque anni una grossa tempesta si abbatté sull'isola. Era inverno, e come sapete qui a volte fa freddo. Non avevamo la radio, e nel 1945 non avevamo mai sentito parlare della televisione. Non c'era l'elettricità, sulla mia isola. Perciò non avevamo mai sentito parlare neanche delle previsioni del tempo: semplicemente, non ce ne preoccupavamo. Prendevamo le cose come venivano. Un pomeriggio tardi faceva molto freddo e cominciò a nevicare. I miei genitori, che avevano una trentina d'anni, non avevano mai visto la neve. All'inizio eravamo tutti emozionati, proprio come ora, ma quella fu una nevicata seria. Divenne via via più fitta, con fiocchi sempre più grossi. Ben presto cominciò a coprire tutto. Eravamo poverissimi e non portavamo le scarpe, perciò non potemmo fare altro che restare in casa, dove i nostri genitori e i nostri nonni accesero i camini e prepararono la cena. Mio nonno, Odell Jackson, ci raccontò la storia della sua prima e unica nevicata. Accadde quando aveva circa quindici anni, quindi attorno al 1890. Nevicò abbastanza da coprire il suolo, e il mattino successivo spuntò il sole. La neve si sciolse in fretta. A lui non piaceva la neve, tra la mia gente non piaceva a nessuno, perché erano discendenti di schiavi africani e laggiù di neve non ce n'è.»

La folla ascoltava in silenzio, concentrata su ogni parola. Mercer trovava magnifiche la presenza e la compostezza di Lovely. Dubitava che avesse mai parlato di fronte a un pubblico così numeroso, eppure era a suo agio, placida e niente affatto intimidita.

«Il mattino seguente, quando ci alzammo e guardammo fuori dalla finestra fummo stupefatti dalla neve» proseguì Lovely. «Aveva smesso di nevicare e il cielo era limpido, ma tutto era coperto da uno splendido strato bianco, come se una grossa nuvola si fosse posata sull'isola. Uscimmo. Faceva ancora molto freddo. Come ho detto, ero una bambina, avevo solo cinque anni, perciò la neve mi arrivava quasi alle ginocchia. Probabilmente fu la più grossa nevicata che ci sia mai stata qui.»

Sorrise a Mercer, fece un cenno al pubblico e disse: «Grazie per aver ascoltato la mia storia. E grazie per avermi invitata. Buon Natale a tutti».

Un bambino sui dieci anni alzò la mano e domandò impaziente: «Quell'anno Babbo Natale è venuto?».

Lovely ridacchiò e fece un gran sorriso. «Be', all'epoca a Dark Isle non avevamo Babbo Natale. Anche se non è molto lontano da qui, era un mondo completamente diverso. Era stata colonizzata da ex schiavi, quasi tutti provenienti dalle piantagioni della Georgia. Avevano imparato l'inglese e alcuni erano cristiani, perciò ogni anno celebravamo una piccola messa di Natale nella nostra chiesetta. Ma come ho detto eravamo poveri e non c'erano regali o roba del genere.»

I bambini si scambiarono sguardi increduli. «Se volete conoscere il resto della storia di Lovely, vi consiglio di leggere il suo libro. È un bellissimo racconto della sua vita sull'isola» intervenne Mercer.

## 9

Dopo la festa, Mercer, Thomas e Diane andarono a bere qualcosa in un locale di Main Street a un paio di isolati dalla libreria. Diane non voleva tornare in Tennessee per le vacanze, quindi bighellonava per l'isola. Mercer l'aveva invitata a cena quella sera a casa loro, dove sui fornelli li aspettava un pentolone di gumbo.

Thomas prese una bottiglia di vino dal bancone e riempì tre bicchieri.

«Forse abbiamo un problema» esordì Diane.

«La nevicata» disse subito Mercer.

«Esatto. È una bellissima storia, ma non sono sicura che regga. Qui la neve fa scalpore, giusto? Secondo il "Register", l'ultima nevicata degna di questo nome risale al 1997. C'era una foto in prima pagina. L'articolo prosegue elencando le principali nevicate a Camino Island. Il record fu nel 1932, otto anni prima della nascita di Lovely. E secondo la stazione meteorologica caddero esattamente tredici centimetri di neve, non abbastanza da arrivare alle ginocchia di un bambino. Ovvio, anche quella fu una notizia da prima pagina, e sul "Register" c'era una grande foto dello scalo ferroviario imbiancato. Al Renfrow's Café ne tengono una stampa appesa alla parete sul retro, vicino alla cucina. La si trova anche in parecchi libri di storia locale.»

«E non mi pare che nelle memorie di Lovely si parli di una nevicata» aggiunse Mercer.

«È l'ennesimo problema. Non se ne parla, ma in fondo lei non era obbligata a farlo. Non c'è una regola fissa, giusto?»

«Immagino di no.»

«Però un aneddoto del genere avrebbe meritato di comparire nel libro.»

«Magari se l'è dimenticato» suggerì Thomas.

«Sì, e non ci sarebbe nessun problema, se non che Lovely sta dimenticando un mucchio di cose. Ho analizzato la sua deposizione parola per parola e l'ho confrontata con le sue memorie. Ho disegnato diagrammi, creato tabelle e cronologie, e finora ho trovato almeno una decina di incongruenze o discrepanze o come volete chiamarle. Nomi, date, eventi» spiegò Diane.

«Hai paura che nel libro non dica la verità?» chiese Mercer.

«Sì, in alcuni passaggi. E poi ha ottant'anni, perde colpi. È normale. Il problema però, ed è un problema serio, è che gli avvocati della controparte troveranno le stesse incongruenze, sempre che non l'abbiano già fatto. E Lovely non ha più gli appunti che ha usato quando ha scritto quel maledetto libro. Che adesso potrebbe danneggiare seriamente la causa.»

«Ma non dubiti che sia vissuta su Dark Isle, vero?» chiese Mercer.

«No, quella parte è credibile, se la giudice vuole crederci. Il problema è che ammette di essere andata via dall'isola, o di averla abbandonata, nel 1955. E per ora nessun testimone può confermarci che tornava periodicamente a pregare al cimitero.»

«Da non avvocato» intervenne Thomas «per me il problema maggiore è che per quasi settant'anni lei non ha mosso un dito, finché non è arrivato un immobiliarista a reclamare l'isola. Allora sì che è corsa a rivendicare la proprietà. Perché non l'ha fatto decenni prima, se le sta davvero così a cuore?»

«Forse perché non si sentiva minacciata» ipotizzò Mercer.

«Okay, forse, ma perché adesso ci tiene così tanto? Non lo dico con cattiveria, però ha i giorni contati. Ha una bella vita tranquilla ai Docks: perché dovrebbe importarle di quello che succede all'isola?»

«La sua gente è sepolta laggiù» rispose Diane.

«Siamo sicuri? Anche se fosse vero, è probabile che non ci sia più nessuno. Quello che Leo non ha distrutto, l'ha spazzato in mare.»

«A te non importa che fine farà l'isola?» gli chiese Mercer, con uno sguardo burbero.

«Ma sì, certo. Non voglio che si riempia di cemento. Vorrei che fosse preservata così com'è, magari con un memoriale dedicato agli schiavi.»

«Come no. Molto probabile che succeda, per come vanno le cose ultimamente in Florida» commentò Diane.

Tutti e tre bevvero un sorso di vino e fecero un bel respiro. Nel locale entrò un altro gruppetto di festaioli che si portò dietro una folata di aria fresca. Thomas, che era dell'Ohio e indossava sandali senza calze, trovava divertente tutto quell'entusiasmo per il "freddo" e la possibilità che nevicasse.

Quando l'ambiente tornò più o meno silenzioso, Diane si rivolse a Mercer: «Tutte e due abbiamo passato delle ore con Lovely, eppure io non so nulla degli appunti. Tempo fa diceva di averli usati per scrivere le memorie. Adesso sostiene di averli persi. A te ne ha mai parlato?».

«Gliel'ho chiesto, ma non ho ottenuto niente. Quanto sono importanti?»

«Non possiamo saperlo finché non li leggiamo. Quando ha saputo che potevano finire nelle mani della controparte si è spaventata. Una volta ne ho parlato anche con Miss Naomi, che sostiene di non saperne nulla.»

«Siamo sicuri di volerli leggere?» intervenne Thomas.

«Chissà. Steven e io non sappiamo cosa pensare. Se li vediamo, saremo costretti a consegnarli alla Tidal Breeze. E se fossero pieni di incongruenze? Mettiamo che smentiscano le sue memorie, o la sua deposizione. Ci sono buone probabilità che incasinino tutto.»

Quando videro che la bottiglia era vuota concordarono che era meglio uscire prima di rimettersi a bere. Si ritrovarono al cottage di Mercer, dove il pentolone di gumbo era pronto sui fornelli. Mercer accese il fuoco e affettò una baguette, mentre Diane condiva l'insalata e Thomas sceglieva un altro vino.

L'obiettivo era tirare mezzanotte, ma non ci arrivarono. Alle undici Thomas uscì in veranda per vedere se nevicava, ma non c'era niente. Lui e Mercer si ritirarono in camera da letto e Diane si rintanò sotto una coperta sul divano.

## 10

A metà mattina il cielo era limpido, il sole alto, Babbo Natale era passato e nella Florida settentrionale le cose erano tornate alla normalità.

La giudice Salazar viveva da sola in un quartiere residenziale privato sulla terraferma, a una decina di chilometri da Camino Island, accanto a un laghetto in una zona che fino a pochi anni prima era stata quasi rurale. Adesso le strade erano congestionate. I suoi vicini si lamentavano, ma in fondo non erano anche loro a causare il problema?

Salazar aveva cinquantasette anni ed era stata eletta sei anni prima in una gara all'ultimo voto. La scadenza del mandato, con tutto lo stress legato alla campagna elettorale, era dietro l'angolo. Lei, come la maggior parte dei giudici in carica, era ormai convinta che le elezioni non fossero una buona idea. Avrebbe preferito che l'incarico giungesse per designazione, e che il mandato durasse quattro anni. Ma per il momento la situazione era un'altra, e per fortuna non aveva tempo di preoccuparsi delle prossime votazioni. Aveva l'agenda piena. Amava il suo lavoro e gli avvocati con cui aveva a che fare la stimavano molto.

Il suo primo marito se n'era andato da tanto e proprio non le mancava. Suo figlio Lenny abitava ad appena mezz'ora da lì, e lei vedeva spesso sia lui che sua moglie Alissa, soprattutto adesso che avevano due bambini. La giudice Salazar era ancora incredula della rapidità con cui i due piccoletti l'avevano conquistata e le erano entrati nel cuore. Quando arrivarono per il pranzo di Natale la nonna Sally – come l'avevano affettuosamente soprannominata – li stava aspettando con un'altra serie di regali e giocattoli. Nel giro di pochi minuti il suo soggiorno era sottosopra, invaso dalla carta da pacchi e dalle scatole. Al centro, seduta sul pavimento c'era lei, che si divertiva un mondo e riviveva i giorni in cui a essere rapiti dalla magia del Natale erano i suoi figli. Quando riusciva a far stare fermi i bambini leggeva storie di Natale sotto l'albero, cucinava biscotti allo zenzero e trovava altri regali da spacchettare.

I tre adulti guardavano i bambini giocare e intanto sorseggiavano sidro caldo e parlavano del tempo. La neve si era avvicinata più di quanto ci si aspettasse. Qualche perturbazione sporadica era stata segnalata qua e là nella Georgia meridionale, abbastanza vicino da farli sperare che l'anno successivo arrivasse anche lì. Alissa era del Maryland e sentiva la mancanza di qualche nevicata, ma non per questo aveva intenzione di tornarci. Faceva l'insegnante e si era presa un paio d'anni sabbatici per stare con i bambini. Lei e Lenny tiravano la cinghia, però c'erano buone notizie. Lui era finalmente riuscito ad approfittare del boom edilizio e aveva appena ottenuto il suo primo appalto importante.

Riguardo all'Old Dunes Lydia aveva letto qualcosa sul giornale o in rete, ma non gli aveva dato peso. Nel suo mondo la nascita dell'ennesimo complesso residenziale non era un evento degno di attenzione. Per lei l'importante era che Lenny avesse firmato un contratto per costruire almeno otto palazzine di lusso nella seconda fase di sviluppo dell'Old Dunes. L'enorme nuovo quartiere avrebbe potuto dargli lavoro per anni, mentre irrobustiva la sua impresa. Erano così ottimisti riguardo al futuro che stavano già parlando di trasferirsi più vicino ai cantieri.

E più vicino a lei!

Dopo un lungo pranzo a base di tacchino, purè di patate

e pietanze varie caricarono i bambini in auto e con nonna Sally seduta dietro in mezzo ai nipotini andarono in direzione est verso la costa. Il cancello all'entrata dell'Old Dunes era chiuso, ma Lenny sventolò un pass elettronico davanti al sensore. Le strade erano state asfaltate mesi prima. I marciapiedi e i canali di scolo erano finiti. Decine di edifici erano in varie fasi di costruzione: appartamenti, condomini, villette a schiera, grandi case signorili, una piazza centrale circondata da futuri negozi, il porto per le imbarcazioni più grosse e quello turistico. Lenny indicava qua e là, felicissimo di essere coinvolto in un progetto tanto ambizioso. Si fermò con orgoglio di fronte al primo edificio che stava costruendo, una spaziosissima palazzina elegante dal valore di mercato di quasi un milione di dollari. E lui non vedeva l'ora di aggiungerne altre alla lista.

Seduta tra i bambini che sonnecchiavano, la giudice Salazar non poté non esserne entusiasta. Dopo aver fatto tanti sacrifici per mettere in piedi la sua piccola impresa edile, Lenny costruiva abitazioni da un milione di dollari. E lei avrebbe potuto passare più tempo con i nipotini.

## 11

Dopo aver fatto pochissimi progressi con la tinteggiatura della casa, Mercer non ci stava a rimandare i lavori di un altro giorno, e pazienza se era Natale. Thomas si impuntò e minacciò uno sciopero. Il suo cellulare diceva che c'erano otto gradi, due in meno della soglia minima concordata. Invece di bisticciare, decisero di fare una lunga passeggiata e godersi il pomeriggio.

I giorni più miti sarebbero arrivati presto. Di tempo per ridipingere ce n'era. Perché avere fretta? Dopotutto erano in vacanza, no?

# 8
# Pressioni indebite

## 1

Il primo lunedì di marzo la giudice Salazar convocò l'incontro trimestrale con gli avvocati per aggiornarsi sulle cause pendenti, programmare udienze e processi e controllare lo stato delle tante tutele e custodie legali di sua competenza. Considerato che tutto era ormai digitalizzato e consultabile online, era più una specie di rito, il residuo di un'epoca più semplice in cui gli avvocati amavano radunarsi nella grande aula giudiziaria il lunedì mattina presto con caffè e dolci per scambiarsi pettegolezzi e darsi delle arie. Salazar si aspettava che i legali partecipassero, anche se la presenza non era più obbligatoria. Aggiornata la riunione, giudici e avvocati uscivano dal tribunale e ne tenevano un'altra nella sala privata di un ristorante di lusso. Alcuni proseguivano i lavori anche dopo il pranzo, in un bar dall'altra parte della strada.

Quando la giudice Salazar chiamò a comparire i legali coinvolti nella causa "Istanza di Lovely Jackson", Steven Mahon e Mayes Barrow si alzarono in piedi. Un gruppetto di spettatori assisteva all'incontro con poco interesse.

In prima fila c'era Sid Larramore del "Register". Al momento si trattava della causa più interessante dell'isola, ma da un paio di mesi Sid non riusciva a raccogliere nuovo materiale. Le lettere al direttore, al riguardo, si erano fatte sempre più rare e l'interesse generale era scemato. Alcuni residenti erano tacitamente a favore di Panther Cay per l'impulso economico che avrebbe dato all'isola, ma Camino Island era ancora un posto conservatore in cui la maggior parte della gente si diceva credente e praticante. Il gioco d'azzardo non era visto di buon occhio. Poi sarebbe stata la volta della prostituzione? E della droga? La maggioranza, almeno secondo Sid, si opponeva alla cementificazione della zona.

Gli avvocati convennero che la fase istruttoria stava andando bene ed entrambi prevedevano che il processo, fissato per il 18 maggio, non avrebbe subito ostacoli o ritardi.

La giudice Salazar li ringraziò e passò alla causa successiva. La mattinata si trascinava lenta. Steven restò nei paraggi e decise di partecipare al pranzo con i colleghi, cosa che faceva più o meno una volta all'anno. Alle 11.30 la giudice aggiornò la seduta e invitò gli avvocati a trovarsi al ristorante in fondo alla via.

All'entrata del locale, Steven seguì come un'ombra la giudice e riuscì a sedersi accanto a lei. La conversazione fra trenta avvocati riuniti in una sala da pranzo non poteva non essere animata. Quasi tutti parlavano mangiando, e discutevano sia dei loro ultimi, emozionanti processi sia del torneo universitario di basket. La riunione si concluse con l'intervento di un avvocato di Jacksonville alle prese con una montagna di denunce per immigrazione clandestina, che riuscì a tenere viva l'attenzione per una decina di minuti. Purtroppo andò avanti per un'altra mezz'ora. Appena finì di parlare, i presenti praticamente fuggirono dalla sala.

La giudice Salazar si rivolse a Steven: «Va di fretta?».

«No, è un lunedì abbastanza tranquillo.»

«Ha tempo per un caffè?»

«Certo. Ci penso io.»

«Per me nero, grazie.»

«Magari prendo una fettina di torta al caramello. La vuole anche lei?»

«Ottima idea, ma piccola, mi raccomando.»

Quando la sala da pranzo fu vuota, girarono le sedie per

guardarsi in faccia e mangiarono il dessert. Dopo un paio di bocconi, la giudice ruppe il silenzio: «Ho rivisto tutto il materiale del caso di Dark Isle e trovo che nella storia di Lovely ci sia qualcosa che non va. Ho letto il libro e studiato la deposizione. Certamente saprà anche lei che ci sono molte discrepanze».

Steven aveva sperato in un faccia a faccia con Suo Onore per chiederle con discrezione di autorizzare un sopralluogo sull'isola. Gli sarebbe piaciuto mandare degli specialisti a cercare il cimitero; se lo avessero trovato, si sarebbero potuti prelevare campioni di resti umani per fare un test del DNA. Se il materiale genetico di quelle vecchie ossa avesse avuto una corrispondenza con quello di Lovely, sarebbe stata la conferma che le parti importanti della sua storia erano vere. Steven continuava a crederle, ma la Tidal Breeze e i suoi avvocati stavano sollevando un mucchio di dubbi. Una spedizione nella giungla non poteva prescindere dal benestare della giudice.

Questa, però, era una svolta imprevista. In teoria era inaudito che un giudice si esprimesse in privato su una causa pendente. Steven era un habitué delle aule federali e aveva poca esperienza con i tribunali di provincia. Nessun giudice federale avrebbe mai preso in considerazione di parlare di un caso in via ufficiosa. Forse in Main Street le regole erano diverse, però ne dubitava.

Allibito e guardingo, non sapeva cosa rispondere. «Be', forse a ottant'anni non ha più una memoria di ferro» azzardò.

«Lei pensa davvero che sia vissuta laggiù? E tutte quelle storie sulla sua famiglia? Quello che mi lascia perplessa è che non ha rivendicato l'isola finché non si sono fatti vivi quelli della società immobiliare. Ha aspettato più di sessant'anni, se vogliamo credere alla sua storia. E come le sarebbe venuto in mente di ingaggiare proprio un avvocato ambientalista?»

Suo Onore non credeva alla storia di Lovely, su questo non c'erano dubbi. Steven, frastornato, cercò affannosamente qualcosa di innocuo da dire. Non tanto per discutere, ma per scoprire fin dove si sarebbe spinta la giudice. «Ah, io le credo» disse. «Perché mai una donna della sua età dovrebbe mettersi in una situazione del genere?»

«Per soldi?»

«Non penso che sia la sede giusta per parlarne».

«Ha ragione. Non avrei dovuto sollevare la questione. È che non sono tranquilla, tutto qui.»

Steven addentò la torta e masticò lentamente. Visto che la giudice era così loquace avrebbe voluto darle corda, ma non gli veniva in mente più nulla di adeguato da dire.

«Fingiamo che questa conversazione non sia mai avvenuta» propose lei.

«D'accordo.»

Che pia illusione. La giudice aveva già deciso il verdetto. E come se non bastasse, Steven aveva la netta e disturbante sensazione che Salazar sospettasse che lui e gli altri ambientalisti stessero usando Lovely come baluardo contro Panther Cay.

Teso e sbigottito, si scusò e se ne andò goffamente. L'uscita della giudice fu altrettanto imbarazzata. Steven svoltò un angolo e scomparve in un viale. Quando calcolò che la giudice doveva essere tornata al palazzo di giustizia, rientrò in ufficio. Diane era al suo tavolino in cucina. «Tieniti forte» le disse. Lei capì al volo che qualcosa non andava.

«Sei pallido» gli disse.

«Andiamo a fare un bel giro in macchina.»

## 2

Da una quindicina d'anni Noelle vendeva pezzi d'antiquariato francese e mobili antichi all'amica Aurelia Snow, un'adorabile signora che viveva a quattro isolati di distanza dal suo negozio in una delle tante, splendide villette vittoriane nel centro di Santa Rosa. La sua casa era l'unica in cui Noelle avrebbe voluto vivere; presto sarebbe stata messa in vendita, ma Bruce aveva chiarito subito di non volersi trasferire per nessuna ragione. Praticamente ogni tappeto, lampada, lampadario e mobile era arrivato dalla Provenza attraverso il negozio d'antiquariato di Noelle in Main Street, di fianco a Bay Books. La casa era piena zeppa di armadi antichi, tavolini da degustazione, chaise longue, letti a baldacchino, vetrinette, credenze, toelette e molto altro, selezionato appositamente da Noelle per ogni stanza e angolo. Era stato un progetto stimolante e gratificante, e Noelle e Aurelia avevano fatto molti viaggi in Francia in cerca dei pezzi adatti.

Purtroppo Aurelia non era in forma smagliante. Si muoveva con più fatica perché tre anni prima, a settantasette anni, aveva dovuto operarsi all'anca e l'anno seguente al ginocchio. Adesso aveva problemi a una caviglia. L'artrite stava peggiorando. Evitava le scale e si era sinceramente stancata di doversi prendere cura di tutta quella roba. Viveva sola da un anno, da quando aveva messo il ricco marito in una casa di cura. Quando aveva deciso di vendere la villa vittoriana, Noelle era stata subito informata. Quanto ai pezzi d'antiquariato francese, be', voleva rivenderne parecchi, e Noelle era intenzionata a trattare.

Aurelia stava comprando un appartamento nuovo, senza scale, e desiderava che Noelle ne curasse l'arredamento. Avrebbe cercato di usare tutti i mobili che poteva, ma la maggior parte della sua collezione non ci stava.

Dopo che il tetto della nuova casa fu terminato e le pareti interne cominciarono a prendere forma, Aurelia stabilì che era il momento di decidere come personalizzarla. Noelle la accompagnò al di là del fiume, nel nuovo complesso di Old Dunes, a dare un'occhiata. Quando varcarono i cancelli d'ingresso e avanzarono lentamente sulle strade affollate di operai, rimasero di stucco di fronte all'enormità del cantiere.

«Sei sicura di voler vivere qui?» le chiese Noelle, chiaramente disgustata.

«Sì, ho deciso. Una volta finito sarà molto bello, non credi?»

«Non saprei. Sarà un cambiamento drastico.»

Trovarono le strade con le case nuove in costruzione. Un cartello sgargiante reclamizzava: RESIDENZE DI LUSSO A PARTIRE DA SOLI 950.000 DOLLARI.

Bruce era convinto che la villa vittoriana degli Snow valesse almeno quattro milioni di dollari. Aurelia stava per fare un grosso affare, e lo sapeva. "Tutti questi soldi e niente per cui spenderli" aveva confessato più di una volta a Noelle. "Barry ha iniziato a dare i numeri e io sono bloccata qui."

"Trovati un uomo più giovane" aveva risposto Noelle, neanche tanto per scherzo.

Un gruppo di imbianchini stava lavorando all'esterno dell'unità 416, quella in cui sarebbe vissuta Aurelia. Le due donne scesero dall'auto e camminarono caute attorno alle scale e ai teli protettivi. Entrarono dalla porta d'ingresso e le accolse un uomo giovane e simpatico che si presentò come Lenny Salazar, titolare dell'impresa edile. Passarono un'ora a valutare progetti, misurare pareti, guardare finestre. Lenny era una persona impegnata, riceveva molte telefonate, sbraitava contro i manovali e a un certo punto sparì per un intero quarto d'ora. Ma era anche molto disponibile a spostare porte e pareti e modificare la pianta dell'appartamento. Si spinse persino a dire che eliminando un angolo del bagno degli ospiti avrebbe potuto installare una piccola sauna di fianco alla lavanderia.

Per Aurelia, trasferirsi da una villa a tre piani da quasi milleduecento metri quadri a un appartamento da meno di duecentocinquanta e su un solo piano era una bella sfida, ma lei non vedeva l'ora. Più percorreva i pavimenti grezzi, più pensava a disfarsi dei mobili antichi. Noelle sarebbe stata felicissima di acquistare e rivendere quello che la sua amica non voleva più.

Alla fine Lenny le accompagnò fuori, diede a ciascuna il suo biglietto da visita e disse che avrebbero potuto concludere la vendita non appena Aurelia lo desiderava. I lavori nell'appartamento si sarebbero conclusi entro sessanta giorni, dopodiché poteva trasferirsi quando voleva. Considerato il baccano – i motori accesi delle betoniere, i colpi di martello, le seghe elettriche, gli operai che strillavano –, Aurelia decise che non aveva poi così fretta.

«Penso che aspetterò qualche mese. Qui è troppo rumoroso» dichiarò.

Lenny rise. «Sissignora, è vero. Solo in questa strada ci sono sedici appartamenti, poi passeremo a quella successiva.»

«Quanti ne avete venduti?»

«Più o meno la metà.»

«Ho il diritto di approvare i miei nuovi vicini?» rise Aurelia.

Rise anche Lenny, poi replicò: «Le garantisco che sono tutti brave persone».

«Va bene. Posso aspettare. In ogni caso, ci metterò un anno a vendere la mia casa.»

## 3

Il modo preferito di Steven per scappare dall'ufficio era fare una lunga passeggiata lungo Main Street fino a una caffetteria. Di solito faceva un salto da Bay Books a salutare il personale. Se Bruce era lì, ovvero quasi sempre, chiacchieravano per qualche minuto.

Steven lo trovò nel suo ufficio, intento a studiare attentamente un libro antico con una lente d'ingrandimento.

«Ho roba che scotta» esordì Steven, una frase in codice per dire "dobbiamo pranzare insieme da soli".

Bruce sorrise.

L'indomani a mezzogiorno si diedero appuntamento in una pizzeria dietro l'angolo. Era inizio marzo e il vento soffiava ancora forte. Nessuno mangiava nei dehors. La lista dei vini lasciava molto a desiderare, perciò ordinarono acqua frizzante.

Una volta stabilito che si trattava di informazioni riservate – persino un pettegolo come Bruce sapeva essere discreto, se necessario –, Steven gli raccontò della preoccupante conversazione tra lui e la giudice Salazar dopo la riunione degli avvocati.

«Si è comportata in modo scorretto, sul serio. Nessun giudice, a prescindere da quanto sia piccolo o grosso il caso, può sbilanciarsi con un avvocato senza che la controparte sia presente. Tra l'altro, di solito sono gli avvocati che cercano di incalzare o ingraziarsi i giudici. Stavolta è successo il contrario. Comunque sia, il nostro sistema giuridico, che abbiamo ereditato da quello inglese, lo considera una pressione indebita, illegale e assolutamente non etica.»

«Stai dicendo che la giudice ti ha praticamente anticipato la sua decisione?» osservò Bruce.

«Già. Non capisco perché abbia sentito il bisogno di informarmi che secondo lei è una causa persa. Che cosa ci guadagna? Sono davvero perplesso. Sono qui solo da sei anni e mi è capitato di rado di frequentarla. Comunque, ho parlato con un paio di dipendenti del tribunale e pare che Salazar sia famosa per la sua loquacità. È stimata, ci sono pochi reclami riguardo al suo lavoro, ma ogni tanto si lascia scappare qualche commento, quando una causa o una testimonianza non le piace. Il punto è che ha sottinteso di essere a favore di Panther Cay.»

«La puoi affrontare in aula?»

«Macché, peggiorerei le cose. Come sai, è un processo senza giuria e il verdetto dipende soltanto da lei. Potremmo sempre ricorrere in appello, ma in Florida è raro che un tribunale rovesci la sentenza di un alto magistrato in faccende come questa. Salazar ha un potere enorme, in fase d'appello il suo verdetto peserà comunque più delle nostre contestazioni.»

«Sembra incredibile che abbia tirato fuori la faccenda a un pranzo di lavoro.»

«Be', il pranzo era quasi finito, ed eravamo soli. In ogni caso è stato strano. E ho avuto la netta impressione che se ne sia subito pentita.»

«Vorrei ben vedere. Almeno sai come sei messo. Non puoi chiederle di farsi da parte?»

«È raro che serva a qualcosa. Anzi, di solito è controproducente. Quando chiedi a un giudice di autoricusarsi, indovina un po' chi prende la decisione finale. Il giudice. E se dice di no, ti ritrovi con un giudice incazzato nero.»

Arrivò la pizza e cominciarono a mangiare.

«E le tue novità?» chiese Steven.

«Nulla di che, in confronto a questa. Solo un pettegolezzo, che guarda caso è collegato alla giudice. Hai presente

Aurelia Snow? Sta in quella grande villa vittoriana azzurra di Elm Street.»

«Non mi pare.»

«Una simpatica signora. Il marito è in casa di cura o roba del genere, e lei va a vivere in un posto più piccolo: vende la villa e si trasferisce in un appartamento nuovo. Ha proposto a Noelle di ricomprarle un po' della barcata di pezzi d'antiquariato francese che ha collezionato nel corso degli anni. Ieri Noelle l'ha accompagnata in macchina a vedere la casa nuova. È all'Old Dunes, l'ultimo complesso residenziale-turistico spuntato in fondo alla baia.»

«Sì, ho ben presente. Avevamo pensato di intervenire, fare causa, cercare di fermare il progetto, che è la solita, banale speculazione edilizia, ma non abbiamo trovato appigli validi.»

«E avete preferito concentrarvi su Panther Cay.»

«Esatto. E dopo Panther Cay chissà a chi tocca. Benvenuti in Florida.»

«A me la Florida piace. Si vendono più libri pro capite che in qualunque altro Stato, non te lo dimenticare. L'età media è alta, e agli anziani piace leggere.»

«Soltanto l'anno scorso ti avrò comprato un centinaio di libri. Tutti cartonati, a prezzo pieno.»

«E infatti che Dio ti benedica. Scommetto che nel tuo soggiorno fanno un figurone.»

«In effetti, sì. Allora, cos'è questa roba che scotta?»

«Be', il mondo è piccolo. Sai chi sta costruendo l'elegante appartamento di Mrs Snow? Nientemeno che Lenny Salazar, il figlio della giudice.»

«Non sapevo avesse un figlio. È divorziata, giusto?»

«Sì, da parecchi anni. Non vive sull'isola, perciò non so molto della sua vita privata.»

«Che idea ti sei fatto?»

«Nessuna, quello è compito tuo; io sono solo un libraio di provincia.» Addentò la pizza e masticò. «Però mi sono chiesto: chissà chi è il proprietario dell'Old Dunes.»

«Pensavo fosse qualche speculatore del Texas.»

«Forse, chissà. Quando ne hanno parlato i giornali dicevano che era una società di Houston con una succursale a Tallahassee, in Florida. Ho chiesto a Sid del "Register", ma non ha saputo dirmi granché. Potrebbe valere la pena di indagare.»

«Alt. Non starai pensando che ci sia dietro la Tidal Breeze?»

Bruce annuì.

## 4

Alle quattro del pomeriggio Steven tornò in libreria insieme a Diane. Bruce era in magazzino a inscatolare i resi, un compito sgradevole che si rifiutava di delegare. Continuava a voler essere il primo ad aprire i pacchi di libri nuovi, che esponeva con la certezza che qualcuno li avrebbe comprati, letti, apprezzati. Sei mesi dopo era mestamente costretto a restituirne alcuni.

Steven e Diane ordinarono due caffè al bar del primo piano e aspettarono Bruce a un tavolo appartato. Quando salì le scale, Bruce prese un latte macchiato e andò a sedersi. «Dev'essere una cosa seria» disse sorridendo.

«Forse Diane è sulla pista giusta» replicò Steven.

«Sì, ma è meglio andarci coi piedi di piombo» disse lei. «Il terreno su cui stanno costruendo l'Old Dunes è stato acquistato cinque anni fa da una società di Houston attraverso una succursale creata ad hoc per lavorare in Florida. Non è la prima volta che investono da queste parti, soprattutto nella zona di Naples. Comunque, hanno aperto un ufficio a Orlando e si sono messi al lavoro, hanno ottenuto le licenze e i permessi, hanno promesso di fare i bravi e onesti cittadini. Fin qui nulla da obiettare. Questi texani sono famosi per i loro resort di qualità, con alberghi lussuosi, campi da golf e via dicendo. La società non è quotata in borsa e gli atti pubblici che la riguardano sono pochi, però mi sono studiata un po' della sua storia e ho scoperto che di solito i texani non investono per rivendere e speculare, ma gestiscono direttamente i complessi dopo che li hanno costruiti. Invece, guarda un po', a settembre dello scorso anno hanno venduto l'Old Dunes a una società con sede legale alle

Bahamas, la Hibiscus Partners. Riguardo alla quale, naturalmente, non ho trovato informazioni, perché i documenti relativi alla vendita sono inaccessibili. Le Bahamas sono il classico paradiso fiscale dove la privacy è garantita, in cambio del giusto compenso. Comunque, a inizio ottobre la Hibiscus ha venduto l'Old Dunes alla Rio Glendale, e qui la trama si infittisce. La sede legale della Rio Glendale è a Montserrat, nei Caraibi, un altro famigerato paradiso fiscale perfetto per gli intrallazzatori.»

«Mai sentita nominare» osservò Bruce.

«Ne parlano soltanto le riviste di viaggi.»

«Dov'è esattamente?»

«È un protettorato inglese, vicino a St Kitts e Nevis.»

«Scusa l'ignoranza.»

«È stata quasi interamente distrutta da un'eruzione vulcanica qualche anno fa.»

«E sarebbe un paradiso?»

«A ogni modo, come nel resto dei Caraibi, da quelle parti la contabilità delle banche è off limits.»

«Quindi un altro vicolo cieco?»

«Non necessariamente.» Diane era a suo agio, contenta di tenerlo sulle spine. «Forse non ti sorprenderà sapere che in passato la Tidal Breeze ha avuto qualche problema col fisco. Ho trovato due articoli di giornale che vi accennano, ed entrambi citano indagini alle Bahamas e alle Cayman.»

«Può darsi che grazie a un giro di società offshore la Tidal Breeze abbia comprato l'Old Dunes tramite la Rio Glendale» disse Steven.

«E per quale ragione l'avrebbe fatto in segreto?» chiese Bruce, cercando di tenere il passo.

«Mai sentito parlare di pressioni indebite?»

«L'ultima volta oggi, a pranzo con te.»

«Ecco, tieni conto che stiamo solo ragionando per ipotesi, Bruce, magari è un volo di fantasia. Con Panther Cay la Tidal Breeze guadagnerebbe molto più che con l'Old Dunes: e se avesse sfruttato l'Old Dunes per tenersi buono Lenny Salazar e indurlo a influenzare sua madre?» disse Steven.

«Mi sa che stai davvero fantasticando».

«Sì, un po', lo ammetto. Ma ripeto, almeno per il momento nulla ci vieta di ipotizzare che sia così.»

Steven cedette la parola a Diane. «Ho passato le ultime due ore a studiare le licenze edilizie delle contee di Camino e Duval» disse lei. «Un'esperienza che peraltro non raccomando a nessuno. Negli ultimi tre anni, a Duval, Lenny Salazar ha costruito quattordici villette bifamiliari, edilizia convenzionata finanziata dal governo, per un valore medio di circa duecentomila dollari l'una. Ha anche costruito un piccolo condominio e un centro commerciale. Sa il fatto suo, si fa in quattro pur di lavorare e nell'ambiente ha una buona reputazione. Da quando è arrivato all'Old Dunes, ha iniziato a fare case che valgono molto di più. Ho chiamato il suo ufficio dicendo che cercavo un'impresa edile a cui appaltare un cantiere, ma Mr Salazar è così impegnato che non mi ha mai richiamata.»

Bruce sorseggiò il latte macchiato, guardò Steven e si strinse nelle spalle. «Okay» disse a Diane. «Ho letto un milione di gialli e di trame me ne intendo. Questo lo mollerei al terzo capitolo, ma mi incuriosisce abbastanza da sfogliare qualche altra pagina. Adesso che succede?»

«Be', la trama si complica un po'» rispose Diane. «Come saprai, se una società straniera o anche soltanto di un altro Stato federale vuole operare in Florida deve nominare un agente registrato. La necessità è quasi sempre reciproca, e per questo ormai esistono agenzie che non fanno altro che fungere da agenti registrati, occupandosi delle scartoffie e della burocrazia e fornendo un domicilio. A Miami ci si guadagna, con tutte le società sudamericane che operano in città. La Rio Glendale, a quanto ho scoperto, si appoggia a un agente registrato di Coral Gables a cui a loro volta si appoggiano almeno altre due società offshore di proprietà della Tidal Breeze. Insomma, un nesso con la Tidal Breeze potrebbe esserci. Ripeto, ci sono letteralmente decine di migliaia di agenzie come quella, magari è una coincidenza, ma sto ancora indagando. A me sembra un po' sospetto, devo dire.»

«Okay, questo mi convince a sfogliare qualche altra pagina. Altro?»

«Non ne siamo sicuri» disse Steven. «L'unico modo di sapere chi è il proprietario dell'Old Dunes è denunciarlo per qualche motivo e costringerlo a comparire in tribunale.»

«Da queste parti conosco diversi avvocati specializzati in cause fantasma» disse Bruce.

Risero tutti e tre. Poi Bruce si fece serio: «Che genere di denuncia si potrebbe sporgere?» domandò.

«Non saprei» rispose Steven. «Non è il mio settore. Ho pensato di ficcare un po' il naso in giro in cerca di una violazione da segnalare all'Ente per la protezione dell'ambiente e correre a tormentare il tribunale federale. Ma non ho il coraggio di farlo, né il tempo. E sarebbe un azzardo, nella più ottimistica delle ipotesi.»

«Ho controllato i registri del tribunale, e finora non sono state sporte denunce contro l'Old Dunes» disse Diane.

«È questione di tempo» replicò Steven. «Non c'è grosso cantiere che prima o poi non venga tirato in ballo per fatture non saldate, debiti con i fornitori o incidenti sul lavoro, che capitano di continuo.»

«È così semplice? Fai causa e scopri il vero proprietario?»

«Di solito sì. Non è sempre facile, ma le regole della fase istruttoria sono flessibili e consentono alle parti qualsiasi tipo di domanda. Si possono fare indagini sul vero proprietario e i giudici esigono di conoscere la reale identità delle parti in causa. Quello che ci serve è qualcuno che faccia causa all'Old Dunes.»

## 5

Gifford Knox non era estraneo alle contese legali. Da oltre vent'anni, cioè da quando le vendite dei suoi libri erano schizzate alle stelle, era coinvolto in battaglie ecologiste su e giù per l'East Coast. Più copie vendeva, più soldi donava alle sue associazioni preferite. Aveva già testimoniato in due processi nati da accuse contro la speculazione edilizia nel suo adorato Sud. La sua testimonianza non era stata né essenziale né significativa, ma almeno gli era valsa qualche prima pagina sui giornali.

Gifford era sempre disponibile a trovare espedienti per ostacolare o tartassare chi inquinava. L'idea gliela diede Bruce, che dopo un paio di giorni, quando la temperatura a Santa Rosa fu un po' più calda che nell'uggiosa Charleston, lo chiamò e lo invitò per qualche giorno a Camino Island. Il tempismo fu perfetto. Sulla barca attraccata nel porto di Charleston Gifford e la moglie in carica Maddy si annoiavano. Il meteo di inizio marzo prometteva freddo e vento, e un po' di tempo al sole era un'ottima idea.

L'espediente era un'idea persino migliore. Bruce badò a tenerne Steven all'oscuro: se le cose fossero andate male, non voleva che l'avvocato ci rimettesse la carriera. Nel loro piccolo complotto non c'era niente di illegale, ma era meglio evitare che l'Ordine degli avvocati nutrisse qualche sgradevole dubbio deontologico riguardo a Steven. Bruce si sarebbe assunto la piena responsabilità di ogni cosa. Come libraio, lui non aveva una deontologia da rispettare. E tantomeno lo scrittore Gifford.

L'agente immobiliare, Arnold, accolse marito e moglie nella CASA MODELLO!, e mostrò un video patinato che reclamizzava la bellezza e la vastità dell'Old Dunes: tutto quello che una persona poteva desiderare ad appena trenta minuti dall'aeroporto internazionale di Jacksonville. Studiarono le planimetrie di varie residenze, con particolare attenzione alle enormi case fatte con lo stampino affacciate sulla spiaggia. Gifford, che disse di chiamarsi Giff – dettaglio poco importante, perché pur essendo uno dei dieci scrittori più letti del paese viveva nel pressoché totale anonimato, come gli altri nove –, fece qualche domanda sul costo totale al metro quadro e via dicendo. Lui e Maddy avevano esaminato il complesso e sapevano che erano in costruzione tre ville di quel tipo. Arnold spiegò che due erano già vendute. La terza, con finiture standard, divenne subito la preferita di Maddy, quella che dovevano assolutamente vedere.

Al catasto Diane aveva verificato che tutti i lotti dell'Old Dunes appartenevano allo stesso proprietario; per coinvolgerlo nella controversia legale, uno valeva l'altro.

Giff e Maddy seguirono l'auto di Arnold fino al lungomare e parcheggiarono accanto al marciapiede. Entrarono nell'abitazione, già dotata di infissi e tetto e con una parete esterna parzialmente rivestita di mattoni. Giff e Maddy avevano un sacco di domande sulla possibilità o meno di modificare il progetto. A quel punto potevano ancora spostare i muri? E le porte e le finestre? La veranda era troppo piccola. In certi momenti dovevano gridare per farsi sentire tra i colpi, le martellate e le seghe elettriche. La scala che conduceva al secondo piano era temporanea, con gradini così poco stabili e solidi che reggevano a malapena l'andirivieni generale. Li salirono con cautela. Gifford scosse il corrimano e notò che oscillava. Esaminarono le tre grosse camere da letto al piano di sopra, obiettarono sulla posizione della vasca da bagno e si dissero scontenti di un bovindo. Di fronte a ogni piccolo problema, Arnold li rassicurò che si poteva sistemare. La villa costava tre milioni di dollari, e lui si stava già godendo la sua commissione.

Quando ebbero finito di sopra si diressero al pianterreno. Prima Arnold, poi Maddy, per ultimo Giff. Che fece un bel respiro, si appoggiò con tutto il peso al corrimano, lo spezzò e cadde di sotto gridando. Anche Maddy gridò, e cercò di arrestare la caduta del marito in fondo alla scala. Gifford era riuscito a sbattere la testa senza farsi male. Disteso ai piedi dell'ultimo gradino, era coperto di polvere e apparentemente privo di sensi. Arnold saltellava di qua e di là, sbraitando contro gli operai. Qualcuno chiamò i soccorsi. Maddy si chinò sul marito, che non reagì.

Lo portarono via in ambulanza. I parametri vitali erano normali. I due soccorritori non trovarono ossa rotte, ma c'era un grosso edema sopra l'orecchio sinistro. Evidente trauma cranico, perché il paziente era privo di sensi.

Quando finalmente si svegliò, un'ora dopo, disse che un violento mal di testa gli faceva pulsare le tempie. Aveva anche la vista offuscata. I medici risposero che i suoi esami erano a posto e gli diedero degli antidolorifici. Ma Giff non voleva tornare a casa. Maddy insistette perché si fermasse per ulteriori accertamenti. Il giorno seguente lo visitarono di nuovo e lo trovarono in salute, a parte che lamentava ancora un forte mal di testa, la vista annebbiata e un fischio nelle orecchie. Arnold gli fece visita due volte per sapere come stava e per scusarsi. Maddy gli disse che aveva notato quant'era instabile la scala. Strano, pensò Arnold, nessuno degli operai aveva mai segnalato niente.

Dopo due giorni Giff venne finalmente dimesso e tornò a casa di Bruce, dove si godettero un ottimo pranzo in veranda con due bottiglie di vino. Di tanto in tanto Gifford non riusciva a mangiare per le risate. Maddy pensava che fosse un pessimo attore. Sghignazzarono fino alle lacrime nel descrivere il povero Arnold che sfrecciava da una parte all'altra col telefono in mano cercando di chiamare l'ambulanza, disperato all'idea di perdere la commissione.

Nel pomeriggio un perito della compagnia assicurativa che tutelava l'Old Dunes chiamò per sapere come stava Gifford. Lui spiegò che i mal di testa e i brevi momenti di cecità non erano ancora passati, e in un paio di occasioni aveva anche perso i sensi. Garantì che avrebbe richiamato dopo aver consultato uno specialista a Charleston.

Una settimana dopo si rivolse a un tribunale federale di Tallahassee per fare causa all'immobiliare che gestiva l'Old Dunes. Lo rappresentava un suo amico di Charleston che era stato al suo fianco durante molti suoi exploit e lo aveva difeso in tribunale già diverse volte. L'avvocato non sapeva della truffa, ma le innumerevoli fatture per visite mediche lo insospettirono. Il suo cliente sembrava del tutto normale, o quantomeno normale come al solito, nonostante le presunte emicranie e i mancamenti. Gifford ammise che l'obiettivo della causa era di far uscire allo scoperto i veri proprietari dell'Old Dunes. Allegati al fascicolo c'erano richieste di interrogatori e di documenti che avrebbero senz'altro fornito informazioni interessanti.

## 6

Due giorni dopo la presentazione della causa, Bruce vide Steven e Diane per un drink nel tardo pomeriggio al Peter's

Saloon. Tese a entrambi una copia dell'atto, lungo soltanto tre pagine, e li guardò mentre leggevano divertiti.

Alla fine Steven sorrideva. «E che ci faceva Gifford Knox al cantiere delle nuove case dell'Old Dunes?»

«Stava cercando una casa nuova. Come tutti gli altri.»

«E l'ha comprata?»

«Ci sta pensando, però è poco convinto. Non fa per lui.»

«Credevo che vivesse su una barca» osservò Diane.

«Infatti. Ma laggiù ci sarà un bel porticciolo dove attraccare. Questi nuovi residence lo incuriosiscono molto.»

«Sento puzza di imbroglio» commentò Steven, sempre sorridendo.

«E fai bene.»

«Come sta?»

«È in ripresa. Maddy dice che non dovrebbero esserci altri danni cerebrali.»

Steven gettò la sua copia su una sedia vuota. «C'è il tuo zampino, vero?»

«Ma figurati» protestò Bruce con un ghigno. «Non ci vuole niente a convincere Gifford a lottare per una giusta causa. Sei stato tu a dire che l'unico modo per "squarciare il velo aziendale", come dicono loro, era fare causa alla società e farsi dare i documenti. Be', ecco la denuncia, e l'avvocato di Gifford è già sulle loro tracce.»

«Magnifico.»

«Sapevo che avresti apprezzato. Come procediamo se la Tidal Breeze è effettivamente proprietaria dell'Old Dunes?»

«In tal caso, facciamo due chiacchiere con Salazar e le spieghiamo che c'è un grave conflitto di interessi. Suo figlio è in affari con una delle parti in causa. La solleciteremo ad autoricusarsi. Se rifiuta, prenderemo in considerazione l'idea di rivolgerci all'Ordine degli avvocati. Per lei sarebbe molto imbarazzante.»

«Pensi che sappia chi è il proprietario dell'Old Dunes?» chiese Diane.

Steven scosse la testa e rispose: «Molto improbabile, almeno a questo punto. Quante società sei riuscita a ricollegare alla Tidal Breeze?».

«Decine.»

«Infatti. Questi sono abili, scaltri e molto riservati. Hanno un mucchio di avvocati e commercialisti e operano in moltissimi posti, qui e all'estero. No, lei non sa nulla. Ma potrebbe arrivare il momento in cui la Tidal Breeze avrà bisogno di accelerare.»

«Al momento sono solo congetture» osservò Bruce.

«Sì. Però ci siamo quasi, grazie a Gifford Knox e alla sua goffaggine.»

«Cosa? Non hai letto la denuncia? Non è stato goffo. Le scale erano pericolanti, difettose, nel bel mezzo di un luogo di lavoro non sicuro.»

«Magnifico» ripeté Steven.

## 7

«Ma come, un'altra denuncia?» chiese Wilson Larney fissando l'oceano fuori dalla finestra. «Doveva essere tutto più semplice. Presentarsi, sganciare un po' di soldi, comprare chi andava comprato e cominciare a costruire. Non riesco a credere che sia quasi aprile e siamo ancora impantanati in tribunale.»

«È un semplice infortunio in una delle case nuove» disse l'avvocato Pete Riddle. «Un tizio si è fatto male, niente di grave. Ho detto agli assicuratori di trovare un accordo, e alla svelta. Gli avvocati del tizio stanno già ficcando il naso all'estero.»

«E lui sarebbe un famoso scrittore o roba del genere?»

«Oh, sì, Gifford Knox, è un ottimo giallista. Ho letto qualche suo libro» rispose Dud Nash, l'altro avvocato.

«Mai sentito nominare» ribatté Wilson.

"Perché non apri un libro dai tempi delle superiori" pensò Dud.

Wilson era irritato, ma non si arrabbiava mai. Suo padre Rex, il fondatore della società, era stato una testa calda che imprecava e lanciava oggetti contro i sottoposti. Lui era molto più professionale, molto più ricco, e credeva nell'importanza di restare lucidi. Eppure stava palesemente perdendo la pazienza di fronte alla lentezza del progetto Panther Cay. Voleva il casinò più grande della Florida settentrionale, ed era convinto che grazie al traffico da Atlanta sarebbe stato sempre pieno.

«Quand'è il processo?» chiese.

«La data è sempre la stessa» rispose Riddle. «Il 18 maggio. Non dovrebbero esserci ritardi.»

«Alla nonnetta abbiamo offerto mezzo milione, giusto?»

«Giusto. E l'ha rifiutato» replicò Dud.

«Non ha mai avuto un soldo, vive di previdenza sociale e ha rifiutato mezzo milione di dollari in contanti?»

«Sì.»

«Okay. Offritele un milione per levarsi dai piedi. Intesi?»

«Sì, capo. Sarà fatto.»

«I ragazzi di Tallahassee hanno i fondi per il ponte. Centosessanta milioni di dollari. Le banche hanno approvato la prima serie delle nostre richieste di prestito, duecento milioni. Che diamine stiamo aspettando?»

## 8

In sei mesi sull'isola Diane aveva conosciuto più persone di Steven in sei anni. Non che lui avesse intenzione di competere, certo. Diane era imbattibile con i nomi, perciò la gente si ricordava di lei. Passava dalla libreria quasi ogni giorno a salutare Bruce e lo staff, e dedicava qualche minuto alle chiacchiere. Conosceva i baristi delle caffetterie, le cameriere dei ristoranti, le commesse nei negozi di abbigliamento. Almeno una volta alla settimana andava al "Register" a scambiare pettegolezzi con Sid Larramore. Passava anche del tempo negli archivi a consultare vecchi articoli e si segnava qualunque nome che un giorno avrebbe potuto esserle utile. Civettava con i poliziotti di pattuglia, con i vicesceriffi e i capitani delle barche a noleggio al porto. Consultava i registri delle udienze e si teneva aggiornata sulle cause. Era entrata in confidenza con alcuni degli avvocati senza però mai spingersi troppo in là.

E aveva trascorso così tanto tempo con Lovely che erano diventate buone amiche. Diane convinse lei e Miss Naomi a incontrarla in un nuovo locale in centro, di recente apertura. Si godettero un lungo pranzo e si divertirono a tal punto che decisero di farlo di nuovo. Lovely alla fine la invitò a casa sua a bere tè freddo in veranda. Le raccontò così tanti nuovi aneddoti che Diane dovette fermarla: «Questa non l'ho mai sentita. Le spiace se ne parlo a Mercer?».

Mercer era un argomento fisso delle loro chiacchierate. Diane le diceva tutto, anche senza chiedere prima l'autorizzazione a Lovely. Di tanto in tanto sfioravano pure l'argomento soldi, sul quale l'anziana, però, era reticente. Col passare del tempo Diane cominciò a sospettare che l'assegno della previdenza sociale non fosse il suo unico introito. Conduceva una vita semplice e non c'erano grosse spese. Aveva comprato la casa quindici anni prima e sullo stabile non gravava nessuna ipoteca. L'unico vezzo che si concedeva erano gli abiti stravaganti, le vesti colorate, i turbanti e gli scialli. A un certo punto si arrese alla curiosità di Diane e ammise che li ordinava da un negozio del Queens, a New York. Tirò fuori il catalogo di "Kazari's African Boutique" e lo fece sfogliare a Diane. Pagine su pagine di abiti variopinti, a prezzi tutt'altro che economici.

«Deve avere un guardaroba incredibile» osservò Diane, praticamente supplicandola di vederlo.

«È bello, sì» rispose Lovely. La porta di casa rimase chiusa.

Una volta, sempre in veranda, Diane stava prendendo appunti mentre ripassavano la storia della vita lavorativa di Lovely. Snocciolava le date con facilità ma, come Diane aveva già avuto modo di osservare, quelle stesse date si stavano dimostrando un po' flessibili. A quindici anni, abbandonata Dark Isle, Lovely si era trasferita a Santa Rosa e iscritta a scuola. Lei e la madre facevano la fame e lavoravano ogni volta che ne avevano la possibilità, soprattutto nei conservifici. A poco più di vent'anni si era messa a fare la donna delle pulizie in vari alberghi lungo la spiaggia. Non era insolito; molte nere come lei lavoravano nei resort, negli alberghi, negli appartamenti e nelle case di lusso. Attorno ai cinquantacinque anni, Lovely aveva trovato un lavoro migliore in una grande residenza, una villa vittoriana nel centro di Santa Rosa. La proprietaria si chiamava Mrs Rooney ed era vedova da anni. Mrs Rooney veniva dal Nord e aveva un modo diverso di considerare i rapporti tra le razze. Lei e Lovely erano diventate buone amiche e facevano affidamento l'una sull'altra. Lovely doveva comunque indossare ogni giorno la divisa da domestica, e Mrs Rooney non avrebbe mai pensato di pranzare con lei al ristorante, ma le cose stavano lentamente cambiando.

Quando Mrs Rooney morì, lasciò a Lovely un po' di soldi. Lei non aveva mai detto quanti a nessuno e non lo avrebbe detto a Diane, a prescindere dall'astuzia con cui la pungolava. Miss Naomi disse che di quella storia non aveva mai sentito parlare.

In teoria era il motivo per cui le offerte di denaro della Tidal Breeze erano andate a vuoto. Quando Steven e Diane la convocarono nell'ufficio di Bruce per dirle del milione di dollari, Lovely non batté ciglio. «Vorrei che la smettessero di offrirmi soldi. Io non sono in vendita» fu la sua unica risposta.

Proprio quello che Steven voleva sentire.

## 9

In previsione delle vacanze di primavera, Mercer cominciò a far intuire che voleva tornare all'isola e riprendere a tinteggiare il cottage. Adesso che l'esterno era immacolato, ci si poteva dedicare all'interno, a cui nessuno, per decenni, aveva più dato una rinfrescata. Lei e Thomas avevano già l'attrezzatura – pennelli, scale, bacinelle, rulli, teli antimacchia, tutto tranne la vernice – e ormai avevano acquisito una certa manualità. Sarebbe stato tutto più facile, ne era certa.

Thomas avrebbe preferito andare a sciare nello Utah. Lo disse un paio di volte, ma evidentemente nessuno lo ascoltò. Una misteriosa telefonata dal suo editor dell'"Atlantic" gli fece cambiare programma. Doveva andare a New York a rivedere le ultime bozze dell'articolo sul sottomarino disperso, e ci andò, lasciando Mercer a guidare da sola per dieci ore in compagnia del cane. La famigliola era felice così. Lei aveva bisogno di un po' di tempo per conto suo per lavorare al libro; Thomas, che con i pennelli si era dimostrato abbastanza maldestro, era riuscito a evitare un altro lavoro manuale. Il cane poteva dormire nella sua parte del letto.

Mercer e Diane si parlavano almeno un'ora al giorno per telefono. Si scambiavano regolarmente messaggi e email ed erano ansiose di stare un po' insieme. Il ruolo di Diane come assistente, o segretaria, o qualunque lavoro facesse al tavolino del cucinotto del Barrier Island Legal Defense Fund, le imponeva la massima riservatezza riguardo alle informazioni in possesso dello studio, ma se c'entravano Mercer e la causa legale per Dark Isle se ne infischiava. In un certo senso Steven Mahon le aveva dato il nullaosta. Mercer stava scrivendo un libro approfondito sulla causa, e prima o poi avrebbe comunque scoperto ogni cosa. Di lei potevano fidarsi. Lovely aveva autorizzato le due donne a parlare della sua vita e del processo in corso.

La prima sera di Mercer sull'isola, Diane si presentò con una pizza e una bottiglia di vino rosso economico. Parlarono senza sosta per tre ore e guardarono un film. Diane dormì sul divano. Il mattino seguente si alzò presto e preparò il caffè leggendo le prime bozze del libro di Mercer.

## 10

La sera successiva Noelle preparò la cena per Mercer e mangiarono in veranda insieme a Steven e a Diane. Senza ricamarci troppo, stranamente, Bruce raccontò a Mercer che mentre Noelle visitava il nuovo appartamento di una sua cliente aveva scoperto per caso di Lenny Salazar. Se tra Lenny e la Tidal Breeze c'era un legame economico diretto, il che non era ancora stato assolutamente dimostrato, Steven annunciò che aveva intenzione di prendere di mira la giudice.

Mercer ascoltò fingendosi molto interessata sebbene Diane le avesse già raccontato i dettagli. Bruce era un oratore nato, specialmente dopo qualche bicchiere. Non c'era niente che gli piacesse di più di una lunga cena "in veranda" con gli amici scrittori e altri ammiratori. Come sempre, Noelle parlò poco. Preferiva ascoltare gli altri e interveniva soltanto se aveva qualcosa da aggiungere.

Mercer era elettrizzata per la svolta della vicenda. Aveva scritto più o meno la metà del libro, e soprattutto si era liberata dalla tentazione continua di cestinarlo. Il risultato, per il momento, la soddisfaceva, e il meglio doveva ancora venire. Già così la storia era lunga e ricchissima di sottotrame. Diane lo aveva letto d'un fiato in tre ore e le aveva detto che aveva il ritmo di un thriller.

«Quando potrò dare un'occhiata?» volle sapere Bruce.

«Per esempio quando sarà finito» rispose Mercer.

«E dài. Mi incuriosisce il tuo primo tentativo di cimentarti con la saggistica, che è uno dei miei generi preferiti.»

«Oltre a tutto il resto.»

«No, non è vero. Di poesia per esempio ne leggo poca. Penso che dovrei leggere la prima metà con la penna rossa in mano.»

«Vediamo.»

«Che è un modo carino per dire di no.»

«Vediamo. La prima metà è ancora da rifinire.»

«Non sono d'accordo» intervenne Diane. «Io l'ho divorata stamattina prima di colazione. È fantastica. La parte sugli ex schiavi a Dark Isle è davvero avvincente.»

«Grazie.»

Bruce versò altro vino. «Su, Mercer. Se vuoi che venda questo libro, devo leggerlo.»

«E lo leggerai, quando lo avrò finito.»

«Cioè quando?»

«Dipende da come si conclude la storia. Se il Barrier Island Legal Defense Fund vince la causa di Lovely ci sarà un lieto fine già quest'estate. Giusto, Steven?»

«Direi di sì. Però c'è sempre la possibilità di un appello. Il che aggiungerebbe un anno, forse anche uno e mezzo.»

«In media un appello al tribunale civile in Florida richiede quattordici mesi» spiegò Diane.

«La mia assistente in gambissima» disse Steven, e fece un cenno verso di lei.

«Non posso aspettare così a lungo» protestò Bruce.

«Avrai altri libri da leggere nell'attesa» replicò Mercer.

«Stai scherzando?» intervenne Noelle. «Al momento ne legge tre alla settimana.»

«È il mio lavoro» disse Bruce con un sorriso. «Leggere ottimi libri, bere ottimo vino.»

## 11

Londra pullulava di studi legali specializzati in raggiri fiscali caraibici e maneggi offshore. L'avvocato di Gifford a Charleston ne trovò uno con una piccola succursale a Montserrat. Dietro pagamento, e non si seppe mai se sottobanco o no, lo studio inglese ricevette l'autorizzazione a consultare il registro governativo delle società straniere e degli individui che dichiaravano di essere domiciliati sull'isola. La Rio Glendale era una delle ottomilasettecento società in questione. Il suo statuto, che la legge considerava strettamente riservato, portava la firma del socio di minoranza Nate Gooch, per conto di un certo Pete Riddle. Metà delle azioni della Rio Glendale appartenevano alla Delmonte Land; l'altra metà alla Sandman Ventures. Delmonte e Sandman appartenevano entrambe a un'affiliata della Tidal Breeze con sede a Boca Raton. Tutte le società coinvolte in quel giro erano private, e controllate da Wilson Larney e dalla sua famiglia.

Come tentativo di giocare a nascondino non era particolarmente creativo – i veri professionisti del settore passavano da Singapore e Panama e non lasciavano tracce –, ma del resto Wilson e i suoi non avrebbero mai pensato che qualcuno li potesse denunciare per l'Old Dunes.

## 12

A metà aprile, un mese prima del processo, Steven chiese un incontro con la giudice Salazar al palazzo di giustizia. Le disse che dovevano parlare del processo e stabilire i nomi e l'ordine dei testimoni. Prima che ci arrivassero, però, Steven colse di sorpresa Salazar: «Vostro Onore, ho una notizia preoccupante».

Lei reagì con uno sguardo confuso. «Sentiamo.»

«Siamo venuti a sapere che suo figlio Lenny si sta occupando della costruzione di alcune ville nel complesso residenziale di Old Dunes.»

«E se la sta cavando piuttosto bene.»

«Sì. Il problema è che il vero proprietario dell'Old Dunes è la Tidal Breeze di Miami.»

La giudice rimase sinceramente scioccata. Prese fiato, sembrava sul punto di ribattere, ma rimase in silenzio. Il suo istinto le diceva che Steven Mahon non avrebbe mai fatto una dichiarazione del genere senza prove concrete. Lui posò un fascicolo sulla scrivania. «Qui ci sono i documenti che lo attestano. Vengono dai Caraibi, il che non è strano per la Tidal Breeze. La società non è quotata in borsa e i dati sono altamente confidenziali.»

«Mio figlio sta lavorando bene e io sono fiera di lui.»

«E ha ragione. In quel fascicolo non c'è niente che possa danneggiarlo. Do per scontato che lui non conosca l'identità del proprietario.»

«Ne dubito fortemente. Non ne abbiamo mai parlato. Non ne avevo idea.»

«Certo che no. La Tidal Breeze si è impegnata parecchio per nascondersi dietro qualche società offshore, è un giochetto in cui sono esperti.»

La giudice si sfilò gli occhiali e si massaggiò le tempie. Steven la lasciò nella sua sofferenza. «Colpa del pranzo con gli avvocati, vero? Il mese scorso, ho parlato troppo.»

«No, giudice, niente affatto.» Certo che era stato il pranzo con gli avvocati. Certo che aveva parlato troppo e li aveva mandati nel panico, obbligandoli a cospirare per trovare un modo di levarla di mezzo. Sbilanciarsi così su un'importante causa pendente era stato un gesto superfluo e sconsiderato da parte di una stimata giudice. Cosa ci aveva guadagnato? Niente. A meno che in segreto non volesse aiutare la Tidal Breeze, ma Steven ne dubitava. Salazar non aveva idea che la società fosse la vera proprietaria dell'Old Dunes.

«Be', ho parlato troppo e me ne sono subito pentita. Non è affatto da me, lo sa?»

«Lo so.»

La giudice si ricompose. «Sono pronta a seguire la causa con attenzione e assoluta neutralità, Steven» disse.

"Ma fammi il piacere." «Be', giudice, riteniamo che non sia una buona idea. Dopo quello che ha detto è chiarissimo con chi sta. È meglio che si faccia da parte.»

«Mi sta suggerendo di ricusarmi?»

«Esatto. Lei non crede alla testimonianza della nostra cliente e testimone chiave. Signora, lei ha già deciso.»

«Non è vero.»

«Non starò qui a discuterne, Vostro Onore. Se si rifiuta di farsi da parte spontaneamente, saremo costretti a chiederlo noi. La scelta migliore per lei sarebbe autoricusarsi adesso, senza clamore. In questo modo nessuno la costringerebbe a dare una motivazione. Basta presentare un'istanza di una pagina alla Corte suprema per chiedere di nominare un giudice supplente per questa causa.»

«E se non lo faccio?»

«Allora correrà il rischio di essere messa in imbarazzo. Presenteremo la richiesta di ricusazione dichiarando che ha un sostanziale conflitto di interessi, ma senza specificare subito di che natura. La notizia finirà in prima pagina. Se respinge la richiesta faremo un ricorso accelerato. E con tutto il rispetto, Vostro Onore, presenteremo un reclamo alla commissione disciplinare dell'Ordine. Altra potenziale notizia da prima pagina.»

Le guance di Salazar avvamparono di rabbia e per poco lei non ribatté. Invece fece un respiro profondo e disse: «È una mossa molto aggressiva, Steven. Mi sorprende».

«Anch'io sono rimasto sorpreso quando mi sono reso conto che aveva già deciso la sorte del processo.»

«Mi sbagliavo. E lei sbaglia a insistere perché io abbandoni la causa.»

«Mi limito a proteggere la mia cliente. E ho imparato a essere aggressivo facendo causa a Exxon e DuPont. Rinunci subito, Vostro Onore, prima che questa storia diventi qualcosa di molto più grosso. Oggi può contenere i danni, domani forse no. Il prossimo anno si candida alla rielezione.»

«Non osi coinvolgere la politica in tutto questo, Steven. Non conto i voti prima di emettere un verdetto.»

«Certo che no. Ma gli elettori potrebbero essere sfavorevoli a una giudice con un sostanziale conflitto di interessi. E un reclamo per violazione dell'etica professionale. Panther Cay non è un progetto molto amato, da queste parti. Lei gode di un'ottima reputazione, perché metterla a repentaglio?»

Salazar si sfilò di nuovo gli occhiali e si tamponò gli occhi stanchi con un fazzoletto. Alla fine cedette e chiese: «La Tidal Breeze è la società immobiliare che ha lottizzato per prima l'Old Dunes?».

«No. Si è infiltrata nel progetto a settembre. Era una trappola, Vostro Onore. Un elaborato stratagemma per usare suo figlio e metterle pressione. Panther Cay varrà molto di più dell'Old Dunes per la Tidal Breeze. Perché non averle entrambe?»

«Mio figlio non ha fatto niente di male.»

«Questo non l'ho mai detto né insinuato.»

«Voglio che sia protetto.»

«Allora si ricusi.»

«Mi dia un po' di tempo per pensarci. È stato tutto così improvviso.»

«Aspetterò ventiquattr'ore, giudice, dopodiché presenterò la richiesta di ricusazione.»

«Ci sta andando giù pesante, Steven.»

«Ho imparato in trincea.»

«Non me lo dimenticherò.»

«Neanch'io.»

## 13

Alle dodici del giorno successivo la giudice Salazar inviò una notifica alla cancelleria e ne inoltrò una copia agli avvocati. Senza spiegarne il motivo, si autoricusava dalla causa e chiedeva alla Corte suprema di nominare un giudice supplente al suo posto. Il documento era un atto pubblico, quindi non si disturbò ad avvertire la stampa. Due giorni dopo, quando Sid Larramore lo venne a sapere, la giudice Salazar era già fuori città per una breve vacanza.

# 9
# Lo scavo

## 1

Per scappare dagli elettori che lo avevano destituito, Clifton Burch si era trasferito con sua moglie dall'affollatissima Orlando alla molto più tranquilla di St Augustine, sull'Atlantico. Aveva avuto l'onore di prestare servizio per quattordici anni come giudice, e tra i colleghi e gli avvocati con cui aveva lavorato godeva di grande stima. In occasione della sua ultima campagna elettorale era stato colto alla sprovvista da uno sconosciuto di destra che aveva invaso Internet e la televisione di attacchi propagandistici in cui dichiarava che il giudice Burch "non prendeva posizione contro la criminalità". Non era vero: il suo curriculum parlava da sé. Purtroppo, più vili sono, più gli attacchi di quel genere spaventano gli elettori e meglio funzionano. Il suo improvviso e imprevisto pensionamento sulle prime fu traumatico, ma ben presto Clifton si rese conto che poteva tenersi altrettanto occupato fungendo da giudice supplente nei tribunali dello Stato. La Corte suprema era sempre alla ricerca di magistrati in pensione che facessero da arbitri in casi difficili in cui i colleghi del posto avevano bisogno di aiuto. Burch, a settantasei anni e in perfetta forma fisica, divenne ben presto un uomo di riferimento: organizzato, efficiente, imparziale e desideroso di risolvere anche le dispute più spinose. Di Dark Isle, Panther Cay, della Tidal Breeze o del Barrier

Island Legal Defense Fund non aveva mai sentito parlare, e del processo che li riguardava non sapeva nulla. Ricevette una telefonata da un funzionario della Corte suprema della Florida alle nove e mezza del mattino di martedì 21 aprile, e a mezzogiorno aveva già parlato al telefono con tutti gli avvocati coinvolti e cominciato a esaminare i documenti delle parti in causa. Promise di leggere le deposizioni, studiare i fascicoli ed essere pronto entro il weekend. Negli ultimi tre anni aveva gestito due dispute sulla proprietà di immobili e conosceva bene la legge. Non era particolarmente complicata. Il processo era fissato per il 18 maggio e non ci sarebbero stati ritardi.

Steven era contentissimo della nomina di Burch. Lydia Salazar gli piaceva, ma ormai era compromessa e lui non si pentiva di aver tramato per allontanarla dal processo. Chiamò Gifford Knox a Charleston e lo ringraziò di nuovo per essersi infortunato. Gifford rise fino alle lacrime e promise di salpare immediatamente per Camino, pronto a festeggiare.

Discussero di nuovo dei soldi per la spedizione a Dark Isle. Gifford aveva versato altri cinquemila dollari, portando la sua quota a quindicimila. Steven aveva chiesto un contributo agli ambientalisti e alle loro associazioni non profit ed era riuscito a raccogliere venticinquemila dollari. Bruce Cable si era impegnato a metterne diecimila.

Mercer aveva contribuito con cinquemila dollari e stava cominciando a temere che il suo "progetto Lovely" si trasformasse in un pozzo mangiasoldi.

## 2

L'idea l'aveva avuta Diane. L'obiettivo principale era visitare Dark Isle insieme a un gruppo di esperti, trovare il cimitero descritto da Lovely, identificare le tombe, prelevare qualche osso e fare il test del DNA.

La Tidal Breeze aveva scelto la strategia difensiva drastica della "terra bruciata", fondata sulla tesi che la storia di Lovely fosse un'invenzione e che l'anziana non fosse mai vissuta sull'isola. Considerato che fino a quel momento i buoni non avevano prodotto nessuna prova concreta che dimostrasse il contrario, un legame genetico con gli antenati dei Jackson avrebbe demolito le dichiarazioni dell'azienda e danneggiato seriamente la sua credibilità.

Diane aveva convinto Steven prima di Natale, e lui, pur preoccupato dei costi, le aveva dato il nullaosta a procedere, ma con cautela. Essere cauta non era nel DNA di Diane, però almeno ci provò. Scoprì, e al prezzo di cento dollari ne diventò socia, l'African Burial Project di Baltimora, un ente la cui missione – così si leggeva su Internet – era localizzare e preservare le aree di sepoltura degli schiavi africani e rendere omaggio alle loro vite, alle loro battaglie e al loro contributo. L'ABP lavorava perlopiù nella zona medioatlantica settentrionale, benché negli ex Stati schiavisti si trovassero molti più siti di tumulazione perduti. In Florida, per esempio, non era mai intervenuto.

Le cose stavano per cambiare. Diane fece tre viaggi a Baltimora, ventiquattr'ore d'auto tra andata e ritorno, tutti a sue spese. Sfruttando il suo charme riuscì a incontrare la direttrice esecutiva dell'ABP, un'ex docente di legge di nome Marlo Wagner. Marlo lesse immediatamente il libro di Lovely e ne fu affascinata. L'ABP disponeva di pochi fondi, ma collaborava con molti archeologi. Marlo conosceva specialisti che non facevano altro che cercare vecchie ossa e necropoli praticamente impossibili da localizzare.

Durante l'inverno Diane era andata parecchie volte anche alla Florida State University di Tallahassee. Il professor Gilfoy, direttore del dipartimento di Antropologia, le spiegò a più riprese che non c'erano soldi disponibili per uno scavo in un posto come Dark Isle. Lui, i suoi colleghi e soprattutto gli studenti preferivano luoghi più esotici come l'Egitto e la Cina. Tuttavia, Gilfoy e alcuni archeologi in pensione provenienti da tutto lo Stato arrotondavano gestendo una piccola società che forse poteva essere interessata. Diane gli consegnò tutte le mappe, le fotografie e i dati che aveva; lui la invitò a pranzo e le spiegò che un progetto del genere avrebbe richiesto da cinque a sette giorni di indagini sul campo con una squadra di archeologi e studenti. Il prezzo si aggirava sui trentamila dollari. Non erano pochi, ma non lo erano nemmeno le incognite, soprattutto dopo il passaggio dell'uragano Leo, e il budget doveva tenerne conto. C'erano buone probabilità che il cimitero, se mai era esistito, fosse stato spazzato via.

Mentre Steven cercava di sollecitare i suoi agganci nell'ambiente ecologista, Diane ticchettava sulla tastiera con accanita determinazione, riordinando preventivi e chiedendo sconti, e infine riuscì a mettere insieme soldi e ingegno sufficienti a realizzare il progetto. Tre archeologi affiliati all'ABP e tre della società di Gilfoy avrebbero trascorso qualche giorno sull'isola a estrarre reperti dal cimitero, se c'era ancora. Ogni frammento osseo sarebbe stato sottoposto al test del DNA in un laboratorio specializzato di Austin.

Steven contattò il giudice Burch e gli spiegò il piano. Dal momento che Dark Isle non apparteneva ufficialmente a nessuno, l'approvazione del tribunale non era strettamente necessaria, ma Steven voleva che tutto accadesse alla luce del sole.

La Tidal Breeze, com'è ovvio, si oppose. In videoconferenza, il giudice Burch informò seccamente Mayes Barrow, Pete Riddle e Monty Martin che considerava le loro obiezioni superficiali e mirate a perdere tempo, e che non era intenzionato ad assecondare giochetti del genere. Sconfitti, gli avvocati si affrettarono a telefonare a Wilson Larney per informarlo. Steven e Diane chiusero la telefonata esultando. Il giudice li aveva conquistati. Aveva concesso l'autorizzazione a scavare e voleva una relazione il prima possibile.

## 3

L'ultimo ostacolo era Lovely Jackson. Diane decise di chiederle un incontro a Bay Books. Come sempre Miss Naomi la accompagnò in auto. Come sempre, lei era agghindata con un abito e un turbante variopinti. Bruce servì caffè e i biscotti preferiti di Lovely. Restò anche lui nella stanza, il suo ufficio, perché Diane e Steven pensavano che avrebbe potuto essere utile. Stavano per proporre alla loro cliente una cosa di cui non avevano mai parlato.

Cominciarono aggiornandola sulla causa civile, o "il processo", come lo chiamavano a beneficio di Lovely. Il grande giorno della prima udienza, dopo mesi di deposizioni, scartoffie varie e via dicendo, si avvicinava, e Steven era convinto che fino a quel momento il tentativo della Tidal Breeze e degli altri "cattivi" di sbugiardare Lovely, che affermava di essere l'ultima legittima proprietaria dell'isola, fosse stato efficace. Il modo migliore per smentirli era andare sull'isola, trovare il cimitero e, si sperava, anche i resti dei suoi antenati. Lovely aveva assicurato più volte a Diane di sapere con esattezza dove fossero.

Alcune settimane prima, per spiegare a Lovely i miracoli dei test genetici Diane le aveva raccontato la storia di due uomini che erano stati condannati ingiustamente e incarcerati per anni. Avevano poche speranze di uscire di prigione, ma i loro avvocati erano riusciti a far autorizzare da un tribunale il test del DNA su alcune prove rimaste nascoste. Il test aveva dimostrato che i due erano innocenti e identificato il vero colpevole. Lovely era rimasta affascinata dalla storia, perciò Diane gliene aveva raccontata un'altra e altre ancora, compresa quella di Thomas Jefferson, della sua schiava Sally Hemings e dei sei figli che ebbero prima, durante e dopo la sua presidenza. Per decenni, nonostante molte prove a favore di questa tesi, gli storici bianchi avevano negato che il presidente Jefferson avesse tenuto Miss Hemings come concubina. Il test del DNA aveva chiuso la questione nel 1998, quando un discendente di lui era risultato geneticamente apparentato a un discendente di lei.

Diane le aveva spiegato che ricorrere al test poteva essere necessario per vincere la loro causa.

«Il nostro piano è portare una squadra sull'isola e trovare il cimitero» stava dicendo Steven.

Lovely già scuoteva la testa. Chiuse gli occhi e lo interruppe: «Impossibile».

Nessuno disse una parola. Nessuno sapeva cosa dire.

«Impossibile» ripeté Lovely, e aprì gli occhi. «Nalla maledisse l'isola, quando ci arrivò. Tinse la spiaggia col sangue di Monk, il bianco che l'aveva stuprata sulla nave. Il bianco che l'aveva messa incinta e le aveva dato una bambina meticcia. Nel suo villaggio, in Africa, Nalla era un'alta sacerdotessa, esperta di spiriti africani e di rimedi officinali: il medico del villaggio, in pratica. Ebbe lo stesso ruolo su Dark Isle, come sua figlia e sua nipote e le altre mie antenate, tutte e sette fino a me. La maledizione di Nalla è ancora nella sabbia della spiaggia di Dark Isle. Nessun bianco che abbia mai messo piede sulla spiaggia è vissuto abbastanza da raccontarlo.»

Bruce e Steven si scambiarono un'occhiata. Ovviamente conoscevano la leggenda della maledizione, ma erano troppo evoluti per crederci. Adesso che la raccontava Lovely, però, sembrava più realistica.

«Molti uomini sono andati sull'isola, intendo uomini bianchi, e nessuno è sopravvissuto. Gli spiriti che ci vivono mi raccontano le loro storie. Sento la voce di Nalla e delle mie antenate. So che la maledizione è là, nella sabbia. Non è saggio mettere alla prova gli spiriti.»

Calò un lungo silenzio mentre i bianchi presenti riflettevano su quelle parole. Miss Naomi sedeva accanto a Lovely e le accarezzava il braccio, apparentemente frastornata quanto gli altri. A rompere il silenzio fu Diane, che non si faceva mai intimidire: «La maledizione vale anche per le donne bianche?».

Vi fu una lunga pausa, mentre Lovely mormorava piano, con gli occhi bassi. «Non lo so. Devo chiederlo agli spiriti.»

Bruce non si era mai avvicinato a Dark Isle, e adesso ci teneva meno che mai. Lanciò un'altra occhiata a Steven: era ovvio che stessero pensando la stessa cosa.

«In quanto sacerdotessa, ha il potere di annullare la maledizione?» domandò Diane.

«Non lo so. Non è mai stato fatto. Lo chiederò agli spiriti.» Si rivolse a Miss Naomi e disse: «Ora vorrei tornare a casa».

## 4

Trascorsero due giorni senza notizie di Lovely. Per due volte Diane telefonò invano a Miss Naomi, che non rispose. Fece una lunga chiacchierata con Marlo Wagner e le spiegò la situazione. Sulle prime Marlo non diede peso alla faccenda della vecchia maledizione africana, ma quando si accorse che Diane e gli altri ne erano spaventati il suo tono cambiò. La leggenda di Dark Isle parlava di molti profanatori bianchi morti in circostanze misteriose. Marlo ricordò anche qualcosa che aveva letto riguardo al misticismo africano: la maledizione scompariva con la morte dello stregone, del mistico, della sacerdotessa, o come altro si chiamasse.

Diane le garantì che Lovely era affidabile. Ascoltarla e vederla raccontare li aveva convinti tutti: «Si sentiva quasi la presenza di uno spirito nella stanza» spiegò.

Si misero subito alla ricerca di archeologi neri. Marlo ne conosceva due che avevano aiutato l'African Burial Project e promise di contattarli immediatamente.

Diane chiamò il professor Gilfoy alla Florida State University e descrisse lo stallo in cui si trovava il loro piano. Nemmeno lui riusciva a prendere sul serio una maledizione di duecentosessant'anni prima. Non sembrava affatto intimorito, anzi: non vedeva l'ora di procedere con gli scavi.

## 5

Davanti a un caffè, Bruce disse a Steven che aveva una nuova strategia.

«E da quand'è che fai consulenze legali?» chiese Steven.

«Ah, faccio consulenze su molti argomenti. Ecco la mia idea: ritira la denuncia e lascia che la Tidal Breeze invada l'isola. La cosa farà incazzare Lovely e i suoi spiriti, che ammazzeranno qualche geometra o architetto. Appena comincerà a perdere uomini, la Tidal Breeze scapperà a gambe levate. E l'isola sarà salva.»

«In realtà ci ho pensato anch'io. Ma se è tutta una fesseria? Credi davvero che sull'isola pesi un'antica maledizione africana?»

«No. Ma non ho nessuna intenzione di andarci. Tu?»

«Faccio l'avvocato, non l'archeologo. Non sarò in prima linea. Diane, al contrario, non vede l'ora di buttarsi.»

«E se Lovely dice di no?»

«Andremo comunque a processo. Il test del DNA è un azzardo in ogni caso. È difficile credere che riescano a trovare vecchie ossa dopo tutti questi anni, soprattutto dopo il passaggio di Leo.»

«Quante possibilità avete senza il DNA?»

«Cinquanta e cinquanta. Il problema principale è sempre lo stesso. Lovely ammette di aver lasciato l'isola sessantacinque anni fa.»

## 6

Miss Naomi telefonò una sera tardi. Diane stava badando alla casa di Mercer in sua assenza, come succedeva sempre più spesso.

«Buonasera, Miss Naomi» rispose.

«Lovely vuole parlarti, domani mattina in veranda da lei. Solo noi tre.»

«Certamente. A che ora?»

«Alle dieci. E dice che sarebbe contenta se portassi quei biscotti al cocco.»

«Lo farò.»

In veranda c'era così poco spazio che i loro piedi si sfioravano. Sorseggiarono il caffè e sgranocchiarono i biscotti chiacchierando del tempo finché Lovely disse: «Se verrò anch'io, andrà tutto bene».

Diane aspettò invano che aggiungesse altro, e di fronte al suo silenzio chiese: «Sull'isola, intende?».

«Sì. A sciogliere la maledizione. E poi senza di me non lo trovano, il cimitero.»

«Quindi mi faccia capire: se viene anche lei la squadra può sbarcare sull'isola per intero, inclusi noi bianchi?»

«Sì. Devo andarci.»
«E posso venire anch'io?»
«Io voglio che tu venga. Gli spiriti sono con me e sanno che le brave persone stanno cercando di aiutarci.»
«Okay. Tra quanto possiamo andare?»
«Mercoledì prossimo c'è la luna piena. Ci andiamo a mezzanotte.»
«A mezzanotte?»
«Sì.»

## 7

Di solito la grossa chiatta a motore veniva usata per escursioni al tramonto, minicrociere alcoliche, feste private e giri turistici attorno a Camino Island. Steven mercanteggiò con il proprietario un noleggio di una settimana al prezzo, teoricamente scontato, di duemilacinquecento dollari. La squadra arrivò al porto principale dell'isola a fine pomeriggio del 22 aprile e cominciò a caricare attrezzature e provviste sulla barca.

Il gruppo inviato dall'African Burial Project era composto da due uomini e una donna neri, capeggiati dal professor Sargent, presidente del dipartimento di Antropologia della Howard University di Washington. Marlo Wagner diceva di averli reclutati con il suo fascino e le sue capacità di persuasione ma, in verità, non appena in rete si era sparsa la voce della spedizione era stata sommersa dalle richieste dei volontari. Lei, con cortesia e un pizzico di umorismo, aveva spiegato che per motivi che sarebbero stati chiariti in seguito preferiva "becchini" neri. La missione poteva essere troppo pericolosa per i bianchi.

Il terzetto guidato dal professor Gilfoy, che anni prima aveva studiato con Sargent alla Cornell University, era composto soltanto da bianchi. Tutti e sei gli archeologi avevano titoli accademici e si dividevano tra l'insegnamento e la ricerca sul campo. Alcuni si conoscevano già per aver lavorato insieme. Il professor Sargent aveva pubblicato due libri sulle necropoli africane perdute, ed era considerato il più esperto in materia.

Dopo il tramonto arrivò Bruce Cable insieme al catering cajun di chef Claude e a una cassa di vino. La cena fu servita sotto il gazebo della chiatta e la squadra gustò gumbo, jambalaya ed *étouffée* di gamberi. Vino e birra scorrevano a fiumi e innaffiarono un'infinità di aneddoti, raccontati da narratori esperti che avevano vissuto avventure straordinarie nella giungla, sulle montagne e nei deserti di tutto il mondo. Mentre calava il buio fu chiaro che il professor Sargent aveva il bagaglio di esperienze più ricco riguardo alle necropoli africane, e così, senza mostrarsi prepotente né ambizioso, ricevette l'investitura a capo della spedizione. Attorno al tavolo c'erano parecchie personalità abituate a stare al centro dell'attenzione, ma anche a lavorare in gruppo in luoghi ostili.

Alle dieci, come da programma, Diane e Mercer arrivarono insieme a Lovely Jackson, che aveva rinunciato agli abiti colorati, ai turbanti e ai copricapi e indossava un paio di vecchi jeans, scarponcini e una camicia color cachi di tre taglie troppo grande. Era l'ospite d'onore e si presentò con calma a tutto il gruppo, che era felicissimo di conoscerla.

Mercer si era presa una settimana di congedo dall'università, nonostante lo scarso entusiasmo mostrato dal suo preside. Non aveva scelta: si trovava tra le mani un grosso contratto per il libro, qualcosa che gli altri professori potevano solo sognare.

Si radunarono attorno a un tavolo e studiarono grandi cartine e prospettive aeree di Dark Isle, sia prima sia dopo il passaggio dell'uragano Leo. Lovely non aveva mai visto l'isola dall'alto e le occorse un po' per orientarsi. Indicò una piccola insenatura dove attraccavano le barche. Si trovava all'estremità orientale dell'isola, di fronte a Santa Rosa, e Leo l'aveva distrutta. Dalla baia si arrivava al villaggio con una breve camminata. Il cimitero era nella zona occidentale, su un crinale che era anche il punto più alto dell'isola.

Gli archeologi avevano fatto la planimetria di ogni metro quadro dell'isola, o almeno di quello che si poteva vedere dall'alto. La densità della foresta e i danni causati da Leo rendevano impossibile scorgere eventuali resti dell'insediamento. Indicarono vari punti sulle mappe, fecero qualche domanda a Lovely e, per quanto perplessi, provarono a escogitare un piano.

Alle undici Ronnie, il capitano, avviò i motori. Bruce e Steven aiutarono a spingere la chiatta lontano dal molo e salutarono. «Se non tornate non verremo a cercarvi!» gridò Bruce, e tutti risero.

Mentre scivolavano sull'acqua immobile sotto la luna piena, l'umore generale si fece meno spensierato; Santa Rosa scompariva lenta alle loro spalle e all'orizzonte incombeva Dark Isle. Venti minuti dopo aver lasciato il porto, Ronnie cominciò a rallentare e spense il motore. «Qui l'acqua è alta un metro e mezzo. Va bene?»

«Sì» rispose Diane.

A dritta c'era un piccolo gommone e Ronnie lo sganciò. Diane ci saltò su per prima e si tenne in equilibrio. Mercer scese per seconda. «Attenzione» disse a Lovely, mentre Ronnie la reggeva per un braccio e la aiutava a seguirle. Il gommone oscillò e Lovely fu sul punto di perdere l'equilibrio, ma Diane la afferrò e la fece sistemare sulla panca. Ronnie porse a Diane tre grosse sacche di tela e le disse: «La risacca vi porterà a riva, ma se ce ne fosse bisogno c'è anche un remo».

Il gommone si allontanò lentamente dalla chiatta. Diane accese una torcia e illuminò la spiaggia, che si trovava a una trentina di metri di distanza. La riva e l'intera isola erano completamente avvolte dal buio. Diane si voltò e agitò la torcia per vedere la barca, come per assicurarsi che ci fosse ancora. Gli altri, appoggiati al parapetto, guardavano l'isola incantati. Da dietro una nuvola spuntò la luna, che illuminò la costa. Mercer prese il remo, strumento con cui non aveva nessuna dimestichezza, e riuscì a schizzare un po' d'acqua. Non era chiaro se i suoi sforzi fossero efficaci, ma il gommone sembrava avvicinarsi lentamente alla spiaggia.

Lovely sedeva a prua con lo sguardo fisso in avanti, imperturbabile e silenziosa. Da bambina aveva giocato tra le onde, ma non era mai stata molto sulle barche: prendere pesci e gamberetti, trattare con i mercanti dei Docks e dell'area dei conservifici era roba da uomini. Aveva imparato a nuotare e non temeva l'acqua, ma era passato così tanto tempo. Pensò a Nalla e al suo violento e terrificante arrivo su quella spiaggia, naufraga, nuda, affamata, traumatizzata dalla traversata e poi dall'uragano. Nalla era sempre nei suoi pensieri.

Diane aveva lo stomaco in subbuglio; non ricordava di aver mai avuto tanta paura, ma era anche carica di adrenalina. Sentiva di aver fatto la scelta giusta e confidava che Lovely l'avrebbe protetta. Mercer mise via il remo e cercò di godersi quel momento.

Il fondo del gommone grattò la sabbia. Le onde si rifrangevano rapide sulla spiaggia. Lovely cominciò a slacciarsi gli scarponcini, se li sfilò e si arrotolò i jeans fino alle ginocchia. «Restate qui finché non vi chiamo. A luci spente» furono le sue prime parole dopo un lungo silenzio. Con cautela, mise prima una gamba e poi l'altra oltre il bordo e le immerse nell'oceano. L'acqua le arrivava appena sopra le caviglie. Prese una sacca e scrutò la spiaggia. Avanzò piano e poco dopo era sulla sabbia umida.

Le nuvole si stavano muovendo. Quando sbucava la luna, Diane e Mercer riuscivano a vedere Lovely chiaramente; quando la luna scompariva ne distinguevano a malapena la sagoma.

Lovely fece qualche passo verso le dune, si fermò e trovò il punto che cercava. Estrasse dalla sacca una piccola torcia di bambù e ne affondò l'impugnatura nella sabbia per una quindicina di centimetri. Quando la prima fu abbastanza stabile, ne tirò fuori un'altra e la fissò a tre metri di distanza. Prese un accendino. Gli stoppini di cotone impregnati di combustibile si accesero subito. Le due luci brillavano nell'oscurità.

In piedi fra le torce, Lovely portò le mani di fronte a sé e allargò le braccia. Con una voce così sottile che rasentava il silenzio invocò lo spirito di Nalla. Quando Nalla apparve, Lovely invocò Candace, Sabra, Marya, Adora, Charity ed

Essie, sue antenate dalla parte materna. Poi invocò sua madre, Ruth. Quando gli spiriti furono tutti riuniti, pregò Nalla di annullare la maledizione.

Dal gommone, Diane e Mercer guardavano affascinate e ammutolite. Erano state scettiche, per usare un eufemismo, però la scena davanti ai loro occhi era senza dubbio reale.

Dalla chiatta, la squadra osservava le torce lontane e Lovely in mezzo. Erano archeologi esperti che avevano girato il mondo e visto di tutto, ma non avrebbero mai più assistito a nulla di simile.

Il rombo lontano di un tuono li fece sussultare e li riportò alla realtà.

## 8

A un certo punto Lovely tornò al gommone e disse a Diane di chiamare la squadra. L'isola era sicura.

Ronnie riavviò il motore per dargli un po' di slancio, poi lo spense definitivamente e lo sollevò. La chiatta fluttuò sull'acqua e si fermò sulla sabbia accanto al gommone. Nessuno sembrava entusiasta di scendere.

«Penso che voi bianchi dobbiate andare per primi» scherzò il professor Sargent.

«Dopo di voi» replicò Gilfoy.

Diane diede le istruzioni: «Camminiamo verso Lovely uno alla volta, passando in mezzo alle torce mentre lei recita una preghiera. Poi saremo a posto».

«Siamo sicuri?» chiese Gilfoy.

«No, ma facciamo come dice Lovely. Mi segua.»

Sopra Cumberland Island, a nord, era scoppiato un temporale. I tuoni erano sempre più forti, ma distanti.

Fecero qualche passo lungo la spiaggia e si fermarono vicino a Lovely. Diane fu la prima a posizionarsi tra le due torce e di fronte a lei, che le appoggiò la mano sinistra sulla spalla, chiuse gli occhi e mormorò qualcosa. Diane non capì che cosa, e quando la preghiera si concluse non si sentì diversa. Poi toccò a Mercer sottoporsi al rituale.

Con metodo e senza badare al temporale in lontananza, Lovely benedisse uno alla volta i sei archeologi. Poi spiegò che per loro l'isola era sicura e che potevano mettersi al lavoro.

Per prima cosa bisognava scaricare la chiatta. Ronnie era ancora a bordo, e Gilfoy chiese a Lovely: «Lui può scendere?».

«Meglio di no.»

«Va bene.»

Il punto scelto per l'accampamento era vicino alle torce e a una trentina di metri dalla battigia, abbastanza da non doversi preoccupare della marea. Sargent e Gilfoy avevano concordato che fosse più sicuro campeggiare sulla spiaggia, distanti dai pericoli della foresta. Gilfoy era sopravvissuto per un soffio al morso letale di un cobra in India quando aveva trent'anni, e preferiva evitare un altro incontro con un serpente velenoso. Sargent sapeva che le isole deserte del Sud brulicavano di crotali diamantini. Ne aveva visti alcuni impressionanti esemplari impagliati.

Una squadra cominciò a montare le tende, l'altra si dedicò a scaricare l'attrezzatura e le provviste. Quando ebbero finito Ronnie li salutò in fretta, augurò a tutti buona fortuna e disse di chiamarlo in caso di bisogno. Si allontanò tenendo d'occhio il temporale.

La squadra aveva valutato se andare e venire con la chiatta ogni giorno. Soggiornare in un bell'albergo di Camino Island e mangiare al ristorante sarebbe stato più semplice, ma gli archeologi preferivano viaggiare all'avventura. Provare il brivido di sopravvivere a una tempesta li esaltava. Durante le missioni sul campo amavano dormire per terra e cucinare all'aperto. Ciascuno dei sei era stato lungamente impegnato in dure spedizioni che lo avevano tenuto lontano dalle comodità del mondo.

Diane e Mercer condividevano la "tenda delle ragazze", grande e quadrata, con Lovely e la professoressa Pennington, una ricercatrice della Howard University. Ciascuna aveva una branda dotata di un materassino gonfiabile. Alle due e mezza si misero a letto e spensero le luci. Dalle altre tende provenivano sussurri a bassa voce, mentre tutti cercavano di rilassarsi. Calò il silenzio fino a quando, poco lontano, il cielo fu illuminato da un fulmine, seguito da un tuono. Poi cominciò a piovere.

## 9

Di tanto in tanto la pioggia si faceva più intensa e non cessò fino all'alba, quando tutti uscirono dalle tende intontiti, assonnati e con l'aria stanca a valutare i danni e cercare il caffè. Ovviamente il temporale aveva inzuppato ogni cosa, ma l'accampamento era intatto. La tenda con le provviste era dotata di una tela più spessa e una struttura più solida, ed era ancora perfetta. Ben presto sul fornelletto cominciò a scaldarsi il caffè. Il cielo era nuvoloso e l'aria pungente. Il meteo non dava pioggia e annunciava temperature massime sui venticinque gradi, il clima perfetto per scavare, ma le nuvole incombevano. I membri della spedizione spensero i telefoni, perché anche in assenza di pioggia la ricezione era scarsa.

Tre "esploratori" andarono a perlustrare i dintorni mentre gli altri preparavano la colazione e facevano l'inventario dell'attrezzatura. Lovely, nonostante il baccano, riuscì a dormire fino alle otto. Quando uscì dalla tenda chiese a Diane una tazza di caffè e informò gli altri che durante la notte aveva pensato una cosa. Stavano cercando il cimitero, non il villaggio, e si era ricordata che il cimitero era vicino alla baia dall'altra parte dell'isola. Tirarono di nuovo fuori le mappe e le studiarono. Tornarono gli esploratori e annunciarono torvi che li aspettava un lavoraccio. «Prendete le seghe elettriche» disse uno di loro.

Mentre mangiavano fiocchi d'avena e banane stabilirono di usare la barca. Chiamarono Ronnie via radio e gli dissero di tornare all'isola. Lui arrivò un'ora dopo e disse che le ultime previsioni davano cielo nuvoloso, ma niente pioggia. Caricarono il cibo e l'attrezzatura sulla chiatta e Ronnie li condusse verso la parte della baia che distava poco meno di un miglio dalla terraferma. Il professor Gilfoy ne indicò un punto e disse: «Qui lo Stato costruirà il ponte, se il progetto di Panther Cay viene approvato».

Alle undici e mezza la squadra si caricò in spalla tutto l'equipaggiamento – tre pale pieghevoli, cazzuole, scalpelli, due seghe elettriche, due machete, occhialini, tele cerate, un kit di primo soccorso, una pistola, macchine fotografiche, panini e acqua – e si addentrò nel bosco in cerca di un sentiero che secondo Lovely sarebbe stato facile da trovare. Non fu così.

Diane e Mercer rimasero ad aspettare sotto il gazebo della chiatta insieme a Lovely. Ronnie appese tre amache e le invitò a rilassarsi. Avevano discusso a lungo della capacità di resistenza di Lovely e di quanto avrebbe potuto camminare. Per avere ottant'anni era in forma, ma di certo non poteva reggere una faticosa marcia nella giungla. L'obiettivo iniziale era trovare il cimitero senza di lei e, in seguito, vedere se fosse riuscita a raggiungerlo per dare una mano a identificare le tombe.

Mercer si distese su un'amaca, aprì un libro e si addormentò quasi subito. Diane si infilò gli auricolari e fece un sonnellino. Lovely rimase seduta all'ombra sul ponte a fissare l'acqua, persa nella sua storia.

## 10

La squadra fece ritorno cinque ore dopo, sana e salva. Non avevano trovato niente che fosse neanche lontanamente riconducibile a un sentiero, e si erano resi conto quasi subito che avrebbero dovuto crearlo da zero. Era una pessima notizia. Quella buona, però, era che i tre bianchi erano ancora vivi. Lovely doveva avere sciolto davvero la maledizione.

Avevano visto tre serpenti a sonagli e ne avevano uccisi due. Fino a quel momento, nessun segno di pantere o linci rosse. In certi tratti gli insetti formavano sciami compatti come nebbia. Le zanzare erano enormi, ma non potevano competere con il loro insetticida. Le conseguenze di Leo erano peggiori di quanto avessero immaginato. Gli alberi spezzati erano migliaia e formavano cumuli enormi. L'isola era larga poco più di un chilometro e mezzo ed erano riusciti a penetrarne circa un terzo. Non avevano visto nulla che fosse stato costruito da esseri umani.

Ronnie mollò gli ormeggi e fecero il giro della baia fino all'oceano. Li scaricò e ripartì. Bevvero birra ghiacciata, tutti tranne Lovely. Accesero un piccolo falò e riposarono. Sfiniti, decisero di cenare con i panini e coricarsi presto.

## 11

Le pantere aspettarono che l'isola fosse completamente al buio. Come secondo una coreografia, una si appostò sulla spiaggia una cinquantina di metri a nord dell'accampamento, l'altra a sud. La prima emise un ruggito basso e vibrante che si fece via via più forte, come se si stesse preparando ad attaccare.

Dopo alcuni secondi, dall'altro capo della spiaggia arrivò la risposta. Poi un potente ruggito squarciò il silenzio e fece sussultare i campeggiatori addormentati. Quando da sud ne giunse un altro, Diane sobbalzò e per poco non si mise a strillare. Il botta e risposta fra pantere continuò mentre all'interno delle tende si accendevano le torce.

Anche se un archeologo è spaventato, lo nasconde. Tutti e sei i membri del gruppo rimasero ad ascoltare seduti sulle brande, ovviamente disorientati. Diane si copriva la testa con le lenzuola. Mercer respirava appena. La professoressa Pennington attese il ruggito successivo. Lovely, invece, appoggiò con calma i piedi a terra e sorrise.

Altri versi di pantera a tutto volume. Prima una, poi l'altra.

«Cosa sono?» chiese Diane da sotto le lenzuola.

«Due pantere» disse Lovely. «Maschio e femmina. Non hai mai sentito una pantera?»

«No, stranamente no.»

«Quand'ero piccola le sentivo sempre.»

«Cosa stanno facendo?»

«Più che altro cosa stanno per fare» intervenne la professoressa Pennington. «È la stagione dell'accoppiamento, vero, Lovely?»

«Credo di sì. È primavera. Anche allora le avevamo attorno al villaggio. Meglio non disturbarle, soprattutto in questo periodo dell'anno.»

«Adesso le stiamo disturbando? Non sembrano contente.»

«È la loro isola» spiegò Lovely. «No, non ci vogliono qui.»

Erano quasi le due di notte. Tutte e tre le tende erano ben chiuse e nessuno si sarebbe avventurato all'esterno. Trascorsero alcuni minuti, durante i quali aspettarono con ansia un altro ruggito o, peggio ancora, qualche tipo di attacco. Invece le pantere se ne andarono.

Dormire non fu facile, ma alla fine ci riuscirono. La notte precedente non avevano chiuso occhio, e la prima incursione nella giungla li aveva sfiniti. Mentre tutti erano profondamente addormentati, una pantera si avvicinò a pochi centimetri dalla branda del professor Gilfoy e ruggì da dietro la tela. Una seconda era appena fuori dall'ingresso della tenda delle ragazze, e rispose ululando. Un'altra pantera grattava la porta della tenda delle provviste.

E andò avanti così. Le pantere tennero d'occhio i visitatori per tutta la notte, incuriosite dalle tende e attirate dall'odore del cibo.

## 12

Quando il sole comparve all'orizzonte, il professor Sargent e il professor Gilfoy erano seduti sulla sabbia ai margini della battigia a sorseggiare caffè appena fatto e a parlare sottovoce. Temevano che il progetto fosse una perdita di tempo. Non avevano trovato niente che desse qualche speranza. Nulla, nei cumuli di detriti o nel cuore della foresta, indicava che sull'isola ci fossero mai stati esseri umani. C'erano giusto le solite lattine di birra e le bottiglie di plastica sbattute sulla spiaggia dalle maree. Nessun frammento di vetro, carta, legno, assi, brandelli di tessuto, pietre levigate, nessuna delle tracce tipiche degli insediamenti perduti.

Dopo mezza giornata nella foresta si sentivano demoralizzati, ma non era una novità. Avevano risorse per sette giorni e di certo non si sarebbero tirati indietro. Tutti i membri del gruppo avevano letto il libro di Lovely e credevano alla sua storia. Le tracce che l'uragano non aveva cancellato dovevano essere sepolte da qualche parte sull'isola, e loro erano decisi a trovarle.

Avevano bisogno di ossa.

A colazione studiarono altre mappe e prospettive aeree, tutte risalenti a prima di Leo e dunque obsolete. Decisero di fare a meno della chiatta e di addentrarsi nella foresta. Caricarono gli zaini e lasciarono l'accampamento subito dopo le nove. Diane e Mercer rassettarono e andarono a riposare sotto un albero insieme a Lovely. Il segnale della rete telefonica era ancora precario.

Diane mise via il suo libro e chiese a Lovely quanto spesso pensasse a Nalla.

Lovely le sorrise. «In ogni momento» disse. «Abbiamo sempre creduto che lei e le altre siano naufragate proprio in questo punto della spiaggia. Duecentosessant'anni fa.» Scrutò l'oceano come per cercare una nave. «Una ragazza schiava, incinta di un uomo bianco. Fatta prigioniera, incatenata, spedita oltreoceano come un animale. Penso che la tempesta fu la sua fortuna, non credi?»

«Non oserei chiamarla fortuna.»

«Oh, credo che siano stati tutti fortunati a trovare questo posto. Qui non erano schiavi. Combatterono e uccisero i bianchi che vennero a cercarli, e si protessero a vicenda.»

«E adesso i bianchi sono tornati» commentò Mercer.

«È vero. Stavolta per prendersi l'isola usano i soldi, gli avvocati e i tribunali, anziché le pistole. Ma vinceremo noi, vero, Diane?»

«Penso di sì.»

Lovely prese il bastone. «Facciamo una passeggiata sulla spiaggia, finché il sole è dietro quelle nuvole.»

Sulla sabbia più compatta della battigia si tolsero gli scarponcini. Lovely teneva il bastone con la mano destra e si appoggiava al braccio di Mercer con la sinistra.

Ma camminare era troppo faticoso, e tornarono indietro. Dall'accampamento sentirono il fischio distante di una motosega.

## 13

La caratteristica più spaventosa di un crotalo diamantino non sono i denti velenosi, ma il sonaglio. Udirlo vibrare vuol dire soltanto una cosa: il serpente ti ha già visto o sentito anche se tu ancora non lo vedi, ed è arrabbiato, spaventato, pronto a proteggersi. Se hai la fortuna di avvistarlo subito dopo aver sentito il sonaglio puoi spostarti, allontanarti il più possibile. Ma se senti il sonaglio e non trovi il serpente, be', allora sì che c'è da avere paura.

Dopo aver udito due sonagli senza aver visto serpenti, la squadra era terrorizzata. Si sedettero a bere e riposare sul tronco di una quercia caduta, con l'orecchio teso. Il professor Gilfoy bevve un sorso, si asciugò il mento con una manica e vide qualcosa in un mucchio di legna marcia a una decina di metri di distanza. C'era un bagliore che sembrava metallico. Gilfoy prese una pala e si avvicinò al mucchio per spostare un po' di detriti. Sollevò lentamente un pezzo lungo una sessantina di centimetri di un asse tagliato, parzialmente marcio e coperto di fango.

«È un cardine!» annunciò con entusiasmo. Gli altri cinque accorsero a ispezionarlo. Avevano trovato il primo segno di civiltà.

«Un cardine piatto da sette centimetri» disse uno di loro.

«Ferro antico» disse un altro.

«Potrebbe essere di un armadio?»

«No, è troppo lungo.»

«Estremità a forma di guglia. Era di una porta, sicuramente.»

«Vecchio?»

«Avrà cento anni.»

«Sì, di inizio Novecento.»

Se lo passarono di mano in mano, in modo che tutti potessero toccarlo. Un diamante raro non sarebbe stato altrettanto prezioso.

«Allora, adesso sappiamo che un centinaio di anni fa da queste parti c'era un'abitazione, ed era abbastanza moderna da avere porte con cardini di ferro» disse Sargent. «Se osservate la linea degli alberi, laggiù, vedrete che il terreno sale. Lovely ha detto che il cimitero era nella parte più alta dell'isola. Se le case erano qui, il cimitero potrebbe essere lassù.»

«Ottima deduzione» osservò Pennington.

«Facciamo un tentativo.»

Dopo un'ora, facendosi largo a colpi di machete, raggiunsero la sommità di un bassopiano e si fermarono in una piccola radura invasa dalle erbacce e da un intrico di arbusti. Lovely aveva detto che nel cimitero non c'erano alberi. Forse il sito della necropoli era proprio quello. Impiegarono un'altra ora per sgombrarlo, non trovarono niente e si fermarono per la pausa pranzo.

Il professor Sargent andò a fare pipì dietro un grosso albero. In mezzo a un gruppetto di piante giovani vide una serie di infossamenti coperti d'erba, disposti a mezzo metro l'uno dall'altro. Lovely aveva detto che, siccome sull'isola non c'erano pietre né rocce, le sepolture non avevano lapidi ma piccole croci di legno con inciso il nome dei defunti.

«Mi sa che sono le tombe» disse Sargent.

Cominciarono subito a scavare.

## 14

Decisero di fermarsi e di fare ritorno all'accampamento anche se il sole era alto. Meglio approfittare della luce, piuttosto che attendere fino a sera e perdersi. Lasciarono le seghe elettriche, le pale e gli altri strumenti sotto un albero, coperti da una tela cerata blu elettrico. Tennero i machete e le pistole per affrontare eventuali serpenti a sonagli. Gilfoy aveva una bomboletta di vernice arancione, che usò per segnare gli alberi lungo il tragitto di ritorno. Adesso che la strada era tracciata, il viaggio durò appena trenta minuti.

Il fatto che Lovely dovesse affrontare la scarpinata li impensieriva, ma lei aveva insistito: se avessero trovato il cimitero doveva esserci. Non dovevano portare via niente dalla necropoli senza la sua presenza. Altrimenti gli spiriti si sarebbero infuriati.

Dopo un giro di birre cenarono con stufato di manzo in scatola e cracker al formaggio, poi avvicinarono le sedie al falò. Non erano neanche le otto di sera, troppo presto per andare a dormire nonostante il disperato bisogno di riposare. Avevano scherzato tutto il giorno sulle pantere, che quella notte li avrebbero lasciati senz'altro in pace.

Il professor Gilfoy chiese agli archeologi afroamericani delle altre necropoli di schiavi a cui avevano lavorato, e ancora una volta gli aneddoti si sprecarono. Il professor Sargent era stato coinvolto in quella che era forse la scoperta più clamorosa di tutte. Nel 1991, a Lower Manhattan, durante gli scavi per la costruzione di un tribunale federale un'impresa edile trovò decine di sepolture di schiavi ed ex schiavi. Una violenta controversia fermò i lavori, e l'intervento degli archeologi consentì di portare alla luce altre tombe. Secondo le stime, dal Diciassettesimo secolo in poi il cimitero aveva accolto tra i quindicimila e i ventimila afroamericani, sepolti non in fosse comuni ma ciascuno in una bara di legno. La metà dei defunti identificati aveva meno di dodici anni, a dimostrazione dell'alto tasso di mortalità dell'epoca. Si riuscirono a salvare e trasferire un totale di quattrocentodiciannove bare ancora integre, e al posto del tribunale sorse un monumento nazionale.

Lovely raccontò la storia della morte e della sepoltura di suo padre. Era nel libro, e tutti quelli che c'erano attorno al fuoco l'avevano letta. Jeremiah era morto nel 1948. Il suo corpo era stato messo in una bara costruita dal fratello, un falegname. Lovely ricordava ancora bene il momento in cui la vide calare nella terra.

Come tutte le altre era rivolta a est, verso l'oceano, verso la loro casa, l'Africa.

«Domani la troveremo» promise Sargent.

## 15

La notte trascorse silenziosa e placida, senza temporali o pantere a disturbarla. I membri della spedizione si alzarono all'alba, ansiosi di cominciare una lunga e produttiva giornata allo scavo. Fecero colazione ancora una volta a base di avena e frutta, e litri di caffè forte. Il piano era che Lovely si mettesse subito in marcia con loro e fosse presente all'apertura delle tombe. Se avesse avuto bisogno di riposo, metà della squadra avrebbe riportato lei, Diane e Mercer all'accampamento.

Nella foresta rimase sorpresa e rattristata dalla devastazione. «Non posso crederci» continuava a mormorare.

Si fermarono davanti al cumulo di legna e detriti. Il professor Gilfoy le mostrò il cardine e il frammento di porta da cui proveniva. «È possibile che il villaggio fosse qui?»

«Non lo so» rispose lei, sconcertata. «È tutto distrutto, talmente diverso.» Rifletté un momento mentre si guardava attorno. «Forse. Sì, le nostre case potevano essere qui. Il cimitero dovrebbe essere da quella parte.» Indicò la direzione giusta.

Quando il sentiero cominciò a salire lievemente, Lovely fece fatica a restare in equilibrio. Si appoggiò a Mercer e al suo bastone e ponderò ogni passo. Tre archeologi camminavano davanti a lei, controllando il terreno e cercando eventuali serpenti. Gli altri tre la seguivano con pazienza.

Lovely aveva fatto una lista dei suoi antenati seppelliti sull'isola. In totale erano settantatré, anche se alcuni erano in posti diversi. Un prozio aveva litigato con la famiglia a causa di una storia con una donna e si era allontanato dal villaggio. Lui e i suoi discendenti avevano il loro cimitero privato. Da bambina, Lovely conosceva altri piccoli cimiteri sparsi sull'isola. Duecento anni prima i defunti venivano sepolti in fosse poco profonde, senza bara.

Si fermarono nella radura in cui avevano lavorato il giorno prima. «Qui abbiamo trovato delle tombe» spiegò Sargent. «C'è qualcosa che le sembra familiare?»

Lovely scuoteva la testa, asciugandosi le guance.

«Da qualche parte dobbiamo pur cominciare, Lovely.»

«Non so, è tutto diverso.»

Radunarono pale e attrezzi, e appesero la tela cerata blu per fare ombra a Lovely, quando andò a sedersi. Era emozionata e sopraffatta, e la lasciarono un po' sola.

La fila di infossamenti nel terreno sembrava il posto migliore per cominciare a scavare. Dopo mezz'ora trovarono delle ossa, troppo piccole per essere di un adulto, e non intatte. Il cranio era sfondato e mancavano i piedi. Si trovavano a una cinquantina di centimetri dalla superficie e non c'era traccia di una bara.

Lovely si fece largo tra gli altri e si inginocchiò di fianco alla tomba. Senza toccare le ossa tenne le mani tese sopra di esse, chiuse gli occhi e mormorò una preghiera. Osservò gli altri infossamenti e disse: «Adesso ricordo. Le tombe dei bambini, seppelliti molto prima della mia nascita. Quando ancora non usavano le bare». Si alzò, si guardò attorno e indicò un punto. «Poco tempo dopo la morte di Nalla, l'isola fu colpita da una febbre che uccise quasi tutti i bambini. Li seppellirono qui, in fila, in fosse poco profonde perché avevano fretta. La mia gente è laggiù, in quel punto del cimitero.»

Aveva indicato un'area invasa da rovi e rampicanti che di certo nascondevano serpenti. Gli archeologi posarono le pale e presero i machete, le falci e le seghe elettriche. Per due ore tagliarono alberelli, piccole querce e arbusti e trasportarono i detriti in un altro angolo, dove si sperava che non dovessero più toccarli. Quando il suolo fu sgombro e ripulito esaminarono la conformazione del terreno. In un punto c'era una lieve irregolarità che, a guardarla bene, poteva essere artificiale. Le pale si misero a scavare. Il suolo sabbioso era morbido e cedevole, il che non era necessariamente una cosa positiva. Se avessero trovato resti umani, quasi certamente sarebbero stati in condizioni pessime. L'umidità causava un deterioramento più rapido del corpo e riduceva drasticamente le tracce di DNA.

A circa un metro di profondità, una pala toccò qualcosa di duro. Era legno. Si misero a scavare in quattro, con cautela, e ben presto scoprirono l'angolo di quella che sapevano essere una bara. Era certamente vecchia, con il coperchio marcio e i lati sfondati. Dopo aver spostato quanta più terra possibile cominciarono a trovare ossa ammassate alla rinfusa.

Secondo gli esperti, la marea che si era abbattuta su Camino Island insieme all'uragano Leo aveva sfiorato gli otto metri di altezza. A Dark Isle, disabitata, nessuno aveva misurato i cavalloni e le raffiche di vento. Il lieve crinale su cui si trovava la squadra era circa a sei metri sul livello del mare, e Leo doveva averlo sommerso insieme al resto dell'isola. A giudicare dai mucchi di alberi marciti, non era difficile credere che tutto fosse stato spazzato via da un'onda enorme.

Rovistando tra i resti ossei, gli archeologi concordarono che l'acqua doveva aver riempito anche la bara.

Lovely si sporse sopra le ossa e recitò una preghiera che per il resto del gruppo era indecifrabile, poi tornò all'ombra sotto la tela cerata. A mezzogiorno erano esausti e affamati, e decisero di rientrare all'accampamento. Lovely aveva bisogno di fare un sonnellino.

## 16

Esplorarono altre due sepolture. Le bare erano marce, le ossa in disordine, e insieme ai corpi non era stato tumulato nessun oggetto di valore. Lovely li benedisse e poi si allontanò mentre la squadra esaminava le ossa raschiandole dolcemente, studiando ogni frammento, cercando qualche traccia, filmando e fotografando. Quando il sole cominciò a calare, gli archeologi coprirono tutto con la tela cerata e si incamminarono verso l'accampamento.

## 17

Un cimitero come quello era il sogno di ogni archeologo. C'erano moltissime tombe con vecchie bare piene di ossa umane, e la tentazione di perdere di vista il motivo della spedizione era forte, ma l'obiettivo era collegare qualche osso al profilo genetico di Lovely. Dopo tre giorni di scavi ininterrotti, gli studiosi si resero conto che avrebbero potuto continuare per settimane.

Lovely era pronta ad andarsene. Tutti avevano bisogno di una doccia e di un pasto caldo. Quando infine stabilirono di aver trovato reperti a sufficienza, il professor Sargent chiamò Ronnie e la sua chiatta.

## 18

Sei giorni dopo, Steven ricevette la telefonata dal laboratorio di Austin che si era occupato dell'analisi genetica. Su otto campioni raccolti da quattro sepolture diverse – cinque ossa e tre denti –, sei non contenevano una quantità di tessuti sufficiente a confrontarli con il campione di sangue di Lovely. Erano in condizioni pessime: benché fossero rimasti circa un metro sottoterra per decenni, forse per secoli, si erano degradati per effetto dell'umidità e del calore eccessivi. Soltanto due ossa, entrambe prelevate da mandibole, erano utilizzabili.

La sconfortante verità era che non contenevano il DNA di Lovely. Anche se i suoi antenati fossero davvero stati seppelliti su Dark Isle, non c'erano prove da esibire in tribunale.

# 10
# Il processo

## 1

Gifford Knox, che in teoria soffriva ancora di emicranie e svenimenti e stava ancora patendo il travaglio di una prolungata terapia di riabilitazione, aveva raggiunto Camino Island in barca a vela tre giorni prima del processo ed era pronto a seminare zizzania. Il suo piano era coinvolgere alcuni leader neri dell'isola e di Jacksonville in una campagna antirazzista. A suo dire, il processo era il classico esempio di ricca azienda bianca che pretendeva di strappare terra consacrata a un'indigente donna nera. Lo aveva già visto succedere nel suo amato Low Country e ci aveva anche scritto un lungo articolo su una rivista.

Steven Mahon, tuttavia, non era sicuro che sarebbe stato utile. L'opinione pubblica non poteva condizionare in nessun modo il processo. Il giudice Burch non aveva elettori da tenersi buoni, e fino a quel momento non si era sbilanciato in favoritismi. Le proteste e le conferenze stampa non avrebbero fatto altro che irritarlo.

Bruce riuscì a dissuadere Gifford e lo convinse che un editoriale aggressivo su un giornale importante sarebbe stato più efficace. Giff gli rispose che ne stava già finendo di scrivere uno per il "New York Times".

Reggendosi al bastone – come ogni volta che era in pubblico – Gifford arrivò in tribunale il mattino presto di lunedì 18 maggio e andò a sedersi accanto a Mercer e Thomas. Bruce era alle loro spalle. Alle nove l'aula era piena.

## 2

Nell'ufficio del giudice, Burch e gli avvocati sedevano attorno a un tavolo sorseggiando caffè e discutendo delle questioni dell'ultimo minuto. «Immagino che vogliate fare delle dichiarazioni d'apertura» disse il giudice.

Steven si strinse nelle spalle: per lui non era un dettaglio fondamentale. In fondo non c'erano giurati da influenzare e Burch conosceva il caso alla perfezione. Monty Martin, l'avvocato della Tidal Breeze, la pensava diversamente: «Vorrei dire qualche parola, giudice, perché sia messa a verbale».

«Va bene. E lei, avvocato Killebrew?»

«Anch'io, Vostro Onore.»

Evan Killebrew era un viceprocuratore generale che rappresentava lo Stato della Florida.

«D'accordo, ma siate brevi.»

Gli avvocati entrarono in aula da una porta dietro lo scanno e andarono a sedersi. Di fronte al giudice erano stati allestiti tre tavoli. A sinistra c'era quello della parte ricorrente, dove Lovely Jackson sedeva in tutto il suo splendore, agghindata con un abito rosso acceso che sfiorava il pavimento e un turbante a strisce rosse e gialle che sembrava toccare il soffitto. Fino a quel momento, nessuno aveva ancora obiettato sull'uso di copricapi in aula. I tre commessi, gli avvocati della controparte, gli assistenti: nessuno aveva fiatato. Né lo avrebbe fatto. Steven aveva sussurrato qualcosa a Burch, e nemmeno il giudice aveva nulla in contrario. Diane Krug sedeva alla sua sinistra, come un vero avvocato, anche se non si era ancora laureata in legge.

Il tavolo centrale era occupato dallo Stato. L'entourage di Evan Killebrew era composto da due associati e un assistente. A destra Pete Riddle sedeva al centro del tavolo in qualità di fiero rappresentante della Tidal Breeze; lo affiancavano Monty Martin e un socio junior, coadiuvati da diversi assistenti. Mayes Barrow aveva il naso infilato in un fascicolo. I quattordici posti riservati alla giuria erano vuoti.

«In piedi!» tuonò un commesso. I presenti obbedirono e scattarono sull'attenti. Il giudice Burch entrò in aula tutto fiero, la sua toga nera era lunga quanto l'abito di Lovely. «Sedetevi, prego. E buongiorno» disse mentre si accomodava. Fece una pausa di un secondo mentre tutti tornavano a sedersi quasi con la stessa fretta di quando si erano alzati. «Buongiorno» ripeté, forte, parlando al microfono. «La causa che stiamo per dibattere riguarda il diritto di proprietà su un territorio noto con il nome di Dark Isle. Mi sono già capitati casi simili in passato, e non ho mai avuto più di cinque spettatori, perciò vi ringrazio per il vostro interesse. Spero non vi annoierete a morte. Come vedete, la giuria non c'è. In Florida non usiamo le giurie per le dispute sul diritto di proprietà, come invece si fa in quarantacinque altri Stati. Io e gli avvocati abbiamo concordato la lista dei testimoni e siamo fiduciosi di poter concludere tutto entro domani pomeriggio o nella prima mattinata di mercoledì. C'è tempo in abbondanza, non abbiamo nessuna fretta. Lascio la parola a ciascuna parte per qualche minuto di osservazioni preliminari. Avvocato Mahon, prego.»

Steven avanzò fino al podio di fianco al tavolo centrale. «Grazie, Vostro Onore. Sono il direttore del Barrier Island Legal Defense Fund, e mi trovo qui in questo ruolo. Soprattutto, però, ho il privilegio di rappresentare la parte ricorrente, Lovely Jackson, e devo dire che è stato uno dei momenti più alti della mia carriera. Ms Jackson è la legittima proprietaria di Dark Isle perché sin dalla metà del Diciottesimo secolo l'isola è appartenuta ai suoi antenati. Questi ultimi erano ex schiavi ai quali non importava nulla di ottenere una concessione dalla Corona inglese, né di contestare diritti di proprietà dichiarati da altri intrusi europei. Di fatto, in quanto ex schiavi, non volevano avere niente a che fare con le leggi dei bianchi. Vissero, lavorarono, si moltiplicarono, misero su famiglia e si godettero la vita da persone libere, e morirono su Dark Isle, dove sono tuttora sepolti. Ms Jackson è l'ultima discendente conosciuta degli ex schiavi e della gente libera di Dark Isle. L'isola appartiene a lei, Vostro Onore, non a un'ambiziosa società immobiliare di Miami.»

Andò a sedersi e fece l'occhiolino a Mercer.

Evan Killebrew si alzò in piedi senza allontanarsi dalla sedia e parlò a braccio. «Vostro Onore, da qui a Pensacola fino alle Keys ci sono circa ottocento isole deserte e abbandonate che in quanto tali, secondo una legge di oltre sessant'anni fa, appartengono di diritto allo Stato della Florida. La questione, per quanto ci riguarda, si esaurisce qui. Non contestiamo che per molti anni su Dark Isle sia vissuto qualcuno, ma le prove dimostrano che nessuno ne ha mai rivendicato legalmente la proprietà. Almeno fino a oggi. Adesso l'isola sembra molto richiesta. Ci aspettiamo anche che le prove confermino che l'ultima residente dell'isola, Ms Jackson, la lasciò nel 1955, sessantacinque anni fa. Da allora non ci è mai più vissuto nessuno. È un caso semplice, Vostro Onore. I terreni contestati appartengono ai contribuenti dello Stato della Florida.»

«Grazie, avvocato Killebrew. Lascio la parola ai legali della Tidal Breeze Corporation.»

Monty Martin si avvicinò al leggio e lanciò un'occhiataccia a Steven Mahon; sembrava offeso per qualcosa. «Grazie, Vostro Onore. La mia cliente ha un'eccellente reputazione nel settore della costruzione di resort, alberghi, appartamenti di lusso e centri commerciali in tutta la Florida. È un'azienda a conduzione familiare e opera nel settore da quasi cinquant'anni. Dà lavoro a seimila residenti della Florida e l'anno scorso ha pagato oltre trentuno milioni di dollari di imposte sul reddito. La Tidal Breeze è un'impresa solida e sono onorato di rappresentarla da molti anni.»

Diane scribacchiò qualcosa sul taccuino e lo passò a Steven: "A duemila dollari all'ora sarei onorata anch'io!".

«Vostro Onore, non c'è nessuna prova che Ms Jackson sia mai vissuta sull'isola. Nel suo libro lei stessa scrive di esserci nata ma di averla lasciata insieme a sua madre sessantacinque anni fa. Immagino che il libro sarà incluso tra le prove: ormai lo abbiamo letto tutti. È una bella storia, si legge quasi come un romanzo, una vicenda inventata ma credibile. E mettiamo pure che sia tutto vero. Se anche fosse, Ms Jackson ha abbandonato l'isola decenni fa. In Florida la legge parla chiaro. Perché sia valido il principio dell'usucapione, la proprietà di un bene deve essere continua, manifesta, di dominio pubblico ed esclusiva per almeno sette anni. Ms Jackson non ha rivendicato la proprietà dell'isola finché la mia cliente non si è fatto avanti con il progetto di costruirvi un grosso resort. Sì, la mia cliente ha annunciato che spenderà almeno seicento milioni di dollari sull'isola. Lo Stato della Florida ha indicativamente accettato di costruire un nuovo ponte. La nostra tesi come parte in causa, Vostro Onore, è che il diritto di proprietà di questa isola fu acquisito dalla Florida quando divenne uno Stato, nel 1845.»

Monty tornò a sedersi.

«Grazie, signori. La parte ricorrente può chiamare il suo primo testimone.»

Steven si alzò e scandì il nome di Lovely Jackson.

## 3

Nessuno aveva chiesto di poter scattare foto in aula, e comunque il giudice Burch avrebbe detto di no. L'unica ritrattista presente in prima fila era del quotidiano di Jacksonville, e si stava divertendo un mondo a riprodurre l'immagine variopinta della testimone.

Abbinati al turbante giallo e rosso e all'abito, Lovely indossava un paio di occhiali dalla montatura rotonda e rossa, da dietro i quali fissò il commesso mentre giurava di dire la verità. Si accomodò al banco dei testimoni, si avvicinò il microfono come le aveva detto di fare Steven, guardò il pubblico e sorrise a Diane e Mercer. Vide Miss Naomi in seconda fila e le fece un lieve cenno. Tutt'altro che nervosa, appariva fiera, regale, pronta ad andare in scena e a dire la sua verità.

Con una serie di domande semplici, che avevano concordato e ripassato insieme, Steven la condusse attraverso la fase preliminare. Lei rispose lentamente e in modo chiaro. Era nata a Dark Isle nel 1940, se n'era andata dopo quindici anni. Imbeccata dal suo legale, rievocò e descrisse la sua famiglia, la sua casa, i vicini, il villaggio, la scuola, la cappella, la loro religione e la routine quotidiana, il terrore che i bianchi si prendessero l'isola, la paura della morte e della malattia. Dall'età di sette anni Lovely andava a scuola tutti i giorni sino a mezzogiorno, poi rientrava e contribuiva alle faccende domestiche. Le donne si prendevano cura degli orti, cucinavano, pulivano le case. Gli uomini e i bambini maschi pescavano e portavano a casa pesci e frutti di mare, parte dei quali venivano venduti a Santa Rosa e sulla terraferma. Nessuno aveva un vero e proprio lavoro; tutti si davano una mano. La morte incombeva sempre come una nuvola. La maggior parte degli uomini moriva attorno ai cinquant'anni. Morivano anche molti bambini. Il cimitero era un posto affollato. Lo zio di Lovely, falegname, costruì tante bare. Il "prete", come lo chiamavano, aveva una tonaca nera che aveva comprato da qualche parte sulla terraferma, e Lovely ne ebbe sempre paura perché voleva dire morte. Conservava ricordi vividi delle bare calate nelle tombe.

Dopo un'ora e mezza di racconto ininterrotto, il giudice Burch decretò una pausa. Diane accompagnò Lovely al bagno delle signore mentre gli spettatori chiacchieravano a voce bassa.

«Se la sta cavando benissimo» disse Diane mentre avanzavano lungo il corridoio.

«Sto solo parlando, non è nulla di strano.»

Quando la seduta riprese, Steven tese a Lovely una copia del suo libro, che lei identificò. Chiese che fosse ammesso tra le prove.

Monty Martin si alzò e disse: «Vostro Onore, noi non abbiamo nessuna obiezione, ma sia chiaro che a nostro parere ciò che si racconta in quelle pagine non corrisponde a verità. Ci riserviamo il diritto di controinterrogare la testimone a partire dal suo stesso libro».

«Certamente» concesse Burch.

Steven tornò al leggio e chiese: «Ms Jackson, perché ha scritto il libro?».

Lovely abbassò lo sguardo e rispose dopo una lunga pausa. «Be', l'ho fatto perché la mia gente non venga dimenticata. Volevo preservare la storia di Dark Isle dall'epoca in cui i miei antenati arrivarono dall'Africa. Un sacco di storie di schiavi sono state dimenticate perché nessuno le racconta più. Voglio che la gente sappia e ricordi quanto hanno sofferto i miei avi, e come sono sopravvissuti. Oggi non conosciamo la vera storia, perché non ci è stata insegnata, e non ce l'hanno insegnata perché quasi tutto è dimenticato. La gente non vuole sentir parlare di quello che è successo agli schiavi.»

Steven la pregò di illustrare il suo processo creativo. Quanto aveva impiegato per scrivere il libro? Più o meno una decina d'anni. Aveva chiesto consiglio a qualcuno? Non proprio, aveva solo letto qualche articolo. Aveva scritto a mano e pagato una signorina, un'insegnante, perché battesse tutto a macchina. Arrivata alla fine del libro, si era domandata che cosa poteva farne. La ragazza che gliel'aveva battuto le aveva detto che avrebbe cercato un editore, ma non sapeva da dove cominciare. La svolta era arrivata quando qualcuno le aveva parlato di un editore che in cambio di duemila dollari poteva stamparle cinquecento copie del libro. E così era stato.

Steven non aveva intenzione di chiederle se le cinquecento copie fossero state vendute. Sapeva che la risposta era no e non voleva mettere in imbarazzo la sua cliente. Cambiò argomento e le domandò della decisione di allontanarsi da Dark Isle (non usò mai il verbo "abbandonare"). Lovely fece un respiro profondo e abbassò di nuovo lo sguardo. Lei e la madre erano rimaste sole. Il villaggio era triste e deprimente e tutti i loro amici e familiari erano morti. Avevano poco da mangiare e certi giorni non mangiavano affatto. Un amico di sua madre andò a trovarle e le convinse che era il momento di cambiare vita. Si trasferirono da un'altra amica a Camino Island e cominciarono a lavorare nei conservifici. Dopo la morte della madre, Lovely si sposò con un uomo con un buon stipendio. Salì di livello e iniziò a lavorare negli alberghi. Sentiva la mancanza dell'isola e desiderava vederla, ma suo marito non era interessato, perciò lei cominciò a pagare un certo Herschel Landry, pescatore, perché più volte all'anno la portasse a Dark Isle a prendersi cura delle tombe di famiglia nel cimitero. Herschel lo fece per molti anni, finché non vendette la barca e si trasferì. Nel frattempo il marito di Lovely l'aveva lasciata.

Lovely si sentì di colpo molto affaticata e si sfilò gli occhiali. Era quasi mezzogiorno, tutti avevano bisogno di una pausa. Il giudice Burch dichiarò l'interruzione per il pranzo fino alle due.

## 4

Il locale più vicino era proprio di fronte al tribunale. Il tempo era bello, perciò Bruce aveva prenotato un tavolo nel dehors, dove accolse Mercer e Thomas, Steven e Diane e Lovely e Miss Naomi. Ordinò tè freddo e caffè. Gifford Knox arrivò qualche minuto dopo, con il bastone, e ordinò un whiskey sour.

Interrogata da Steven, Lovely se l'era cavata benissimo e per il momento non c'era niente di cui preoccuparsi. Era un po' stanca, ma pensava che un buon pranzo l'avrebbe rimessa in sesto per il pomeriggio.

Steven e Diane avevano trascorso ore insieme a lei a rifinire la testimonianza, decidere che cosa era importante e cosa si poteva tralasciare e anticipare eventuali attacchi della controparte. Steven aveva persino provato qualche vecchio trucchetto per metterla in difficoltà, ma non ci era riuscito. Lovely non si era scomposta né durante le prove, né quella mattina in aula.

Si chiesero per quanto tenerla ancora al banco dei testimoni. Raccontare la sua storia per intero avrebbe richiesto ore, e a un certo punto sarebbe diventato monotono. Steven sapeva per esperienza che spesso anche i migliori testimoni venivano fatti a pezzi perché avevano parlato troppo. D'altro canto, un'ottima testimonianza andava ascoltata. La verità era che il memoir di Lovely era tra le prove ed era già stato esaminato dal giudice Burch e dagli avvocati. Il punto era stabilire quanto ripetere e quanto tralasciare.

Dal momento che il giudice Burch era l'unico giurato, tutti avevano studiato con grande attenzione il suo atteggiamento, i suoi gesti e le sue espressioni. Fino a quel momento si era dimostrato assolutamente impassibile. Ascoltava con attenzione ogni parola, prendeva appunti, deliberava rapidamente sulle obiezioni e non si lasciava sfuggire niente. Sembrava interessato al caso e desideroso di ascoltare le deposizioni.

## 5

Alle due del pomeriggio Lovely tornò al banco dei testimoni e sorrise a Suo Onore. Steven le chiese se ultimamente fosse stata sull'isola; lei disse di sì, circa tre settimane prima, con gli archeologi. Le chiese di descrivere l'attuale aspetto di Dark Isle, e lei fece un bel respiro. Quando parlò, la sua voce si incrinò per la prima volta. Bevve un sorso d'acqua, drizzò le spalle e cominciò a parlare. Steven intervenne qualche volta per non farle perdere il filo. In due occasioni Monty Martin obiettò garbatamente che Lovely stava divagando, ma Burch lo liquidò con un cenno. Avrebbero ascoltato tutto quello che Lovely Jackson aveva da dire.

«E ha trovato le tombe di suo padre e dei suoi nonni?»

«Ecco, non ne siamo sicuri. Abbiamo trovato molte tombe, ma non erano segnate. Non c'erano pietre, niente di niente. Quasi tutte le bare erano marce. Gli scienziati hanno fatto il test del DNA, ma non hanno scoperto niente. Perciò no, non posso dire con certezza che abbiamo trovato le tombe dei miei parenti.»

Su un grosso schermo sistemato nel banco della giuria, Diane mostrò una fotografia a colori scattata dalla professoressa Pennington mentre la squadra era al lavoro nel cimitero. Le tombe erano segnalate da cordicelle legate a dei paletti. Lungo una delle estremità del cimitero erano ammassati cumuli di terra. Due degli archeologi erano inginocchiati, al lavoro con le cazzuole.

«Questa foto le è familiare?» chiese Steven.

«Sissignore. Eravamo lì qualche giorno fa.»

«E sa chi era seppellito nelle tombe che sono state dissotterrate?»

«No, non esattamente. Ma credo che in quell'angolo del cimitero ci fossero i miei parenti. Mio papà e tutti i miei nonni. Però, come ho detto, i test non lo hanno dimostrato.»

«Che aspetto aveva il cimitero anni fa, quando ci andava con Herschel?»

«Ah, molto più bello. Non era pieno di erbacce. Ce n'erano un po', perché nessuno ci viveva, eravamo andate via da tanto tempo. Io, Herschel e un ragazzino di nome Carp strappavamo le erbacce attorno alle tombe della mia famiglia, ma non era ordinato come quand'ero ragazzina.»

«Perché ha continuato ad andare all'isola?»

«Perché Dark Isle appartiene alla mia gente, alla mia famiglia, a me. Io ero l'unica rimasta. Se non fossi andata io a prendermene cura, o almeno a provarci, non lo avrebbe fatto nessun altro.»

## 6

Nel 1990 Lovely aveva letto sul "Register" un articolo su un parco naturale statale appena aperto tra Jacksonville e Tallahassee. Durante la cerimonia d'inaugurazione, un dirigente del Servizio parchi della Florida aveva dichiarato che il suo Stato vantava il sistema migliore del paese, con oltre centosessanta aree verdi in funzione e molte altre all'orizzonte. Lovely gli aveva scritto una lettera per segnalare che Dark Isle, con la sua storia davvero unica, sarebbe stata un parco perfetto, una specie di memoriale in onore degli ex schiavi vissuti e morti sull'isola. La missiva non aveva ricevuto risposta, ma Lovely non si era data per vinta e ne aveva scritta un'altra; a quella, un certo Mr Williford aveva risposto in tono educato e formale che per il momento il Servizio parchi non era interessato. Lovely aveva aspettato sei mesi e scritto di nuovo, invano. A quel punto era andata dall'insegnante dattilografa a farsi battere a macchina diverse copie delle lettere.

Steven le porse la prima e le chiese di leggerla. Lei si sistemò gli occhiali e cominciò: «"Egregio Mr Williford. Mi chiamo Lovely Jackson e sono l'ultima discendente degli ex schiavi di Dark Isle, vicino a Camino Island. Dark Isle fu la casa della mia gente per oltre duecento anni. Nessuno ci vive più dal 1955, quando mia madre e io fummo costrette ad andarcene. In quanto ultima discendente, immagino di essere la proprietaria di Dark Isle, e vorrei parlarle della possibilità di trasformarla in un parco naturale statale, per onorare la mia gente. Mi ci reco spesso per occuparmi del cimitero. La maggior parte delle vecchie case e costruzioni sta crollando, ma l'isola ha una storia importante e penso che alla gente piacerebbe visitarla, se fosse in qualche modo sistemata. Per favore, mi contatti quando vorrà. Grazie per l'attenzione. Cordiali saluti, Lovely Jackson"».

La sua seconda lettera era identica alla prima. La risposta di Mr Williford diceva: "Cara Ms Jackson, la ringrazio per la sua lettera. La sua proposta è certamente interessante. Lo Stato della Florida ha ricevuto la candidatura di sei nuovi parchi. Sfortunatamente ci sono fondi per finanziarne soltanto quattro. Inserirò la sua richiesta nel fascicolo appropriato, in modo che venga considerata in futuro. Grazie e cordiali saluti, Robert Williford".

La terza lettera di Lovely, scritta sei mesi dopo, era simile alle prime due. Steven presentò tutte e tre le missive e chiese che fossero ammesse come prove. Non ci furono obiezioni.

«Dunque, Ms Jackson, è vero che cercò di pagare la tassa di proprietà su Dark Isle?»

«Sì, è vero. Ci ho provato per molti anni.»

«E come ha fatto?»

«Ecco, una volta all'anno mandavo un assegno da cento dollari all'ufficio delle imposte, qui di fronte. L'ho fatto per un sacco di tempo.»

«E cosa succedeva all'assegno?»

«Allora, c'era questa signora gentile, la signora delle tasse, che mi scriveva sempre una risposta e me lo restituiva.»

Steven fece un passo avanti e le tese due fogli di carta. «Può descrivermi quello con la dicitura "Reperto numero 7"?»

«È una copia del mio assegno all'ispettrice delle tasse, datato 4 gennaio 2005. Sotto, proprio qui, c'è una copia del mio biglietto, che dice: "Cara Miss Henry, ecco il mio assegno da cento dollari per le tasse di proprietà di Dark Isle".»

«E il reperto 8, che cos'è?»

«È una lettera di Miss Henry, che dice: "Cara Ms Jackson, come sempre la ringrazio, ma ancora una volta non posso accettare il suo assegno per la tassa di proprietà di Dark Isle. L'isola non compare nel catasto dei terreni statali, perciò non ci sono tasse da pagare".»

«E quando inviò il primo assegno per pagare le tasse?»

«Nel 1964.»

«Perché lo fece?»

«Perché pensavo che il proprietario di una terra dovesse pagare le tasse. Me lo aveva detto mio marito, mi aveva detto che se non paghi le tasse la contea ti pignora la proprietà e rischi di perderla. Ho messo da parte i soldi e ho mandato quello che potevo.»

«Per quanto tempo?»

«Fino allo scorso gennaio.»

«Ogni anno dal 1964?»

«Sissignore. Non ho saltato un solo anno. Mando l'assegno e Miss Henry, o la signora che c'era prima di lei, me lo restituisce.»

Steven prese un grosso faldone di carte e disse: «Vostro Onore, ho le copie degli assegni e della corrispondenza tra la mia cliente e gli ispettori delle imposte della contea».

«Dal 1964 a oggi?» chiese il giudice Burch, chiaramente non intenzionato a visionare tutto il materiale.

«Sì, signore, di ogni anno.»

«E sono sempre uguali? Cento dollari ogni anno?»

«Sì, signore.»

«Benissimo. Vuole mettere agli atti anche quei documenti?»

«Sì, signore.»

«Obiezioni?»

Né Evan Killebrew, né Monty Martin ebbero nulla da obiettare, perché sapevano che li avrebbe danneggiati. Il giudice Burch stava ammettendo tutti i reperti perché voleva esaminarli in seguito.

«Vostro Onore, ho convocato Blanche Henry per farla testimoniare, se può servire» spiegò Steven. «Lavora proprio qui di fronte. Lei o i colleghi della controparte vogliono sentire la sua testimonianza?»

Il giudice Burch guardò i due avvocati. Monty Martin si alzò e disse: «Credo che sia tutto chiaro, Vostro Onore. Può bastare ciò che è già stato messo agli atti». Killebrew fece un cenno di assenso.

## 7

Nei suoi giorni di gloria come avvocato di punta del Sierra Club, Steven era famoso per la meticolosità con cui preparava i processi. Come tutti i grandi avvocati, lo considerava il segreto della vittoria. Ogni fase di ogni processo doveva essere pianificata e poi ripassata più e più volte. Steven consegnava ai testimoni una specie di scaletta a cui attenersi e in base alla quale venivano istruiti da lui e dai suoi assistenti. Per aiutarli intervenivano anche psicologi e, a volte, persino insegnanti di recitazione. Venivano pagati giurati fantasma che ascoltavano e valutavano le deposizioni. Ovviamente, all'epoca Steven aveva un budget più ampio. Il Barrier Island Legal Defense Fund disponeva di pochi fondi e non poteva permettersi degli esperti. Ma ciò non gli impediva di mettercela tutta.

Il venerdì prima del processo, Steven e Diane avevano accompagnato Lovely nell'aula vuota e, dopo averla fatta sedere al banco dei testimoni, si erano dedicati con lei a ripassare la deposizione. Poi Steven aveva impersonato l'avvocato della controparte e cercato di confonderla con il controinterrogatorio. Il giorno seguente, sabato, Lovely e Miss Naomi erano rimaste per ore nell'ufficio di Steven a rifinire la testimonianza eliminando le digressioni superflue e lavorando sui punti deboli. Lovely era di gran lunga la testimone più importante, e doveva essere credibile. A fine giornata sia Steven che Diane erano convinti che potesse tenere testa agli "avvocati cattivi", come li chiamava lei.

Quando Steven gli cedette la testimone, martedì mattina presto, Monty Martin si alzò in piedi fiducioso e la salutò. Lovely gli lanciò un'occhiataccia e non ricambiò il saluto.

«Ms Jackson, quando ha deciso di presentare questa istanza e rivendicare il diritto di proprietà di Dark Isle?»

Diane trattenne un sorriso. Nel weekend avevano fatto a Lovely quella stessa domanda in tre modi diversi.

«La scorsa estate» rispose lei. "Dia riposte brevi! Non aggiunga nessun dettaglio superfluo!"

«E cosa l'ha spinta a presentare l'istanza?»

«Un casinò.»

«Un casinò?»

«Già.»

«Le spiace spiegarsi meglio?»

«Non capisco la domanda.»

«D'accordo: in che modo un casinò l'ha costretta a presentare l'istanza?»

«Nessuno mi ha costretta. L'ho fatto perché volevo. Perché è giusto.»

«E perché sarebbe giusto?»

«Perché l'isola non è di proprietà di un casinò. Appartiene a me e alla mia gente, a quelli che ci sono sepolti.»

Monty prese una copia del memoir. «Secondo il suo libro, e anche secondo la sua deposizione, lei lasciò Dark Isle nel 1955, esatto?»

«Sì.»

«Ma fino all'estate scorsa, nel 2020, non ha mai presentato nessuna istanza.»

«Quale sarebbe la domanda?»

«Perché ha aspettato sessantacinque anni prima di cercare di rivendicare il suo diritto di proprietà?»

Parola per parola, la stessa domanda che Diane aveva scritto la settimana prima, e la cui risposta conosceva a memoria.

«Perché l'isola appartiene a me e alla mia gente ed è sempre stato così. Nessuno ha mai cercato di rivendicarne la proprietà fino alla scorsa estate, quando è arrivato la sua cliente. Sono qui perché qualcuno, ovvero la sua cliente, stava cercando di impossessarsi della mia terra.»

«Chi le ha consigliato di agire in giudizio?»

«Amici.»

«E chi sono questi amici?»

«Sarebbero affari suoi?»

Steven si alzò e intervenne: «Per favore, Vostro Onore, qualsiasi affermazione fatta dalla testimone e dai suoi amici fuori da quest'aula e sollecitata dall'avvocato Martin è chiaramente un "sentito dire"».

Burch scosse la testa. «Capisco la sua obiezione, ma vediamo dove si va a parare. Ms Jackson, la avverto di non ripetere affermazioni fatte da altri.»

Steven tornò a sedersi, ma solo per un momento.

«Ms Jackson, quando vi siete conosciuti lei e l'avvocato Steven Mahon?»

«Non lo so. Non me lo sono scritto.»

«Lo conosceva prima della scorsa estate?»

Steven si alzò di nuovo. «Obiezione, Vostro Onore, il rapporto tra me e la mia cliente è protetto dal segreto professionale. Non ho capito dove vuole arrivare l'avvocato Martin, ma è contro le regole.»

Steven, come del resto il giudice e gli altri avvocati, sapeva benissimo dove voleva arrivare Monty. La Tidal Breeze non vedeva l'ora di provare che Steven e la sua banda di ambientalisti fanatici avevano arruolato Lovely perché rivendicasse la proprietà, il modo più veloce per fermare la costruzione di Panther Cay. Ma gli avvocati dell'azienda non erano stati in grado di aggirare il segreto professionale che proteggeva il rapporto tra avvocato e cliente. Né ci sarebbero riusciti adesso, però Monty voleva almeno insinuare il sospetto.

Il giudice Burch aveva il controllo della situazione. «Obiezione accolta. Vada avanti, avvocato Martin» disse.

Monty sfogliò il memoir di Lovely come in cerca di qualcosa. «Lei cita molti nomi e date in questo libro, Ms Jackson. Sono tutti precisi?»

«Per quel che ne so, sì.»

«Ha usato appunti, vecchi documenti di famiglia o qualcosa del genere?»

«Molto tempo fa avevo dei taccuini.»

«Dove sono adesso questi taccuini?»

«Non lo so. Li ho persi e non li trovo più.» Era una bugia, ma non le importava. Proteggere la sua terra era molto più importante che essere del tutto sincera con una banda di ricchi bianchi.

«A pagina 120 scrive che la sua bisnonna Charity morì nel 1910. Nella sua deposizione preliminare, che si è tenuta in questa stessa aula il 23 ottobre, ha invece dichiarato che morì nel 1912. Qual è la verità?»

Lovely scosse la testa come se chiacchierasse con un idiota. «La verità è che è morta, ed è morta da un sacco di anni. La verità è che molte delle mie storie sono state tramandate dalla mia gente. Può tranquillamente darsi che abbia confuso qualche data.»

«Qualcuna o tutte?»

«Non ho detto "tutte", lo ha detto lei. Vede, avvocato, la mia gente non era istruita. Non avevamo una scuola vera, né professori o libri. Allo Stato della Florida non importava di noi. Per quel che lo riguardava, neanche esistevamo. Adesso però dichiara di essere il proprietario dell'isola. Che bellezza. Dov'era lo Stato della Florida cento anni fa, quando costruiva scuole, strade, ospedali e ponti ovunque? Per Dark Isle non ha mai speso un solo centesimo.»

Di colpo Monty desiderò sedersi. Non stava cavando un ragno dal buco. Anzi, probabilmente stava perdendo terreno. I suoi assistenti avevano studiato con attenzione il libro e la deposizione e compilato una lista di undici discrepanze che riguardavano date e nomi. Di colpo la lista appariva inutile.

La lista stilata da Diane, invece, aveva evidenziato tredici errori, tutti discussi con Lovely, che era pronta a spiegarli uno per uno.

Monty fece passare qualche secondo parlando sottovoce

con un assistente. Sorrise a Lovely, che non stava sorridendo affatto, e disse: «Allora, Ms Jackson, sono incuriosito da questi taccuini. Quando ha cominciato a scriverli?».

«Non lo so, non scrivo come fa lei, signore. Sull'isola non avevamo sempre penne e matite e carta o quaderni, le cose che ci sono oggi per scrivere. Sono andata a scuola in un piccolo edificio squadrato che chiamavamo "il tempio", perché era anche la nostra unica chiesa. Avevamo la fortuna di avere due o tre libri di testo da passarci. Non so da dove venissero. La metà dei bambini non andava nemmeno a scuola. I miei genitori sapevano a malapena leggere e scrivere. Ho imparato quasi tutto quello che so dopo aver lasciato l'isola e sono andata a scuola qui, nella vecchia scuola dei neri giù ai Docks. Anche quella non aveva tanto materiale, non come nelle scuole bianche.»

Monty ebbe la tentazione di scusarsi. Era partito con l'idea di calcare la mano sulla questione dei taccuini scomparsi e dipingerli come un documento importante che avrebbe dovuto essere messo a disposizione della controparte. In quel momento gli sembrava una pretesa inutile.

Cambiò di nuovo argomento. «Dunque, Ms Jackson, a pagina 78 del suo libro c'è una storia piuttosto cruda in cui Nalla, la sua antenata, taglia la gola all'uomo che l'aveva violentata, dopodiché versa il suo sangue sulla spiaggia. Si tratta di una specie di maledizione?»

«Sì, esatto.» Mentre Lovely annuiva, le brillavano gli occhi.

«Può descriverci questa maledizione?»

«Sì. Nalla aveva dei poteri. Era una guaritrice. Parlava con gli spiriti e poteva predire il futuro. Dopo che sacrificò l'uomo di nome Monk, versò il suo sangue sulla sabbia e disse che ogni bianco che fosse venuto sull'isola sarebbe morto di una morte orribile.»

«E lei crede che sia vero?»

«Io so che è vero.»

«E come fa a saperlo?»

Lovely lo fissò a lungo mentre tutti si sporgevano per sentire che cosa stava per dire. Si avvicinò al microfono e disse: «Conosco gli spiriti. Se qualcuno va sull'isola, io lo so».

Monty sfoggiò un sorriso orgoglioso, come se avesse finalmente fatto crollare la testimone e fosse riuscito a screditarla. «Ma tre settimane fa lei era sull'isola con gli archeologi, giusto?»

«Sì.»

«Alcuni erano bianchi, altri erano neri. È corretto?»

«Sì.»

«E nessuno di loro è stato ucciso né ferito, è corretto?»

«Sì.»

«Che ne è stato della maledizione?»

«Io ero presente e l'ho annullata.»

«Quindi lei avrebbe questo potere?»

«Sì.»

«La maledizione dunque è annullata o c'è di nuovo?»

«Non lo so. Perché non va a controllare lei?»

Le risate furono immediate, forti e contagiose. Nemmeno uno dei presenti cercò di non ridere. Il giudice Burch coprì il microfono con una mano e si godette il momento. Tutti gli avvocati erano divertiti. Alcuni spettatori avevano quasi le lacrime agli occhi. Neanche Monty poté impedirsi di apprezzare la battuta.

Alla fine il giudice Burch picchiò il martelletto e disse: «Okay, ricomponiamoci. Prosegua, avvocato Martin».

Monty stava ancora ridacchiando quando disse: «Non penso che ci andrò, ma grazie». Tornò serio e chiese: «Dunque, prima della sua visita, quand'è stata l'ultima volta che Dark Isle ha reclamato una vittima?».

«In primavera, circa un anno fa.»

Per un istante, di fronte a tanta convinzione Monty esitò. Studiò attentamente Lovely, o almeno ci provò, e riprese: «Okay, che cosa successe?».

«Quattro uomini andarono sull'isola. Tutti e quattro morirono nel giro di una settimana.»

«Quattro bianchi?»

«Esatto.»

«Conosce i loro nomi?»

«No.»

«Okay. Che cosa stavano facendo?»

«Non lo so.»
«D'accordo. La loro morte è stata riportata da qualche parte?»
Lei si strinse nelle spalle. «Chi lo sa.»
«E quale fu la causa della loro morte?»
«Un batterio entrato nella pelle.»
La prima regola degli interrogatori in aula è: non fare mai una domanda di cui non conosci la risposta. Monty l'aveva imparata all'università e rispettata sempre, per quasi trent'anni. In quel momento, però, non riuscì proprio a trattenersi.
«E questo batterio lo avrebbe mandato la maledizione?»
«Esatto.»

## 8

Gifford sedeva in ultima fila e si beava della performance di Lovely. Accanto a lui c'era Thalia Chan, una giornalista del "New York Times" che conosceva da decenni. Il suo argomento preferito erano i danni causati all'ambiente dalle grandi aziende, e aveva scritto diversi lunghi articoli su Gifford e le sue imprese. Le due volte in cui lo avevano arrestato, trascinato in tribunale, multato e minacciato, lei c'era. Lo aveva visto testimoniare in un processo contro i danni della cenere di carbone. Nel corso della loro amicizia, Gifford le aveva fornito molte informazioni e un mucchio di dettagli riservati. Era la sua "fonte anonima" preferita e non aveva mai spifferato niente che non fosse vero.
Gifford le aveva parlato di Dark Isle mesi prima. Le aveva spiegato chi erano i protagonisti del processo e ripetuto ciò che aveva origliato durante le cene e le bevute. Aveva omesso soltanto, con lei e con chiunque altro, il suo falso incidente e la falsa denuncia. Riguardo a certe cose, persino a un chiacchierone come lui conveniva tacere.
Sul "Times" stava per comparire un lungo articolo, e nessuno lo sapeva tranne Gifford. Che non vedeva l'ora.

## 9

Dopo una giornata e mezza al banco dei testimoni, Lovely fu congedata e andò a sedersi al tavolo tra Steven e Diane. Era stata impeccabile.

Il testimone successivo di Steven era il professor Sargent della Howard University. Come sempre, le prime battute riguardarono le sue competenze: studi, curriculum, pubblicazioni, esperienza e via dicendo. Si concentrarono in particolare sul suo lavoro in vari scavi di necropoli africane, da quello di diversi anni prima a Manhattan fino al presente. Su un grosso schermo montato di fronte al banco della giuria, Sargent fece proiettare una mappa di Dark Isle; le poche indicazioni che riportava le aveva fornite Lovely, e includevano l'area dell'insediamento con le abitazioni e il cimitero. Sargent mostrò fotografie a colori scattate durante la loro recente spedizione. Vi si vedevano i danni e la distruzione causati dall'uragano Leo, la squadra che ripuliva le tombe da arbusti ed erba, e lo scavo vero e proprio. Sargent disse che avevano rinvenuto i resti di un'ottantina di tombe e che non tutte contenevano bare di legno. Mostrò immagini dei feretri gravemente deteriorati. Il cimitero si trovava circa sei metri sopra il livello del mare, sul punto più alto dell'isola. L'altezza delle onde causate da Leo su Dark Isle non era mai stata determinata, ma il Servizio meteorologico nazionale aveva stabilito che all'estremità settentrionale di Camino Island erano arrivate a otto metri. Inoltre, l'occhio del ciclone era passato direttamente sopra Dark Isle, perciò era ragionevole ipotizzare che l'intera isola fosse stata sommersa. Persino le tombe più recenti mostravano segni di danni causati dall'acqua. Il professor Sargent si disse convinto che fossero state immerse nell'acqua di mare per molte ore, e che ciò avesse irrimediabilmente danneggiato i campioni necessari a effettuare il test del DNA.

Nessuna delle ossa e dei denti prelevati corrispondeva al campione ricavato da Lovely.

Sargent stimava che nel cimitero che avevano trovato ci

fossero circa duecento tombe. Secondo quanto raccontato da Lovely, sparsi sull'isola c'erano altri luoghi di sepoltura.

Dopo due ore al banco dei testimoni, Sargent aveva detto abbastanza. Il giudice Burch aveva bisogno di un caffè.

## 10

Diane aveva parlato molte volte al telefono con Loyd Landry, il figlio di Herschel. Era stata anche a trovarli mesi prima a New Bern, in North Carolina. Se n'era andata da lì con la certezza che Herschel, a novantatré anni, avesse perso troppo la memoria per essere coinvolto di persona nella contesa. Aveva mandato numerose email a Loyd per tenerlo aggiornato sul caso. Lui era a conoscenza della data del processo, e la domenica precedente aveva chiamato con la sorprendente notizia che suo padre voleva tornare a Camino Island.

Da quanto raccontava Loyd, dopo aver parlato con Diane nella casa di cura, Herschel aveva cominciato a fargli domande su quella visita. Si ricordava di Lovely e di Dark Isle, e più ne parlavano, più dettagli gli tornavano in mente, nei giorni buoni. Nei giorni no non sapeva nemmeno chi era.

Il lunedì mattina, un'ora prima dell'inizio del processo, Loyd scrisse a Diane che erano in auto, il viaggio era cominciato e suo padre era emozionato di uscire dalla casa di cura; sarebbero arrivati il prima possibile. Erano a circa dieci ore di macchina da Camino Island, e avrebbero dovuto fare molte soste, oltre a pregare che fossero giorni buoni.

Martedì pomeriggio alle 15.30 il giudice Burch dichiarò aperta la seduta con un colpo di martelletto. «Avvocato Mahon, ha facoltà di chiamare il suo prossimo testimone.» La porta d'ingresso si aprì ed Herschel avanzò lungo il corridoio centrale sulla sedia a rotelle, spinto dal figlio Loyd. Teneva un bastone in grembo. Quando si avvicinarono al banco dei testimoni, Steven spiegò alla corte che Mr Landry poteva stare seduto solo sulla sua sedia a rotelle e che gli sarebbe servito un microfono portatile. Loyd aveva il permesso di reggerlo e di accomodarsi di fianco al padre. Senza troppi problemi, Herschel prestò giuramento e l'interrogatorio ebbe inizio.

Herschel si guardò attorno e non riuscì a vedere granché. Quando però i suoi occhi incontrarono quelli di Lovely, sorrise e le fece un cenno mormorando qualcosa. Steven gli chiese il suo nome, la sua età e l'indirizzo e il resto delle informazioni preliminari; lui rispose lentamente e con voce bassa e rauca, ma il microfono vicino alle labbra la amplificava a sufficienza.

«Molti anni fa conosceva Lovely Jackson, la signora seduta laggiù?»

Un altro sorriso. «Sì, certo. Mi piaceva. E io le piacevo.»

Lovely continuava a sorridergli. Non le importava quello che lui diceva della loro relazione di sessant'anni prima. Voleva solo la verità.

«Lei faceva il pescatore a Camino Island e aveva una barca?»

Monty Martin si alzò e disse: «Vostro Onore, mi rendo conto che queste sono circostanze insolite, ma quanto è autorizzato l'avvocato Mahon a indirizzare le risposte del testimone?».

«Capisco, avvocato Martin. La sua obiezione è valida, ma questo signore ha il diritto di raccontare la sua storia. Prego.»

«Possedeva una barca vicino ai conservifici di Santa Rosa, giusto?»

«Sì. Facevo il pescatore.»

«Ha mai accompagnato Lovely Jackson a Dark Isle per andare a visitare il cimitero?»

Ci volle un po' perché Herschel recepisse la domanda, ma poi cominciò ad annuire. «Sì, sì. Ci andavamo sempre.»

«E cosa facevate laggiù?»

«Tagliavamo l'erba, strappavamo le erbacce attorno alle tombe. Quelle dei suoi parenti.»

«Ci andavate da soli?»

La domanda lo contrariò e lui non rispose.

«Veniva anche un ragazzino di nome Carp?»

«Oh, sì, Carp. Un bravo ragazzo.»

«Dove si trova Carp, adesso?»

«Non lo so.»

«Ricorda il suo cognome?»

«No» borbottò Herschel.

«Lei quanti anni aveva quando accompagnava Lovely sull'isola?»

«Trenta, credo.»

«E per quanto tempo ci andaste?»

«Oh, per tanto. Molti anni. Mi piaceva, io piacevo a lei. Ci piaceva andare laggiù insieme, da soli.»

## 11

La confutazione cominciò il mercoledì mattina, quando fu chiamato a testimoniare il procuratore generale in persona. La sua presenza non era necessaria, ma dimostrò quanta influenza avesse la Tidal Breeze sullo Stato, o almeno sulla procura in carica, che l'azienda, la famiglia Larney, i suoi numerosi dipendenti e investitori e le sue affiliate non mancavano di finanziare a ogni campagna elettorale.

Il nocciolo della sua breve deposizione fu che da oltre sessant'anni in Florida la legge era chiara e insindacabile. Nell'arco del tempo, a causa degli eventi naturali e talvolta dell'intervento umano, le coste, le barriere e persino i corsi d'acqua e i loro affluenti cambiano. Le piccole isole scompaiono. Altre spuntano dal mare. Altre ancora si fondono e si dividono. In quel momento, al largo delle coste della Florida c'erano circa ottocento isolotti deserti, e tutti erano considerati, per legge, di proprietà dello Stato.

Secondo la sua dotta opinione, Dark Isle apparteneva allo Stato della Florida.

Quando ebbe la possibilità di controinterrogare una persona così importante, Steven fu tentato di esplorare i suoi rapporti con la Tidal Breeze. Prima che la corte deliberasse, potevano discutere dei tentativi sotterranei della società di assicurarsi l'isola. Domande del genere sarebbero state molto divertenti, ma anche uno spettacolo secondario e improduttivo: Steven vi rinunciò, come se il procuratore generale non contasse nulla.

Forse la sua presenza serviva a condizionare Burch, ma non c'erano segnali che lo scopo fosse stato raggiunto. Anzi, per la prima volta il giudice appariva leggermente irritato.

I successivi cinque testimoni portarono un po' di colore in aula. Erano tutti uomini bianchi di mezza età, originari della zona o residenti di vecchia data che si guadagnavano da vivere in mare, in vari modi. Nessuno era entusiasta di trovarsi lì.

Il primo si chiamava Skip Purdy, quarantacinque anni, pescatore di gamberetti, figlio di un pescatore di gamberetti. Sin da ragazzo pescava, per soldi e per piacere, nelle acque attorno a Camino Island e del fiume Camino. Conosceva bene tutte le isole, inclusa Dark Isle. No, non ci aveva mai messo piede, non ne aveva motivo, e non conosceva nessuno che l'avesse fatto. Non aveva mai visto segni di vita laggiù: niente esseri umani né animali, niente.

Durante il controinterrogatorio, Steven chiese: «Mr Purdy, lei lavora ancora con il suo peschereccio, giusto?».

«Sì, signore.»

«E oggi dovrebbe essere in giro con la sua barca, giusto?»

«Sì, signore.»

«Invece si trova qui in quest'aula di tribunale.»

«Mi pare abbastanza ovvio.»

«È stato pagato per testimoniare?»

Monty aveva preparato bene i suoi testimoni, e la domanda non era inattesa. «Sì, signore, proprio come qualcuno paga lei per interrogarmi.»

«Quanto?»

Monty si alzò con un sorriso. «Vostro Onore, la prego.»

«Obiezione accolta. Non risponda.»

«Non ho altre domande.»

«Può andare, Mr Purdy.»

Donnie Bohannon gestiva un noleggio di imbarcazioni specializzato in battute di pesca sull'Atlantico. Aveva quarantun anni, la faccia rugosa e abbronzata e i capelli schiariti di chi ha trascorso tutta la vita al sole. Non era mai stato a Dark Isle, ma ci passava davanti quasi ogni giorno, andando e venendo dal porticciolo di Santa Rosa. Negli ultimi diciotto anni non aveva mai visto nulla sulle spiagge dell'isola. L'uragano Leo l'aveva travolta distruggendo molti alberi, ma non c'erano segni di vita.

Anche Roger Sullivan faceva da guida ai pescatori, ma lavorava su imbarcazioni più piccole. Il corto braccio di mare fra Dark Isle e la terraferma era il luogo ideale per la riproduzione di cernie, wahoo e platesse. Lui lo attraversava ogni giorno e in molti anni non aveva mai visto segni di vita sull'isolotto. Forse qualche cervo, in passato, ma dopo Leo erano spariti.

Ozzie Winston era un pensionato, ex capitano del porto a Santa Rosa e originario di Camino Island. Brad Shore organizzava immersioni subacquee. Le loro testimonianze furono più o meno identiche alle altre: conoscevano Dark Isle da anni perché ci passavano sempre vicino, avevano familiarità con le sue leggende e le storie che la riguardavano ed erano sicuri che sull'isola non ci fosse mai stata alcuna attività umana.

La tesi di Monty era semplice ed efficace: Lovely poteva anche avere visitato l'isolotto per anni, ma senza dubbio aveva smesso da tempo.

Mentre l'ora di pranzo si avvicinava, l'avvocato decise che non aveva altro da aggiungere. In vista del processo, la sua strategia era stata attaccare la credibilità della richiesta di Lovely mettendo in dubbio la sua storia personale. Lei però era stata bravissima a tenergli testa, e Monty era convinto che il giudice Burch fosse solidale con lei.

Cos'altro potevano dimostrare la Tidal Breeze e lo Stato della Florida? Sia prima che dopo la nascita dello Stato, Dark Isle era stata abitata da ex schiavi. Lovely dichiarava di esserne l'ultima discendente, e la sua testimonianza era credibile. Come si faceva a smentirla? Gli archeologi avevano trovato un vero cimitero, oltretutto.

Il giudice Burch era sempre pronto per la pausa pranzo, ma quando si rese conto che gli avvocati cominciavano a rallentare, disse: «Concedo a ciascuna delle parti qualche minuto per trarre le ultime conclusioni. Però credo di avere già sentito abbastanza. Prego, avvocato Mahon».

Fu una svolta sorprendente ma lecita, perché in fondo non danneggiava nessuno. Steven si alzò e rispose parlando a braccio: «Non mi dilungherò, Vostro Onore. All'inizio di questo processo la Tidal Breeze ha seguito la sua solita tattica e non ha fatto altro che negare. Ha negato che su Dark Isle fossero mai vissuti esseri umani, ha negato che ci vivesse la mia cliente. Adesso sappiamo che erano fesserie. Quanto allo Stato della Florida, è confortante vedere che di colpo l'isola gli sta tanto a cuore, dopo che per quasi duecento anni se n'è disinteressato. Non ha costruito scuole, strade, ponti, ambulatori, non ha portato l'elettricità o la linea telefonica. Non ha fatto niente, nel modo più assoluto, Vostro Onore. Lovely Jackson e la sua gente sono vissuti sull'isola in povertà. L'assistenza sanitaria non esisteva. Le malattie erano diffuse. L'aspettativa di vita era di almeno vent'anni inferiore alla media. Eppure sono sopravvissuti perché non avevano scelta, e perché erano orgogliosi della loro libertà, a cui tenevano tantissimo. Ora lo Stato, in combutta con una grossa società immobiliare, la Tidal Breeze, è presente in quest'aula a rivendicare il diritto di proprietà su Dark Isle.

«E c'è un'altra cosa su cui riflettere, Vostro Onore. Lo Stato e la Tidal Breeze fondano gran parte delle loro tesi sul fatto che Lovely abbia abbandonato l'isola quando aveva quindici anni. Ma è la verità? Ha davvero rinunciato al controllo di Dark Isle? La maggior parte di noi, colti uomini bianchi, si fa beffe dell'idea che più di duecento anni fa sull'isola sia stata gettata una maledizione da una giovane guaritrice africana, o sacerdotessa vudù. Possiamo ridere sotto i baffi e dirci che si tratta di una fantasia a cui nessuna persona ragionevole può credere. Siamo troppo evoluti per queste sciocchezze. Ebbene, se è così, sfido chiunque dei miei colleghi della controparte a provarci. Andate al porto, noleggiate una barca, attraversate la baia e fatevi un giro su Dark Isle.»

Fino a quel momento Evan Killebrew non aveva parlato granché. Non ci si aspettava che lo facesse, non al cospetto dei grandi professionisti presenti in aula. Andò al leggio e disse: «Dunque, Vostro Onore, tralasciando la pittoresca storia che ci siamo goduti in questi giorni, chiedo alla corte di riportare l'attenzione alla legge, al testo che dichiara senza possibilità di fraintendimenti che tutte le isole deserte presenti nelle nostre acque appartengono allo Stato della Florida. Al di là di questo, ciò che fa lo Stato con la sua proprietà non è rilevante ai fini del processo. Se la Florida vuole vendere l'isola alla Tidal Breeze, o a chiunque altro, oggi non è rilevante, punto».

Killebrew tornò a sedersi e Monty salì sul podio. «Sarò breve.»

«Prego.»

«Grazie. Per sessantacinque anni Ms Jackson non ha mosso un dito per far valere i suoi diritti come proprietaria dell'isola.»

Il giudice Burch, a sorpresa, lo interruppe: «Mi scusi, avvocato Martin, ma la signora per una cinquantina d'anni ha cercato di pagare le tasse su terreni che considerava di sua proprietà».

«Sì, ma dal momento che non li possedeva non era tenuta a pagare un dollaro, Vostro Onore. Nessuno era tenuto a pagare le tasse sulla proprietà dell'isola, perché nessuno ne era proprietario.»

Burch distolse lo sguardo, poco convinto.

«Un anno fa il giornale locale, il "Register", pubblicò in prima pagina un articolo riguardo al progetto edilizio di Panther Cay. Al che, di punto in bianco, dopo sessantacinque anni di silenzio Ms Jackson assunse l'avvocato Mahon, noto per le sue battaglie nel settore ambientalista, perché rivendicasse il suo presunto diritto di proprietà. L'articolo del quotidiano, inoltre, citava alcune dichiarazioni del collega Mahon, che con un eufemismo definirei critiche nei confronti di Panther Cay. E prometteva che la sua associazione non profit avrebbe dato battaglia in tribunale.»

«Dove vuole arrivare, avvocato Martin?» lo interruppe il giudice Burch.

«Al fatto che lo trovo un quadro ambiguo.»

«Ovvero che secondo lei l'avvocato Mahon avrebbe rintracciato Ms Jackson per convincerla a sporgere denuncia e fermare il progetto di espansione edilizia?»

«In sostanza sì.»

«Che novità. Ormai è normale che un avvocato spinga per farsi affidare un caso. Non ha mai visto i pannelli pubblicitari? Vada avanti, per favore.»

Monty non smise di sorridere. «Certo, giudice. Concordo con l'avvocato Killebrew che dobbiamo tornare alla legge, ed è semplicissima. Chi intende rivendicare la proprietà di un bene per usucapione deve dimostrare di averne goduto in modo chiaro, manifesto, esclusivo e regolare per almeno sette anni consecutivi. Sette anni fa eravamo nel 2014. Non c'è uno straccio di prova, nemmeno a detta della stessa Ms Jackson, che negli ultimi dieci anni lei sia mai stata a Dark Isle, per nessun motivo. Forse non ci andava da vent'anni. Forse trenta.

«L'isola ha una storia affascinante, Vostro Onore, ma non è altro che questo: una storia. Con molte lacune, oltretutto. La sollecitiamo ad attenersi alla legge e a riconoscere il diritto di proprietà allo Stato della Florida.»

Il giudice Burch chiuse il suo quaderno. «C'è altro, signori?» chiese.

Non c'era altro da aggiungere.

«Molto bene. Complimenti per come avete gestito il caso. Sono un giudice anziano e ho visto molti processi, perciò apprezzo sempre i bravi avvocati. Grazie per la vostra professionalità. Renderò nota la mia decisione entro trenta giorni.»

# 11
# Una nuova fondazione

## 1

La prima bomba la sganciò il "New York Times", che l'indomani pubblicò un articolo sul processo in prima pagina, nella porzione inferiore ma corredato da una grande foto a colori di Lovely Jackson che entrava in tribunale. Indossava uno dei suoi abiti tradizionali, una veste giallo acceso che toccava terra e sembrava brillare, e un turbante a strisce celesti. Sfoggiava un sorriso affascinante.

L'articolo, firmato da Thalia Chan, era apertamente schierato. Il titolo diceva *Le grinfie degli speculatori sul cimitero africano*. La Tidal Breeze, descritta come l'ennesima spietata società immobiliare decisa a sfruttare a ogni costo la febbre da casinò, ne usciva malissimo. Secondo una fonte anonima mirava al mercato del gioco d'azzardo di Atlanta e aveva trovato un posto perfetto appena a sud del confine con la Georgia. Secondo un'altra fonte (senza dubbio Gifford Knox), la società deteneva un triste primato in fatto di danni all'ambiente e avrebbe distrutto l'isola e le acque che la circondavano. Chan dedicava lo stretto necessario alla descrizione dei fatti e del processo, e incentrava il succo dell'articolo sui luoghi di sepoltura africani e i tentativi di individuarli e conservarli. Citava il professor Sargent della Howard University, che definiva il cimitero di Dark Isle "un importante ritrovamento in uno dei luoghi più caratteristici nella storia della schiavitù americana". Marlo Wagner dell'African Burial Project era elettrizzata dalla scoperta e aveva garantito il suo pieno appoggio nel fermare il progetto urbanistico. I tre deputati neri della Florida avevano promesso un'indagine federale sulla "profanazione di terra consacrata". Più l'articolo proseguiva, più la questione razziale saltava all'occhio. In Florida, la sezione locale della National Association for the Advancement of Colored People annunciava un'imminente presa di posizione. La presidente del Black Caucus della Florida, un gruppo parlamentare di deputati democratici neri, giurò che se il tribunale avesse concesso il diritto di proprietà allo Stato, quest'ultimo non avrebbe mai venduto Dark Isle a nessuna immobiliare. Andava protetta. Gli schieramenti erano chiari, non c'era spazio per i compromessi. Una ricca azienda bianca stava cercando di impossessarsi di una terra con una storia importante, appartenuta a ex schiavi.

## 2

Mercer scriveva, ma le cose succedevano troppo in fretta. Il processo le aveva messo frenesia, lavorava anche di notte. Di colpo la vicenda di Dark Isle era diventata una questione nazionale e lei faticava a stare dietro al flusso di materiali da elaborare. Aveva paura di perdercisi, ed era preoccupata che tutta quell'esposizione smorzasse l'interesse per il suo libro. Thomas la rassicurò, dicendole che la pubblicità non avrebbe fatto che alimentare la curiosità del pubblico per Lovely.

Mercer chiamò Miss Naomi e la scongiurò di fare in modo che Lovely non parlasse con nessuno. Anche se non erano in grado di raggiungerla al telefono, i giornalisti potevano andare a cercarla ai Docks. Doveva tenere la porta chiusa a chiave ed evitare gli estranei.

A fine pomeriggio, Mercer e Thomas si videro con Steven, Diane, Bruce e Gifford nel dehors del bar del Ritz-Carlton, lontano dal centro e da orecchie indiscrete. L'articolo di Thalia Chan era diventato virale e avevano voglia di festeggiare. Gifford confessò di aver parlato a Thalia della storia, e che quando lei si era resa conto del suo potenziale gli aveva chiesto di raccontarle altri dettagli.

Bruce, da bravo libraio, aveva già contattato l'editore di Lovely e ordinato altre cinquecento copie del libro. Entro l'ora di pranzo ne aveva esaurito le poche scorte rimaste e prevedeva un'altra ondata di richieste. E voleva proporre a Lovely un altro firmacopie, appena possibile.

In che modo tutto il clamore che si era scatenato avrebbe influito sulla decisione del giudice Burch? Steven non sapeva cosa pensare. Il caso non era complesso, e si aspettava una decisione in tempi brevi. La performance di Lovely al banco dei testimoni li aveva senz'altro avvantaggiati, ma la legge non era così nettamente dalla loro parte. Il fatto che negli ultimi sette anni né Lovely, né nessun altro avesse più rivendicato il diritto di proprietà sull'isola era incontestabile.

Steven bevve un sorso e sorrise. «Comunque, signori, è proprio valsa la pena di fare un po' di chiasso» disse. «Il mio telefono non smette di squillare. Gli esperti in cimiteri afroamericani sono inferociti. Gli ambientalisti li stanno fomentando. I politici e i gruppi per i diritti civili non vedono l'ora di essere coinvolti. È impossibile che la Tidal Breeze sopravviva all'attacco.»

«Quindi abbiamo vinto?» chiese Bruce.

«Sì e no. Io dico che Lovely ha il cinquanta per cento di possibilità di farcela. Ma ne uscirà comunque vincitrice, perché lo Stato cederà alle pressioni e si tirerà indietro, oppure venderà alla Tidal Breeze e farà da spettatore a una contesa legale lunga altri dieci anni. Alla fine nessun tribunale federale americano permetterà di stravolgere un luogo di sepoltura storico, soprattutto se è pieno di ossa di gente schiavizzata.»

«Non potrebbero proteggere il cimitero e costruire sul resto dell'isola?»

«Ne dubito, Bruce. Il cimitero è al centro dell'isola, sul punto più alto. Oltretutto Lovely dice che ci sono altri piccoli luoghi di sepoltura sparsi qua e là. Amici, ho quasi paura a dirvelo, ma la Tidal Breeze è fottuta. Lovely ha vinto.»

«Immagino che dovrò ordinare altre copie del libro» scherzò Bruce.

«E io immagino che sia proprio ora di finire il mio» commentò Mercer.

## 3

La seconda bomba arrivò via email alle nove del mattino del lunedì seguente. Diane la vide per prima, mentre nella cucina dell'ufficio lavorava al suo tavolino-scrivania che ormai stava cedendo sotto una montagna di scartoffie. Era la decisione del giudice Burch.

In tono ponderato e conciso, le prime cinque pagine riassumevano i fatti, da quelli accertati ai più controversi; poi ce n'erano due dedicate al principio legale dell'usucapione.

L'ultimo paragrafo diceva: "La corte ritiene che secondo le leggi della Florida poc'anzi citate la parte ricorrente, Ms Lovely Jackson, abbia dimostrato di poter rivendicare il diritto di proprietà su Dark Isle. Si ordina e decreta che tale diritto di proprietà le sia riconosciuto, in quanto unica proprietaria dell'isola, e si dichiarano infondate le rivendicazioni avanzate dallo Stato della Florida. Così si dispone. Firmato, giudice supplente Clifton R. Burch".

In pochi minuti la notizia fece il giro di Camino Island. Poi rimbalzò ovunque anche online, e il Barrier Island Legal Defense Fund fu tempestato di telefonate e email.

## 4

A mezzogiorno Bruce aveva già organizzato una festa da Bay Books. Un tavolo di fianco al suo ufficio era coperto di antipasti, tramezzini e bottiglie di vino. E ovviamente c'era una pila di libri di Lovely. Fiutando che ci sarebbe stato da bere gratis, e su insistenza di Bruce, cominciarono ad arrivare gli scrittori. Myra e Leigh, Amy Slater, Bob Cobb. E poi Sid Larramore, molti amici di Diane, Mercer e Thomas e due amici loro. Diversi clienti fedeli che non si perdevano mai un incontro si presentarono in libreria di ottimo umore. Quando Lovely entrò, alle spalle di Miss Naomi, fu accolta da una chiassosa ovazione. Fece un piccolo inchino compiaciuto e ringraziò di cuore.

Rifiutò un bicchiere di vino ma accettò una bibita. Quando fu il momento di parlare, Steven fece tintinnare il bicchiere e propose un brindisi alla migliore cliente che avesse mai avuto il privilegio di rappresentare.

Bruce annunciò che quel venerdì ci sarebbe stato un firmacopie. Chiese a Lovely di mettersi in posa con i libri per qualche fotografia, che dopo pochi minuti apparve sui social media di Bay Books.

## 5

Martedì mattina, Monty Martin rilasciò una dichiarazione in cui, fermo restando il suo grande rispetto per il giudice Burch, si diceva ovviamente deluso dalla decisione della corte. Avrebbe subito fatto ricorso a nome della sua cliente e si dichiarava ottimista rispetto alla possibilità di vincerlo. La Tidal Breeze non era affatto disposta a smarcarsi da Panther Cay, un "progetto futuristico" che avrebbe dato lavoro a migliaia di cittadini della Florida.

Wilson Larney lesse la dichiarazione e scosse la testa. Sul divano del suo splendido ufficio affacciato sull'Atlantico beveva caffè insieme a Dud Nash. Non era presente nessun altro.

«Secondo te com'è andato Monty in tribunale?» chiese Wilson.

«Bene. Avevamo un po' di fattori contro, Wilson. Semplice. Non sapevamo del cimitero.»

«Era scritto nel libro.»

«Sì, ma il libro non l'abbiamo preso molto sul serio, giusto? Abbiamo dato una montagna di soldi alla Harmon per controllare l'isola. Non hanno trovato nulla.»

«E i quattro tizi morti?»

«Sì, è successo dopo. In quattro posti diversi.»

«E la Harmon ce lo aveva tenuto nascosto?»

«Sì. Il punto è che, una volta scoperto il cimitero, per noi si è messa male.»

«Lo sai che ci stanno bombardando di critiche. Ho appena ricevuto una telefonata dall'ufficio pubbliche relazioni. I neri della contea di Dade minacciano di boicottare i nostri casinò. Parliamo di circa il venti per cento del traffico. Ci chiamano attivisti neri di tutto il paese.»

«Lo so, lo so.»

«E quante possibilità ci sono di vincere l'appello?»

«In questo tipo di casi, l'ottanta per cento delle volte la Corte suprema si attiene alle decisioni dei giudici locali. È un vero azzardo. E se avessimo la fortuna di vincere, ci aspetterebbero grane ancora più grosse. Un altro processo, lungo chissà quanti anni.»

«Finora quanto abbiamo speso in parcelle?»

«Circa un milione.»

Come sempre, Wilson fece una smorfia quando si parlava delle fatture pagate allo studio legale di Dud. «Indicativamente, quanto ci costerebbe un processo federale?»

«Venticinque milioni in otto-dieci anni, con buone probabilità di perdere.»

«Perché le vostre parcelle sono così alte?»

«E dài, quand'è stata l'ultima volta che me lo hai chiesto? Una settimana fa? Costiamo tanto perché valiamo tanto.»

«Al momento non mi sento in formissima. Dal punto di vista delle pubbliche relazioni è un incubo, e sai quanto odio la pubblicità.»

«Il mio consiglio è di lasciare che le acque si calmino. Abbiamo trenta giorni per presentare il ricorso.»

«Le acque non si calmeranno, Dud. Abbiamo sollevato un vespaio e ci mangeranno vivi.»

## 6

Il secondo articolo del "Times" era in bella vista a pagina 8, con il titolo *Da un tribunale della Florida arriva lo stop agli immobiliaristi*. Thalia Chan riassumeva la sentenza del giudice

Burch e riportava una dichiarazione di Lovely, che affermava: "Sono sollevata che il tribunale abbia scelto di proteggere la proprietà sacra dei miei antenati. È un grande giorno per i discendenti degli africani ridotti in schiavitù". In risposta a una domanda scritta da Thalia e posta attraverso Diane, Lovely aggiungeva: "Spero che lo Stato della Florida prenda alcuni dei soldi che aveva programmato di spendere per un ponte e crei un memoriale per il mio popolo". C'era spazio anche per una frase di Steven Mahon: "Il verdetto è stato giusto ed equo, e ha scongiurato un disastro ambientale". L'articolo era accompagnato da una fotografia aerea di Dark Isle scattata da un drone.

Non fu possibile raggiungere né la Tidal Breeze né la procura generale per avere un loro commento.

## 7

Due giorni prima del termine per la presentazione del ricorso, la Tidal Breeze diffuse un comunicato: "In onore e ricordo degli schiavi ed ex schiavi che vissero e morirono su Dark Isle, la Tidal Breeze Corporation di Miami ha deciso di rinunciare al progetto di costruzione del complesso di Panther Cay. Rispettiamo la decisione del tribunale e non ci appelleremo alla Corte suprema della Florida".

Steven Mahon e Diane festeggiarono nel loro sgangherato ufficio. Poi Diane chiamò Miss Naomi per darle la bella notizia e andò in auto ai Docks per condividere la gioia con Lovely. Piansero insieme a lei in veranda e si godettero la vittoria. Fu un momento magico, quasi irreale.

«Ce l'ha fatta, Lovely» ripeté Diane più di una volta. «Non ha mollato, ha combattuto per la sua gente, ha trascinato in tribunale una potente società immobiliare e gliele ha date di santa ragione. Ce l'ha fatta.»

«Ho avuto davvero tantissimo sostegno, mia cara. Tantissimo.»

Mercer chiamò la sua agente Etta Shuttleworth a New York e le diede la bella notizia, poi parlò con Lana Gallagher, la sua editor alla Viking. «Quante battute hai scritto?» chiese lei. Tipico.

«Non saprei, forse settecentomila. Cestino tante pagine quante ne scrivo.»

«Allora smettila di cestinarle e finisci il libro. Ti fisso una data di consegna, se ti serve.»

«Ti pare normale che la voglia?»

«Ovviamente no. Ma se leggo la prima bozza a inizio ottobre possiamo andare in stampa in primavera.»

«Quindi l'abbiamo fissata, deduco.»

Come c'era da aspettarsi, Bruce chiamò entro mezz'ora dalla diffusione della notizia e informò Mercer che per quella sera era in programma una cena di festeggiamento. Stava invitando un po' di ospiti, i soliti sospetti tranne Gifford, ripartito in barca per Charleston.

«Pensi che Lovely verrebbe?» chiese Bruce.

«Ne dubito, ma proviamoci. Però non facciamo tardi, Bruce. Ogni mattina Thomas mi butta giù dal letto alle sei per obbligarmi a scrivere.»

«Tesoro, quale uomo sano di mente ti butterebbe mai fuori dal suo letto?»

«Ma smettila.»

## 8

Poco tempo dopo aver cominciato ad assumere il controllo del Barrier Island Legal Defense Fund, Diane si rese conto che se voleva essere pagata almeno il minimo sindacale, o procurarsi una scrivania o un tavolino più decente, doveva andare lei stessa a caccia di fondi. Steven, che detestava chiedere finanziamenti, poteva anche non essere coinvolto. I circa duecentomila dollari che entravano ogni anno nelle casse erano quasi una casualità. Il Sierra Club era una leggendaria società non profit di prima categoria e con un grosso budget a disposizione, e quando Steven ci lavorava era libero di denunciare e querelare chi voleva senza doversi preoccupare di spendere. Le vecchie abitudini sono dure a morire, e anche adesso quasi si rifiutava di preoccuparsi dei soldi. La segretaria, Pauline, lavorava part-time, era piuttosto pigra e non si lamentava del suo magro stipendio. Diane non lavorava per i soldi, ma doveva pagarsi gli studi di legge. Convinse Steven a lasciarle riorganizzare il loro orrido sito web e a incrementare l'attività sui social media. Dopo che lui approvò i primi cambiamenti, Diane riportò la loro piccola associazione negli anni Venti del Duemila.

Il caso di Dark Isle diede a Diane qualcosa di cui scrivere quasi continuamente; il seguito del Barrier Island Legal Defense aumentò, e con esso le donazioni. Quando era arrivata Diane si aggiravano sui diciannovemila dollari al mese, il minimo indispensabile per coprire gli stipendi e accantonare fondi per le spese legali, ma senza scialacquare. Sette mesi dopo, a maggio, gli aggiornamenti sul processo che Diane pubblicava ogni sera fruttarono trentunmila dollari lordi. Anche l'articolo di Thalia Chan sul "Times" diede una bella spinta ai profili social.

Ispirata da tanto successo, Diane si appassionò al marketing online con le sue possibilità apparentemente infinite. Subito dopo la fine del processo ebbe l'idea di fondare un'altra associazione non profit con la quale finanziare la costruzione di un memoriale su Dark Isle, la cui vicenda faceva ancora parlare di sé e riscuoteva immenso interesse. Diane ne parlò con Steven, ovviamente, e poi con Mercer, Thomas, Gifford e Bruce. La conversazione più difficile fu con Lovely, che non capiva bene che cosa fosse un sito web.

Più o meno nello stesso periodo in cui la Tidal Breeze gettò la spugna, Diane creò la Nalla Foundation, dedicata a "preservare e onorare il ricordo degli africani liberati che si insediarono su Dark Isle e che non poterono più tornare a casa". Gli obiettivi erano: 1) identificare e ristrutturare i luoghi di sepoltura sull'isola; 2) costruire un memoriale ai defunti; 3) ricostruire parte dell'insediamento a fini turistici; 4) ottenere da enti privati e governativi, fondazioni e associazioni finanziamenti per la conservazione di Dark Isle e della sua storia. Bruce e Noelle donarono i primi diecimila dollari e Diane convinse Steven a concederne altrettanti "in prestito" a nome del Barrier Island Legal Defense Fund. Spese quasi tutto il capitale iniziale per ingaggiare una società di marketing online. Per obblighi fiscali, e perché non c'erano altri candidati, si autonominò direttrice esecutiva della fondazione con uno stipendio di cento dollari al mese, poco meno di quanto guadagnava come stagista full-time al Barrier Island.

Ora che il processo di Lovely era acqua passata, Steven poteva dedicarsi ad altro. La svolta piuttosto improvvisa con cui il caso si era chiuso gli liberò centinaia di ore, e lui riuscì a concedersi un ritmo più rilassato. Diane lo tormentò perché affittasse uno spazio più carino per i loro uffici, e così poté finalmente abbandonare quel maledetto tavolino in cucina. Assunsero una segretaria a tempo pieno che non aveva esperienza nel settore legale ma sapeva gestire una reception. Inoltre, anche se non ne era ancora stata informata, avrebbe dedicato la metà del suo tempo alla Nalla Foundation.

Diane ci lavorava senza sosta. Si candidava a decine di finanziamenti, procacciava donatori, rilasciava interviste e teneva aggiornati i profili social. Dopo un inizio in sordina i soldi cominciarono ad arrivare, prima piccoli assegni da privati cittadini, poi somme più sostanziose da altre fondazioni. A luglio l'African Burial Project inviò cinquantamila dollari, ma soprattutto accettò di condividere in via confidenziale la lista dei propri donatori. Diane li stanò a uno a uno con email dai toni adulatori e riuscì a raccogliere centoventimila dollari. Si concesse un ragionevole aumento di stipendio e informò Steven che si sarebbe presa un'aspettativa di novanta giorni dal Barrier Island. Non lo chiese: lo fece e basta.

Ogni pomeriggio lei, Lovely e Miss Naomi prendevano il tè in veranda, e ogni mercoledì andavano a pranzo in un locale dei Docks che faceva carne alla griglia. Per settimane dopo il processo arrivarono decine di richieste di intervistare Lovely, e tutte venivano indirizzate a Diane, che diffidava dei giornalisti quasi quanto lei. Tuttavia aveva imparato che la sua cliente e amica era perfetta per raccogliere fondi e finanziamenti. La sua storia era irresistibile e parlarle era piacevole. Ogni intervista, fatta per iscritto o dal vivo, generava interesse verso la Nalla Foundation, e portava introiti.

Bay Books aveva venduto oltre seimila copie del suo libro.

All'ora del tè di un pomeriggio afoso Diane notò le prime difficoltà nel parlare. Mentre Lovely le raccontava della sua ultima visita a Mercer, il giorno prima, cercò di dire "acqua" ma dopo la "a" non riuscì ad andare avanti. Le labbra le tremarono e chiuse gli occhi. Diane cercò invano di incrociare lo sguardo Miss Naomi. Pochi istanti dopo ci fu un altro episodio di balbuzie, dopodiché Lovely si lamentò di un leggero mal di testa e disse che aveva bisogno di riposare.

«Era già successo?» chiese Diane a Miss Naomi mentre la riaccompagnava a casa.

«Purtroppo sì. È cominciata la settimana scorsa, o almeno è stata la prima volta che me ne sono accorta.»

«L'ha visitata un medico?»

«Non vuole, dice che si fida degli spiriti.»

«Per favore, se succede di nuovo chiamatemi. C'è sicuramente qualcosa che non va.»

«Lo so, lo so. Anch'io sono molto preoccupata.»

## 9

Mercer arrivò a ottocentomila battute a metà agosto. Al processo, e al finale, non mancava molto. Scriveva per quattro ore ogni mattina, faceva una lunga passeggiata al caldo della spiaggia con Thomas, poi pranzo e un sonnellino. Alle due era di nuovo alla scrivania. Temeva di scrivere troppo, il che era sempre stata una sua preoccupazione perché era convinta, e insegnava ai suoi studenti, che la maggior parte dei libri fosse troppo lunga. Nessuno può dire a uno scrittore quando fermarsi o che cosa tagliare. Un editor deciso può fare modifiche o persino rifiutare un libro, se lo considera troppo lungo, ma in termini generali uno scrittore è libero di fare come crede.

Thomas era diventato un ottimo consulente. Terminato l'articolo sul sottomarino, ormai di imminente pubblicazione sull'"Atlantic" di ottobre, si dedicava anima e corpo a Mercer e al suo lavoro. Leggeva e revisionava ogni pagina, le dava consigli a non finire e ascoltava i suoi timori e le sue lamentele. Dopo aver seguito in prima persona quasi tutta la vicenda la conosceva bene, ma continuava a trovare molto coinvolgente la storia di Dark Isle.

Due giorni prima che ripartissero per la Ole Miss, Mercer invitò Diane a pranzo e le propose un pomeriggio di lettura. Mangiarono insalata, evitarono il vino, e dopo aver sparecchiato Mercer le porse il manoscritto.

«Hai davvero finito?» chiese Diane.

«Quasi. Nel prossimo mese lo rifinisco e il primo ottobre consegno. La prima parte l'avevi letta. Questa è l'altra metà.»

«Non vedo l'ora.»

«Noi intanto andiamo in città, ti serve qualcosa?»

«No.»

«Fa' come se fossi a casa tua. Eccoti una penna rossa, la preferita di Thomas: non risparmiarti con i commenti.»

Uscirono e Diane si sistemò in veranda, sotto il ventilatore a soffitto e con l'oceano in lontananza. Poco dopo era di nuovo persa nel mondo di Lovely.

## 10

A settembre Gifford Knox riscosse un risarcimento di trentacinquemila dollari per il falso infortunio all'Old Dunes. Al netto della parcella del suo avvocato e delle spese sanitarie per danni insussistenti non coperte dall'assicurazione, gliene rimasero in tasca circa ventimila. Ne inviò la metà alla Nalla Foundation e si tenne il resto come compenso per il disturbo.

Sempre sul fronte legale, grazie all'insistenza di Diane, Lovely si decise a stilare un semplice testamento. Ormai si fidava di Steven e fu felice di affidarsi a lui. Non avendo eredi, lasciò la sua casa e i suoi effetti personali alla carissima amica Naomi Reed. Quanto ai soldi contanti che aveva su due conti in banca, ne lasciò la metà a Naomi e l'altra metà alla Nalla Foundation.

Firmò anche un atto con cui donava la sua amata Dark Isle alla Nalla Foundation perché la conservasse per sempre e preservasse la sacra memoria dei suoi antenati.

Dopodiché Diane volò a Washington con l'atto per incontrarsi con alcune persone importanti. Adesso che poteva metterlo in nota spese, soggiornò al famoso Willard Hotel, poco lontano dalla Casa Bianca. Aveva appuntamento con uno studio di architetti neri specializzati nel restauro di siti storici importanti per la cultura afroamericana. Gli architetti furono entusiasti del progetto di Dark Isle e si resero disponibili. Per di più avevano innumerevoli contatti nel settore della tutela dell'ambiente. Promisero di fare subito qualche telefonata e programmarono una visita sull'isola a ottobre. Erano fiduciosi che avrebbero trovato i fondi.

Diane incontrò alcuni rappresentanti del National Trust, del National Park Service, dell'Afro-American Historical Trust, dell'African-American Preservation Society, della Lilly Foundation, della DeWist Foundation e due deputati neri della Florida. Con i due senatori dello Stato non riuscì a fissare un appuntamento.

Durante la quarta sera a Washington, un'agitata Miss Naomi chiamò Diane sul tardi e la avvisò che Lovely era stata ricoverata in ospedale per quello che sembrava un ictus. Diane cancellò gli incontri del giorno successivo e prese subito un volo per tornare a casa. Giunta a Jacksonville, raggiunse a tutta velocità Camino Island e si incontrò con Miss Naomi all'ospedale, dove Lovely stava riposando tranquilla.

Il medico spiegò che aveva avuto una serie di piccoli ictus, tutti allarmanti ma nessuno così grave da causare danni permanenti. Tuttavia le probabilità che ne arrivasse uno fatale erano alte. Lovely comunque camminava bene e insistette per tornare a casa. Alla fine il medico la dimise. Una volta tornata in veranda a sorseggiare limonata, Lovely appariva vivace come sempre.

## 11

*La traversata* di Mercer Mann fu ben accolto dalla redazione di New York. Dopo qualche ritocco da parte di Lana Gallagher e i soliti malintesi con i redattori, il libro fu inserito tra le uscite di fine primavera. La Viking aveva urgenza di farlo arrivare in libreria per sfruttare l'eco della vicenda prima che fosse troppo tardi. Dalla fine del processo erano già passati cinque mesi, praticamente un'eternità in un mondo dalla soglia d'attenzione sempre più bassa, e prima che il pubblico se ne dimenticasse occorreva fare in fretta. Per Mercer, come per qualsiasi altro scrittore, prima il libro usciva, meglio era.

Bruce aveva insistito per leggere il manoscritto prima della consegna alla Viking. Non rilevò problemi strutturali ma fece qualche appunto, prontamente ignorato da Mercer. Avrebbero avuto tutto il tempo di litigare in seguito. Bruce, comunque, lo trovò un ottimo libro pur ammettendo di non essere un critico imparziale. Sentiva di aver vissuto la storia in prima persona e oltretutto aveva, e avrebbe sempre avuto, una vera adorazione per Mercer.

Durante le vacanze di Natale Mercer e Thomas andarono a New York per una breve giro d'onore. Il viaggio era mirato soprattutto a mangiare e bere. Fecero un lungo pranzo con Lana Gallagher e il presidente della Viking. Poi parteciparono a una cena ancora più lunga con Etta Shuttleworth e suo marito. Si fermarono un po' a riposare, andarono a un concerto e si godettero una lieve nevicata mentre passeggiavano per Central Park.

Da New York presero un volo per Jacksonville e tornarono in auto a Camino Island per Natale. Bay Books era addobbatissima e brulicava di clienti. Quando Bruce li vide abbandonò subito quello che stava facendo e indicò il suo ufficio, dove abbracciò un po' troppo a lungo Mercer e le stampò un bacio sulla guancia. Stritolò Thomas come se non lo vedesse da anni. «Stamattina ho parlato con Lana Gallagher» annunciò, come se avesse l'abitudine di chiacchierare con i senior editor delle case editrici più importanti del paese.

A pensarci bene, forse era proprio così. «Va pazza per il libro, come sapete, e crede che la prima tiratura sarà di centomila copie.»

Mercer non ne sapeva niente.

«Io le ho detto: "Assolutamente no, Lana, arriveremo ben oltre le duecentomila. Avvertite le tipografie. Sei andata al ribasso".»

Mercer e Thomas si scambiarono un sorriso divertito.

«Dunque, dobbiamo programmare il tour delle librerie, a cominciare dalla festa favolosa che daremo il giorno dell'uscita.»

Mercer non riuscì a trattenere una risata.

Il solito, incorreggibile Bruce.

# 12
# Con Nalla accanto

## 1

Il quinto viaggio di Diane a Washington le fruttò una miniera d'oro. Accompagnata da Marlo Wagner incontrò i presidenti di tre fondazioni a cui faceva il filo da mesi. L'African-American Historical Trust si fece avanti con un assegno da cinquecentomila dollari, esattamente la stessa cifra che offrirono la DeWist Foundation e il Potomac Preservation Fund.

Fino a quel momento la Nalla Foundation aveva raccolto trecentoventimila dollari, e Diane li stava già spendendo quasi tutti per gli architetti e le altre faccende essenziali, una delle quali era la creazione di una strada che collegasse la spiaggia al cimitero di Dark Isle.

Lovely aveva detto che la maledizione era annullata, e fino a quel momento non c'erano state vittime tra i bianchi che lavoravano sull'isola. Gli operai neri non smettevano di prenderli in giro, ma tutti quanti facevano estrema attenzione ai serpenti a sonagli.

Dopo aver racimolato quel milione e mezzo di dollari, Diane trovò un accordo economico con i professori Sargent e Gilfoy perché cominciassero a individuare gli altri cimiteri. A inizio aprile ricevette il rendering del memoriale e lo approvò, dopo aver speso sessantamila dollari in proposte che non le erano piaciute. Una società di marketing lo allegò a un'email piena di smancerie, destinata a sollecitare finanziamenti da trecentomila potenziali donatori. Oltre al bozzetto del memoriale, nel messaggio comparivano una fotografia a colori di Lovely e tre paragrafi sulla sua storia. Il successo fu strepitoso e fruttò oltre quattrocentomila dollari solo nei primi due mesi.

Sempre ad aprile Diane decise di rinunciare a completare gli studi di legge per un altro anno. Era stata accettata alla Emory University, la sua prima scelta, e l'ateneo acconsentì al rinvio, ma ormai il sogno di Diane di fare carriera come avvocato ambientalista stava svanendo. Era troppo occupata con la fondazione. Salutò Steven e il suo Barrier Island e affittò uno spazio più grande. Assunse un secondo dipendente. Quando il fisco le segnalò che non aveva ancora presentato la lista dei membri del consiglio d'amministrazione, fece subito i nomi di Steven Mahon, Bruce Cable, Gifford Knox, Mercer Mann e Naomi Reed. Poi fu troppo occupata per ricordarsi di avvisarli che adesso erano alti dirigenti della Nalla Foundation.

Con una conferenza stampa, all'inizio della sessione legislativa del parlamento della Florida il Black Caucus annunciò di voler proporre una legge che finanziasse il memoriale agli ex schiavi vissuti su Dark Isle. Chiedeva uno stanziamento iniziale di due milioni di dollari, una somma modesta per uno Stato così ricco, dal bilancio sempre nettamente in attivo. La proposta venne respinta da una sottocommissione e poi rilanciata, ma andò incontro a un'ulteriore e definitiva bocciatura.

Quando arrivò la brutta notizia Diane e Mercer erano proprio a Tallahassee, alla vana ricerca di parlamentari da convincere. Fu una sonora sconfitta, ma quasi tutti i membri del Caucus erano ottimisti riguardo all'anno successivo. Tra le tante lezioni che Diane stava imparando c'era che quando si trattava di chiedere finanziamenti conveniva rivolgersi ai privati e tenersi alla larga dai politici, locali, statali o federali che fossero.

La Nalla Foundation stava raccogliendo parecchi soldi, abbastanza per tenersi occupata a lungo. La pubblicazione della *Traversata* le avrebbe dato un'ulteriore spinta.

## 2

Le prime recensioni furono a dir poco eccezionali. "Publishers Weekly", "Kirkus", "Booklist" e Goodreads andarono in estasi, tanto che la Viking aumentò la prima tiratura a centoventicinquemila copie. L'entusiasmo era già alle stelle, nell'ambiente dell'editoria si diceva che *La traversata* poteva essere il titolo di *non fiction* più importante dell'estate.

Per l'uscita del libro la Viking intendeva organizzare una festa a New York, ma Bruce Cable non volle sentire ragioni. Non accettò nemmeno di parlarne con Mercer. Il libro era nato a Camino Island, e lì sarebbe stato celebrato. Bruce ne ordinò duemila copie, un record per Bay Books, e costrinse Mercer a firmarle tutte il giorno prima della presentazione. Affittò il nuovissimo e bellissimo anfiteatro sulla spiaggia, un dono dello Stato alla città in ricordo delle vittime dell'uragano Leo. Il meteo collaborò, la serata era perfetta e l'affluenza fu enorme.

Il biglietto, comprensivo di una copia autografata del libro, aperitivo sulla spiaggia e donazione alla Nalla Foundation, costava cinquanta dollari. Bruce, nel suo solito ruolo di cerimoniere, presentò con qualche parola alcune persone importanti: Diane Krug, direttrice esecutiva della Nalla Foundation, il sindaco di Santa Rosa, il presidente del Black Caucus di Tallahassee e Marlo Wagner, direttrice dell'African Burial Project di Baltimora.

La star della serata era Mercer Mann, che parlò per qualche minuto prima di sorprendere il pubblico presentando un'altra ospite. Quando Lovely Jackson salì sul palco e fece un inchino, la folla si alzò esultando. Dopo che tornò il silenzio, Lovely andò al leggio, si avvicinò un po' il microfono e ringraziò tutti per essere venuti. Ringraziò poi Mercer per il libro, Diane per la fondazione e il suo splendido lavoro e Bruce per quello che faceva alla libreria. Da una tasca nascosta chissà dove nell'abito color verde petrolio estrasse il suo libro, la sua storia. Diede un po' di contesto e cominciò a leggere:

Le donne si strinsero ai bambini per tenerli al caldo. Il vento soffiava forte dall'oceano, e loro erano infreddoliti. Dove si trovavano? Non ne avevano idea. Erano sopravvissuti a una terribile tempesta. Una tempesta così lunga, intensa e violenta che aveva mandato la nave in mille pezzi e condannato a morte centinaia di persone urlanti. Nalla, le altre donne e i bambini si erano salvati aggrappandosi a un palo di legno, un albero della nave. La nave. Una nave negriera che le aveva strappate alla loro casa, alle loro famiglie e ai loro bambini in Africa. Una nave che adesso era distrutta, inabissata sul fondo dell'oceano, dove doveva stare, dove non avrebbe più inflitto dolore. Un bambino si mise a piangere e Nalla lo strinse più forte. Gli baciò la testa e pensò a suo figlio, laggiù, dall'altra parte del mare. Pianse anche lei, ma dentro di sé.

Poco distante le onde si frangevano sulla spiaggia. Stava spuntando l'alba e a est c'era già un po' di luce. Le donne erano ancora nude. I pezzi di stoffa logora che avevano ricevuto sulla nave si erano persi nella tempesta. Erano a digiuno da molto tempo. I bambini volevano mangiare, ma le donne, sedute nella sabbia accanto a una duna, fissavano l'oceano in attesa di un altro giorno in cui poteva succedere qualunque cosa. Sarebbe arrivata un'altra nave che le riportava a casa, in Africa? La morte era ovunque. Nalla ne aveva vista così tanta che si chiedeva se non fosse morta anche lei. Finalmente morta e libera dall'incubo, in viaggio con gli spiriti per rivedere suo marito e il suo bambino.

Lovely pronunciava le parole lentamente e con chiarezza, da lettrice navigata. Il pubblico stava in silenzio, rapito. Mercer guardava da un lato del palco, conscia del compito difficile che la aspettava.

Le donne sentirono delle voci e si strinsero. Erano voci calme, piacevoli, di uomini che alle prime luci dell'alba venivano incontro a loro. Nalla li chiamò. Si avvicinarono quattro africani, uno dei quali armato di fucile. Dietro di loro c'erano tre donne della nave. Quando videro Nalla e le altre corsero ad abbracciarle piangendo, felici che fossero sopravvissute.

Gli uomini le guardarono e sorrisero. Erano a torso nudo

e scalzi, ma indossavano gli stessi strani calzoni degli uomini bianchi sulla nave. Parlavano una lingua che le donne non capivano. Ma il messaggio era chiaro: qui siete al sicuro. Siete tra la vostra gente.

Lovely chiuse il libro, ringraziò educatamente e si allontanò mentre il pubblico si alzava di nuovo ad applaudire. Mercer la abbracciò e si avvicinò al leggio con un certo nervosismo.

## 3

Da Camino Island la squadra – Mercer, Thomas, Lovely e Diane – prese un volo per Washington. Lovely non era mai stata su un aereo, e per prepararla c'erano volute settimane. Sedette tra Diane e Mercer e tenne gli occhi chiusi per tutto il viaggio, come in trance. Rifiutò da bere e da mangiare e parlò poco.

L'incontro era organizzato da Politics & Prose, una storica libreria indipendente, e si teneva al prestigioso Howard Theatre. Marlo Wagner aveva fatto schioccare la frusta, stuzzicando l'interesse per l'evento e per il libro, e molte associazioni afroamericane avevano comprato il biglietto. Nel teatro non c'erano più posti liberi. Marlo e Diane presentarono un breve video che illustrava il progetto di Dark Isle. Lovely parlò e lesse, e ancora una volta fu la protagonista assoluta. Mercer passò una bella serata di fronte a un pubblico chiassoso.

Il giorno successivo lei e Lovely furono intervistate dal "Washington Post", che aveva pubblicato una recensione superlativa della *Traversata*. Per parlare con loro rientrò persino in scena Jonathan Yardley, il leggendario ex caporedattore della sezione "Book World", e i tre trascorsero momenti piacevolissimi.

Da Washington, Mercer e Thomas andarono in treno a Philadelphia. Diane riuscì a riportare Lovely a Santa Rosa, dove, tornata in veranda con un bicchiere di tè freddo zuccherato, dichiarò che non avrebbe mai più messo piede su un aereo. A Diane e Miss Naomi, però, era chiaro che stare sotto i riflettori le piaceva parecchio.

## 4

Il professor Sargent era stato invitato a presentare Diane, Marlo e il libro all'Howard Theatre, ma aveva dovuto rifiutare. Era immerso tra le ossa di Dark Isle. A fine giugno il secondo scavo era già a buon punto.

Durante il primo, il mese precedente, la sua squadra aveva individuato trentotto tombe dove non rimanevano che ossa e frammenti delle bare di legno decomposte. I resti di ciascuna sepoltura venivano ripuliti, fotografati, schedati e inseriti con la massima cura in una piccola bara di metallo a tenuta stagna. A quel punto gli specialisti rimodellavano la buca fino a renderla larga 60 centimetri, lunga 120, e profonda esattamente un metro e mezzo. Quindi la bara di metallo veniva calata nella fossa e ricoperta di terra.

Come sempre fu un lavoro duro e noioso, anche perché a fine giugno l'afa della Florida faceva schizzare la temperatura a trentacinque gradi. Ancora una volta, almeno inizialmente, la squadra aveva rinunciato alle comodità della terraferma e allestito un accampamento nei pressi del cimitero, in uno spiazzo che era stato ripulito dai bulldozer. Spesso le pantere rendevano le notti movimentate, ma non fecero danni. In realtà, a metà del secondo scavo nessun membro del gruppo ne aveva mai vista una. Ogni mattina la chiatta portava acqua e provviste, e a fine giornata ritornava a prendere quelli che avevano bisogno di una doccia e di aria condizionata. Con il passare dei giorni, il numero di persone che preferivano dormire a Santa Rosa aumentò nettamente.

In due occasioni Diane accompagnò Lovely a Dark Isle a controllare la situazione; il molo temporaneo rese il loro arrivo molto più semplice, e il vialetto di ghiaia che attraversava il bosco sembrava quasi un lusso. Furono scortate a bordo di un piccolo fuoristrada John Deere guidato da uno studente della Howard, emozionato di poter finalmente conoscere Lovely.

Il cimitero stava cambiando drasticamente. La vegetazione e gli arbusti che lo avevano invaso erano spariti e l'intera area era stata ripulita. Strisce di nastro giallo segnavano le tombe localizzate ma non ancora perlustrate. Di fianco ad altre sepolture c'erano ordinati mucchietti di terra. Quasi tutta l'area era protetta da grossi teli che riparavano dal sole. Lovely sedeva all'ombra, beveva acqua fresca e chiacchierava con archeologi e studenti, che avevano soggezione di lei. Le ossa sbiadite che toccavano e maneggiavano con tanta cura appartenevano ai suoi antenati.

Tutti volevano farsi una foto con Lovely.

Durante la seconda visita, sulla chiatta che rientrava a Santa Rosa, Lovely chiese a Diane: «Posso essere seppellita su Dark Isle insieme alla mia gente?».

«Be', alla Florida non interessa granché. Per lo Stato, le sepolture nei terreni privati sono legali. Alcuni anni fa, però, la contea di Camino ha varato un'ordinanza con cui impone che tutte avvengano in cimiteri registrati.»

«Come fai a sapere tutte queste cose?»

«Ho letto troppi vecchi giornali.»

## 5

*La Traversata* esordì al quarto posto nella classifica della saggistica, e la Viking ne stampò subito altre venticinquemila copie. Il giro di presentazione nelle librerie portò Mercer a New York, Boston, New Haven, Syracuse, Buffalo e poi a Baltimora e Philadelphia. A ogni tappa rilasciava tante interviste quante il suo ufficio stampa riusciva a gestirne, e fu persino ospite in alcuni programmi radiofonici e di televisioni locali. Tre settimane dopo l'uscita, il libro salì al secondo posto.

Per il Quattro Luglio Mercer e Thomas tornarono a Camino e ritrovarono Lovely, Diane e Bruce. Dopo tre giorni di riposo, Mercer ripartì senza Thomas per un giro del Midwest, con tappe a Louisville, Pittsburgh, Cleveland, Indianapolis e Chicago. Ormai i tour di presentazione in libreria erano un'anticaglia, ma la Viking ci scommetteva ancora moltissimo. Con il costante incoraggiamento di Bruce, Mercer aveva accettato di fare quaranta città in cinquanta giorni.

Il 18 luglio, circa cinque settimane dopo la pubblicazione, *La traversata* salì al primo posto. Mercer stava uscendo dalla stanza di un albergo a Wichita quando ricevette la telefonata di Etta Shuttleworth da New York. «Ce l'hai fatta, ragazza mia! Prima in classifica!»

Mercer si sedette sul letto, cercò di non piangere e chiamò Thomas. Lui promise di farsi trovare a Denver. Poi Mercer chiamò Bruce, che ovviamente sapeva già tutto. Etta richiamò con la notizia che la Viking avrebbe stampato altre cinquantamila copie.

## 6

Nella postfazione alla *Traversata* Mercer ringraziava le molte persone che l'avevano aiutata nelle ricerche. Rendeva uno splendido omaggio a Lovely Jackson, l'amica che aveva vissuto la storia da lei descritta nel libro e che le aveva generosamente concesso di "prenderla in prestito". Infine chiedeva una donazione. Descriveva la Nalla Foundation e il progetto di costruire un memoriale su Dark Isle, e concludeva così: "È una piccola associazione non profit ed è praticamente appena nata, perciò, se vi avanza qualche spicciolo, magari donatelo".

I soldi arrivarono, e non sempre si trattava di spiccioli. Quasi tutti provenivano da persone che avevano letto il libro e ne erano rimaste toccate. Quando *La traversata* raggiunse il primo posto in classifica, i suoi fan avevano già fatto donazioni per un totale di quasi novantamila dollari.

## 7

Quando il telefono vibrò alle due e trentaquattro di notte, Mercer lo afferrò, lo fece cadere, lo riprese, vide che a chiamare era Diane e capì immediatamente che era successo qualcosa a Lovely.

«Mercer, dove sei?»

Bella domanda. Si guardò attorno nella stanza buia, come se i mobili e le tende potessero indicarle in che città si trovava. «Portland, credo. Che c'è?»

«Stasera Miss Naomi ha trovato Lovely sul pavimento. Non riusciva ad alzarsi. Adesso siamo in ospedale e sta bene, riposa. Un altro ictus, mi sa. Scusa se ti ho chiamata nel cuore della notte, ma mi avevi detto di tenerti informata.»

«Tranquilla, Diane, nessun problema. Riesce a parlare?»

«Non lo so. È sedata, ma non sembra grave.»

«Adesso non ce la faccio a tornare a casa.»

«Non pensarci nemmeno. Non c'è motivo. La terranno comunque in osservazione per un paio di giorni. Ne sapremo di più domani. Come va con il giro?»

«Alti e bassi. La gente è simpatica ma comincio ad annoiarmi.»

«Sei la numero uno, amica mia. Goditela.»

«Grazie.»

«Siamo davvero fieri di te, Mercer. Tutta l'isola è felice di questa cosa, Lovely inclusa. Non parla d'altro.»

«Abbracciala e dille che la penso.»

«Certo.»

## 8

I danni non erano lievi e l'ictus era serio, a dir poco. Dopo due giorni in ospedale Lovely si accorse che la gamba e il braccio sinistri non le funzionavano bene. La fisioterapia dava scarsi risultati. Per la prima volta in vita sua la misero su una sedia a rotelle, con cui la trasportavano dalla stanza alla mensa. Diane e Miss Naomi andavano a trovarla ogni giorno. Furono informate che Lovely non avrebbe mai più potuto vivere da sola. Doveva essere assistita.

Quando lo dissero a Lovely, lei si oppose ferocemente, ma non c'era nessuno con cui discutere. Dopo dieci giorni in ospedale la trasferirono in un centro di riabilitazione a Jacksonville dove rimase due settimane, prima di essere spostata in una casa di cura a una quindicina di chilometri da Camino Island.

Dopo che Mercer finì il tour, tornò sull'isola e lei e Thomas andarono a trovare Lovely. Non fu facile. Diane l'aveva avvertita che non stava migliorando.

Appariva molto invecchiata e il lato sinistro della faccia era paralizzato. Biascicava e parlava poco. Fu felice di vedere Mercer, ma si mise subito a piangere. Mercer restò seduta sul bordo del suo letto per un'ora, ad accarezzarle il braccio e raccontarle delle librerie che aveva visitato e di tutte le persone che adesso conoscevano Lovely Jackson e Dark Isle.

Tornò il giorno dopo, e quello dopo ancora, facendo a turno con Diane. Le infermiere dissero che le loro visite rallegravano Lovely, che tuttavia stava chiaramente peggiorando.

A fine agosto Mercer e Thomas la salutarono e si misero in viaggio per tornare alla Ole Miss. Le lezioni sarebbero cominciate tre giorni dopo. Mercer promise a Lovely che sarebbe tornata presto, ma aveva il sospetto che quella fosse l'ultima volta che si vedevano.

Con voce appena udibile, Lovely la ringraziò per il suo meraviglioso libro, per aver avuto così tanta cura di lei e della sua gente. «Ci hai resi famosi» disse.

Mercer uscì dalla stanza in lacrime e in macchina pianse per un'ora.

Diane la chiamava ogni giorno dicendole sempre le stesse cose. Non c'erano grandi novità, e di certo non miglioramenti.

Il 28 settembre, all'età di ottantadue anni, Lovely Jackson, ultima discendente del glorioso popolo di Dark Isle, morì.

## 9

Secondo le indicazioni scritte da Lovely e affidate a Miss Naomi, il suo corpo fu cremato e le sue ceneri chiuse nel vaso africano nero e dorato che possedeva da decenni. Era sulla mensola di mezzo della libreria in soggiorno.

Un pomeriggio di due mesi dopo, quando Mercer e Thomas tornarono a Camino per le vacanze del Ringraziamento, si trovarono al porto con Diane e Miss Naomi. Col suo peschereccio da dodici metri, Ronnie li accompagnò sulle acque gelide fino al molo di Dark Isle. La loro missione era segreta. Non ne avevano parlato con nessuno. Ronnie era curioso, ma non fece domande.

Percorsero il vialetto di ghiaia che portava al centro dell'isola e al cimitero, dove ammirarono il lavoro fatto dalla squadra di archeologi. I resti di oltre centoventi persone erano stati dissepolti, ripuliti, fotografati, schedati e di nuovo sepolti dentro bare di metallo.

In un angolo, dove Lovely era convinta che riposasse la sua famiglia, Thomas tirò fuori una piccola pala e scavò un buco. Ci infilarono il vaso, riempirono il buco di terra e lo coprirono.

L'ultimo desiderio di Lovely era riposare per sempre in pace con Nalla accanto.

Certificato PEFC
Questo prodotto è realizzato con materia prima da foreste gestite in maniera sostenibile e da fonti controllate
PEFC/18-32-03
www.pefc.it

Mondadori Libri S.p.A.

Questo volume è stato stampato
su carta HOLMEN
con fibra vergine proveniente da foreste sostenibili holmen.com/paper
presso ELCOGRAF S.p.A.
Stabilimento - Cles (TN)

Stampato in Italia - Printed in Italy